咖啡館·推理事件簿2·

夢見咖啡歐蕾的女孩

珈琲店タレーランの事件簿2

彼女はカフェオレの夢を見る

岡崎琢磨／著

林玟伶／譯

目次

咖啡館推理事件簿2 京都地圖

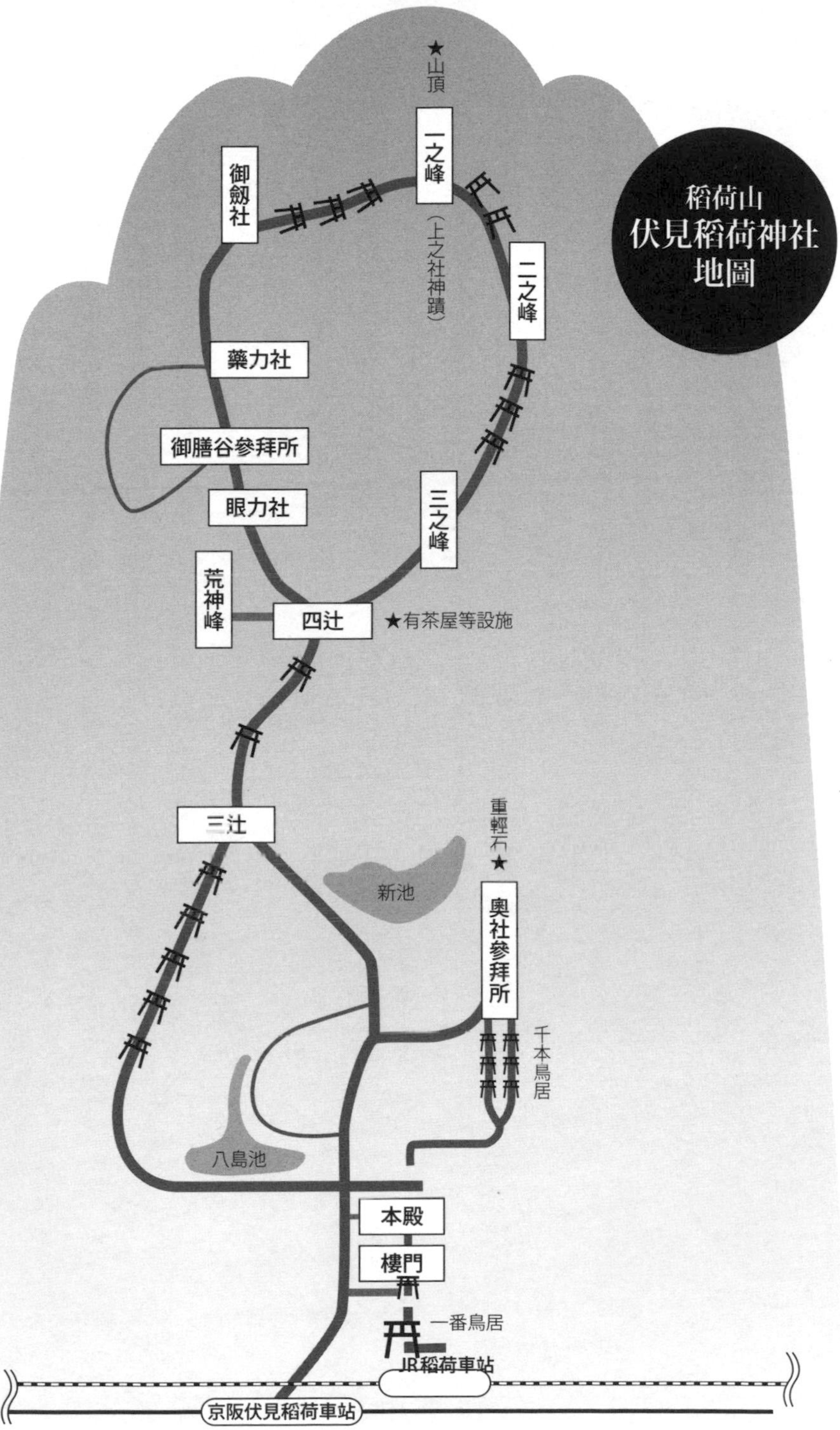
稻荷山
伏見稻荷神社
地圖
★山頂
一之峰
(上之社神蹟)
御劔社
二之峰
藥力社
御膳谷參拜所
眼力社
三之峰
荒神峰
四辻
★有茶屋等設施
三辻
重輕石★
新池
奧社參拜所
千本鳥居
八島池
本殿
樓門
一番鳥居
JR稻荷車站
京阪伏見稻荷車站

咖啡館

・推理事件簿2・

即使是一杯咖啡，也會難忘四十年。——土耳其諺語

序章 她的夢

搖啊搖、晃啊晃。

抬頭一看，美麗的星空一望無際。

她咕嚕一聲吞下含在嘴裡的液體。帶著微溫和些許苦澀，顏色或許能以橡樹來形容吧，像是混合了茶色和白色的——

這就是咖啡歐蕾？

聲音傳入她的耳中。呼喚自己名字的聲音凌駕了彷彿新幹線行駛過隧道時會聽到的轟鳴聲。她試著靠近並碰觸到某種東西，搖晃的感覺終於停止。

但是聲音以及她方才碰觸到的某種東西又再度離她遠去。她下意識地想喚回它們，卻因為嘴裡充滿了咖啡歐蕾而無法出聲。

不要走。留在這裡。不具意義的呼喊空虛地在夜晚迴盪，連逐漸微弱的聲音也抹去——

她總是在這時醒來。

同時失去了挽回的機會——伴隨著有如伸手抓住雲朵的悲傷。

一　敬啟者　未來

1

「——所以，妳覺得後來會是怎麼樣呢？」

當我說完這段很長的敘述後，便朝著咖啡店的吧台探出身子問。

悠哉地站在我眼前的女性停下轉動手搖式磨豆機的手，不再繼續研磨咖啡豆，接著拉開位於復古磨豆機下方的抽屜，一臉陶醉地聞了聞剛磨好的咖啡豆香氣，對著我輕輕微笑了一下，開口說：

「這個謎題磨得非常完美。」

在感到驚訝前，無奈的情緒就先冒出，我忍不住聳了聳肩。

前陣子我在平常出入的咖啡店偶然聽見了女性客人的對話，那段很長的敘述便是在重現當時的情景。根據她告訴同行友人的內容，住在京都的她有個在大阪工作的男朋友。上週日晚上，在京都度過週末假期的男朋友準備返回大阪，她便在JR京都車站的驗票閘門目送他離開。她懷著難以忍受的寂寞感，搭上停在車站前的京都客運，結果在數著下車要給的零錢時察覺到一件事。

數分鐘前，他們在售票機前買車票時，她的男朋友沒有使用鈔票，而是改投零錢。因為只要花費約五百日圓便可抵達大阪，所以並非無法以零錢支付的金額。但是方才他們一起吃飯，為了在結帳時避免找零而向她要零錢時，他是這麼說的——我現在身上的零錢只有一百日圓銅板跟五百日圓銅板各一枚。

她後來幫忙出零頭，所以用餐後結帳時沒有找零。換句話說，他買了一百五十日圓以內的車票去搭電車。那他究竟要用什麼方法回大阪呢？她在搖搖晃晃的公車上思考著，回憶起昨夜在自己家發生的事情。

當時她喝了點酒。還說了「雖然很高興你來找我，但是你回去之後我就覺得好寂寞。」這種無理取鬧的話來煩他。正巧他的手機在那時響起，為了擺脫尷尬的氣氛，他接起了電話。「哦，我現在在京都啊。什麼？你在大阪啊？那我們正好交換了呢。」似乎是住在京都的朋友打來的。

她想趁這時讓微醺的腦袋清醒一下，便去了一趟廁所。大約五分鐘後，她回來了，卻發現他還在講電話。「原來如此，你真聰明啊——啊，她回來了，那就先這樣。」雖然他急忙掛斷電話的樣子有點可疑，不過她也在反省自己說了任性的話，因此沒有繼續追問。

現在回想起來，那是不是表示他做了什麼虧心事呢？這時，她想到如何使用不到一百五十日圓返回大阪的方法，出神地望著被公車窗戶切成一塊塊的漆黑夜晚……

因為女性客人所說的故事出現了相當有趣的發展，我才會想到可以讓我面前的女性——就是我目前所在的咖啡店的店員，切間美星咖啡師也聽聽這個故事。

美星咖啡師今天也站在吧台內側，穿著像制服一樣的白色襯衫和黑色長褲，並套上深藍色的圍裙。她身材嬌小，有著一張適合用「可愛」而不是「美麗」來形容的娃娃臉，甚至讓人誤以為她是高中生，不過她其實比我還年長一歲，已經二十四歲了。自我們相遇以來，她的髮型就一直維持短短的黑色鮑伯頭。

她的外表從另一個角度來看算是很有特色，但要說是隨處可見倒也沒錯。不過，她其實有一項其他人都沒有的「特長」。

「那就由我來驗證一下妳的想法是對是錯吧。」

我當然早就從那位女性客人本人口中得知整件事的來龍去脈。當我表示要確認答案的要求後，她瞥了瞥掛在後方那一天撕一張的日曆，提出這樣的問題：

「青山先生所謂的『前陣子』，具體而言是幾天前呢？」

這件事和我們現在討論的問題有關嗎？我從日曆上顯示的今天的日期，也就是八月十八日開始往前數，告訴她正確的天數：「是四天前喔。」

「那他們現在應該相當幸福美滿吧。」

「……咦？」

「她的男朋友應該在那天晚上向她求婚了吧。」

我的喉嚨發出了奇怪的「唔呃」聲。

「請妳稍等一下，我確實是問妳覺得後來會怎麼樣，不過那只是因為我想把他購買一百五十日圓以內的車票的目的當成問題，並不是想請妳猜測他買了車票後的行動。應該說，我根本不記得自己說出了能讓妳猜到求婚的提示。」

「那我就依照順序一一說明吧。」

美星咖啡師把磨好的咖啡粉放在法蘭絨濾布中，開始以濾沖式沖煮咖啡。注入熱水後咖啡粉膨脹起來，是因為產生了二氧化碳，也代表咖啡豆很新鮮。

「首先是她想到的能以一百五十日圓返回大阪的方法，我認為她應該是懷疑自己男友和前一天晚上通電話的朋友合謀使用了菸管逃票法[1]。換句話說，她男友計畫和友人分別以一百二十日圓購買入站門票，通過驗票閘門。接下來兩人再隨便找個車站的月台碰面，交換彼此的入站門票，然後用那張門票通過目的地車站的驗票閘門。入站門票的時間限制是兩小時，而京都和大阪之間只要搭乘新快速列車[2]，三十分鐘就能抵達。新快速列車的班次間隔在晚上大約十五分至二十分一班，時間相當充裕。這是標準的只有在起點和終點使用『金錢』，沒有支付中途車資的菸管逃票手法。」

她等了大約三十秒徹底悶蒸咖啡粉，然後以書寫日文「の」字的方式注入熱水。等咖啡粉充分膨脹後就暫時停止，在表面的白色泡沫往下塌前再次補足熱水。據說泡沫流進咖啡裡會破壞咖啡風味，雖然步驟單純，卻是相當講求細心的工作。

「如果青山先生你是問我『妳覺得他要怎麼回大阪？』，我就會回答剛才所說的方法吧。不過，若只是要問這件事，你說的故事裡又有太多不必要的資訊，而且你果真問『後來會怎麼樣』了。也就是說，他搭上電車後不一定是返回大阪。一想到這，我就突然注意起她怕寂寞的個性了。」

結束濾沖後，咖啡師把盛滿剛煮好咖啡的白瓷杯放在銀色托盤上，繞過吧台，放在我面前。馥郁的香氣瀰漫至鼻腔深處，我拿起杯子，讓咖啡流過舌尖。

真好喝。這正是一杯足以冠上理想之名的咖啡。雖然味道曾一度出現若干偏差，不過最近好像又恢復之前那品質穩定的風味了。

咖啡師觀察我的表情後，甚是滿意地繼續說明。

「換句話說，為了排解她的寂寞，男朋友假裝返回大阪，其實是搶在她之前前往她住處。既然她在京都車站搭上京都客運，就能鎖定電車路線，進而推測出她住處是在京阪電車沿線。至於她男友買的則是只要搭乘一站就能抵達連接ＪＲ和京阪電車的東福寺車站，價格一百四十日圓的車票。這恐怕是住在京都的朋友告訴他的方法，所以他才會在電話裡稱讚對方『你真聰明』吧。」

1　原文為キセル（菸管），是以菸管只有兩端有金屬構造，引申為只有在入站和出站時持有車票，沒有支付中途車票錢，是一種逃票手法。

2　此處是指在京阪神地區行駛的快速列車，屬於一般列車的一種，由於停靠站較少，搭乘時間會比一般列車快。

「完全正確。而且到目前為止我在故事中透露了許多線索，讓美星小姐也能看出真相。不過，妳用這些線索歸納出求婚的答案，只能說已經超越出題者的預想範圍了。」

咖啡師將托盤靠在胸前，露出微笑。

「就是因為在大阪工作，她的男朋友才會在週日晚上回去。當她看見男朋友竟然在自己家門前等待時，應該會先想到『你不用工作嗎？』而難掩驚喜吧。縱使男朋友在京都停留到隔天，也只是讓寂寞往後拖延一天罷了。這種作法只是治標不治本，對吧？若不是如此，就可以推測出她的男朋友準備利用這次驚喜來徹底解決她寂寞的原因。而除了求婚以外，好像也想不出其他方法了呢。」

「嗯……妳的推測或許可以說得通，不過也是有點牽強呢。而且妳剛才問我日期，難道還有其他理由嗎？」

「說到四天前，本店也和社會大眾一樣，都在放中元節假期喔。」

「那又怎麼了？」

「這不是最適合的時期嗎——正好能告訴很久沒見面的朋友自己要結婚的消息。」

無奈的情緒還是勝過了驚訝，我把下巴靠在吧台上表示投降。

切間美星的「特長」就是她那聰明的頭腦——對她而言，要想出凌駕我思維的推論，可是輕而易舉。

2

即使已經進入八月下旬，盛夏還是絲毫沒有衰退的跡象。就連窗外庭院的草皮也彷彿在說「別再熱下去了」似地垂頭喪氣。

這裡是甫結束為期一週的夏季休假的塔列蘭咖啡店店內。從京都府京都市中京區的二条通和富小路通的十字路口「往上」——往北走，就可以看到當成標示的厚重電子招牌。旁邊則有兩間如雙胞胎般並排的老房子，中間的窄巷和屋頂形成一條隧道。只要穿過這條隧道，就能在幾乎不可能出現於京都市區的寬廣庭院最深處，看見有如魔女之家的塔列蘭咖啡店。

我第一次造訪這裡是在去年六月，算算也已經固定造訪超過一年了。當初我路過附近時，發現這間店就跑了進來，結果在此遇見我長年追求的完美咖啡，還認識了製作出此咖啡的切間美星咖啡師。咖啡師（Barista）這個職業發源自義大利的「義式咖啡屋」（bar），也就是兼營咖啡店和酒吧的餐廳，是主要負責製作濃縮咖啡的咖啡專家。即使這個職稱和加上「純」[3]字的懷舊咖啡店有些格格不入，美星小姐還是以「聽起來很帥氣」為由，稱自己是咖啡師。吧台

---

3 塔列蘭咖啡店的日文店名為「純喫茶タレーラン」，喫茶店在日本指的是提供咖啡、茶類和輕食的餐廳，但在大正時代卻逐漸出現販賣酒類並讓女服務生陪侍客人的店家，而且也稱為「喫茶店」，為了和此類店家區別，才會使用「純喫茶」當店名。

上的大紅色濃縮咖啡機也是因此而設置，可以看出她多麼執著咖啡師這個職業……雖然我的說法帶有挖苦之意，但她投注在咖啡上的熱情卻是貨真價實的。

我和美星小姐之間真的發生了不少事。現在回想起來雖然覺得百感交集，不過若是只看結果的話，我們之間的情況和以前完全一樣……不，其實我也很想相信自己和她的內心距離比當初認識時又稍微接近了一點。而且她有一陣子甚至還親密地直呼我的名字。但就在我一直拖拖拉拉地不肯明確表態時，她又不知不覺地改回原本的「青山先生」了。而我對「想擁有自己的店」這個目標也喪失大部分動力，有點像是半途而廢，所以若說起我這半年來的生活，真的是於公於私都過得相當頹廢。

這件事暫且不提，話說回來，京都是個咖啡店文化發展得相當興盛的城市，所以也以擁有許多咖啡名店聞名。雖然可以說是因為城市裡住了很多像是學生族群這種經常造訪咖啡店的人，不過根據我個人的猜測，這和店家能輕易獲得三大名酒產地之一的「伏見」的好水有關。因為要煮出風味十足的咖啡，高品質的水也是不可或缺的條件之一。

所謂的好咖啡，即是如惡魔般漆黑，如地獄般滾燙，如天使般純粹，同時如戀愛般甘甜──不愧是借用了留下此格言的法國伯爵名號的店家，塔列蘭的咖啡非常美味好喝。造訪過許多店家的我可以保證，塔列蘭的咖啡在風味上不會輸給任何名店。不過在我剛開始造訪塔列蘭時，它卻隱藏在那些名店的陰影下，生意實在算不上興隆。可能因為店長自己就是地主吧，他們似乎不太計較營收，一直都維持很隨興的經營方式。在這種情況下還能不倒閉，也算是很令人羨慕。

話雖如此，因為我最近偷偷傳授他們提升知名度的方法，再加上介紹京都咖啡的書籍刊登了他們的資訊，塔列蘭的客人也以穩定的速度逐漸增加。看，就連我忙著介紹的時候，門口的鈴鐺也清脆地響起，新的客人……

不，那並非普通的客人。

我睜大了雙眼盯著推開厚重的木板門走進店裡的女性。她注意到我的視線後立刻凶狠地瞪回來：「——幹麼？」

水山晶子剪去原本的一頭長髮，變成了俐落的短髮。

她是美星咖啡師就讀短大時認識的好朋友。頂著有如模特兒般的外型，言行舉止卻相當冷淡，一點也不友善，但對於自己信任的人則會很樂於照顧對方，甚至能以雞婆來形容。雖然她到去年為止還深陷可能被大學留級的危機，不過最後還是在今年春天順利畢業，進入京都市內的公司工作。當時她還像新進員工一樣留起黑髮，現在似乎為了配合剪短的髮型，又染回原本的褐髮了。

我搖頭表示什麼事也沒有後，她便轉過頭不再看我，在離我有三個座位之遙的椅子坐了下來。小貓查爾斯像是在歡迎她似地「喵」了一聲，以側腹磨蹭她的腳踝。牠是一年前基於種種原因而飼養在塔列蘭的暹羅貓。當時還是幼貓，現在已經完全具備成貓的氣質了。

水山小姐還是跟查爾斯稍微學學怎麼討人喜歡比較好……我一這麼想，她就彎下腰來撫摸查爾斯，然後自己也學牠發出了貓叫聲。從她對我的態度完全想像不到會有如此的「豹變」，應該說她對我的態度就像隻豹。難道該學學怎麼討人喜歡的是我嗎？

「好久不見了，小晶。最近過得還好嗎？」

咖啡師一開口打招呼，水山小姐便轉過身來面對著她說：

「身體的話的確是無病無痛啦。來，這是東京的土產。」

這種拐彎抹角的說法非常符合她的作風。我聽說她是關東地區的人，所以應該是趁中元節回老家了吧。

「哇，是番薯羊羹耶，謝謝。」

咖啡師活像個施展透視術的魔法師，只看外包裝就猜出內容物。包裝側面的貼紙上蓋著販售日期，是今天。由此可知水山晶子一回京都就直接來塔列蘭了。

「不客氣——對了，有什麼進展嗎？」

美星小姐輕輕地歪了歪頭：「進展？」

「我是在問妳是不是一如往常啦。」

我瞬間感覺到一股寒意，彷彿在體內循環的血液混進了冷水。因為水山小姐斜眼瞪了我一下。是那個嗎？她的眼神是在責備我和美星小姐的關係「一如往常」嗎？我像是把臉浸在洗臉盆裡似的，兩手拿著杯子，低頭啜飲咖啡。

美星小姐學好友往同樣的方向看了一眼，便帶著苦笑回答：

「這個嘛，嗯，應該是一如往常吧。」

水山小姐嘆了一口氣。「我想也是。那張臉感覺就是一副超級和平的樣子。」

她說的「那張臉」指的似乎不是把臉遮起來的我。我戰戰兢兢地轉頭往後看。

映入我眼簾的是這間店的店長兼主廚藻川又次先生。他一如往常地坐在店內角落的座位上，一如往常地打瞌睡。這位老人是美星小姐的舅公[4]，他戴著苔綠色的針織帽，嘴邊留有銀色鬍鬚，外表看起來雖然很老練穩重，但一開口就會冒出輕浮的假京都腔，在塔列蘭咖啡店營業時，他除了偶爾做做拿手的蘋果派，幾乎都在打瞌睡，不然就是去搭訕年輕的女性客人，是個麻煩人物。我個人其實很希望他哪天能中個美人計，然後半開的嘴裡還被人塞滿剛烘焙好的咖啡豆。

總而言之，水山晶子的敵意似乎不是針對我而來，讓我鬆了一口氣。不過聽到她的話後，她的好朋友美星小姐卻和我恰恰相反，露出擔心的表情。

「小晶，發生什麼事了嗎？」

「嗯……其實不是發生在我身上的事啦。不過我有件事情想問問美星。」

「有件事情想問我？」

「我覺得身為咖啡愛好者的妳說不定能明白同類的想法。」

正在準備白瓷杯的咖啡師忍不住笑了出來。

「竟然說我是咖啡愛好者，這好歹也是我的工作喔。」

「妳看一下這張照片，是姊姊寄給我的。」

水山小姐完全沒把好友的抗議放在心上，把智慧型手機遞給她看。美星小姐隔著吧台看向

4　藻川先生為「塔列蘭」咖啡店店長兼主廚，美星的舅公，美星都稱他為「叔叔」。

手機。螢幕上顯示著一封看起來相當普通的西式信封。

「……為什麼連你也靠過來了？」

怎麼可能！我明明以幾乎能自稱忍者後裔的身手悄悄移動到水山小姐旁邊的位子，竟然這麼簡單就被發現了。如果我的身體如石頭般僵硬，那她的視線就等同於梅杜莎的雙眼。而且今天好像還表現得比平常更直接。她心情不好嗎？

「好了、好了，小晶……這封信有什麼問題嗎？」

「啊，這好像是今天早上我姊姊收到的信，是某個住在沖繩的青年寄的。」

這個用非常有特色的字跡寫下的收件人「水山翠」就是她姊姊的名字囉？字面上的意思讓我聯想到哥倫比亞所產的高級咖啡豆翡翠山，這算是職業病嗎？應該是我的腦袋不太正常吧。

「我姊姊這個月才剛搬到琦玉喔。」

「原來如此，這樣一來的確有點奇怪。」

美星小姐好像只靠方才幾句對話就立刻明白好友想說什麼。若以我的角度來看，她的腦袋應該也挺不正常的。

「呃，到底是哪裡奇怪呢？」

水山小姐以像在驅趕蒼蠅的口氣對我說了一個單字：「郵戳。」

「郵戳？不過這看起來的確是從名護[5]寄出的啊……」

「請你仔細觀察上面的日期。」

聽到美星小姐這麼說，我把臉再次湊近螢幕。或許是被我的動作嚇得退縮了，水山小姐馬上把智慧型手機往後挪了十公分左右，不過我像烏龜一樣伸長脖子追了上去。

我終於注意到了。

「這日期好奇怪啊。」

「我剛才不是一直這麼說了嗎？」

「沒錯，妳剛才的確說了，妳姊姊這個月才搬到琦玉。」

但是螢幕上顯示的信件郵戳，日期卻早了一個月。而寄送的地址當然是琦玉縣內的某處，也就是說……

「如果郵戳的日期是可信的……」之後的說明由水山小姐接手進行。「這封信雖然是在姊姊搬家之前寄出的，收件地址卻是姊姊現在的住址——換句話說，青年寫的這封信，是要寄到未來的姊姊家的。」

3

美星咖啡師用手搖式磨豆機磨起了咖啡豆。

表面上看起來或許是正在替比我晚到的客人，也就是水山小姐沖煮咖啡，不過她這個舉動我從去年就已經日睹過好幾次，知道她聰明的頭腦是利用磨咖啡豆時的喀啦喀啦聲來讓思緒變

---

5 位於沖繩的城市。

得清晰。也就是說，她的頭腦已經開始在思考眼前令人費解的現象了。

「所以翠小姐已經看過那封信了嗎？」

水山小姐對美星小姐的問題搖了搖頭。

「她覺得很恐怖，所以不敢拆開。因為她不記得自己曾把住址告訴對方。」

「說來說去，那名青年到底是誰啊？」

我插嘴提問後，今天的她第一次認真回答我，似乎是終於允許我參與討論了。

「他是我姊姊的前未婚夫。明明都已經介紹給家人了，但大概兩個月前吧，卻突然分手。所以原本在沖繩工作的姊姊才會辭掉工作，搬回琦玉。」

「分手是兩個月前的事，搬家則是這個月，對吧？」

「看來我說明得還不夠清楚。姊姊分手後就立刻離開沖繩，好像只把行李先寄放在房子空間很大的朋友家中，接下來大約一個多月的時間都在國外旅遊。她還說辭掉工作後正是出去玩的好時機。說得那麼輕鬆，也不想想自己給家人添了多少麻煩。」

身為妹妹的她或許有立場抱怨，但一想到她姊姊可能是打算利用旅行來撫慰情傷，我就無法打從心底認同她的想法。不過，她姊姊在這種時候竟然不是把行李寄放在老家，而是選擇朋友家，怎麼想都覺得很奇怪。

當我對此提出質疑後，水山小姐皺著眉頭說：

「就是因為遇到這種事，才不知道該怎麼面對家人吧。」

原來如此。我想起了水山小姐來到這裡前自己和美星小姐談論的話題。有兩個人締結良緣，也有兩個人分道揚鑣。

「喀啦喀啦」的聲音傳進我耳中。水山小姐見美星小姐遲遲不說話，可能知道自己說明得還不夠，便又繼續說。

「其實他們兩人會認識是因為我。幾年前我去沖繩旅行時，聽說下榻的旅館附近有間咖啡園，因為想知道那裡附設的咖啡店的咖啡和美星煮的咖啡哪個比較好，所以就跑去光顧了。那個青年就是店裡的員工。」

「所以妳才會說美星小姐跟他是『同類』啊。」

我恍然大悟地說道，咖啡師也輕輕地點了點頭。

想種出品質優良的咖啡豆，必須滿足幾種氣候或地理條件。而符合這些條件的環境就是位於南北迴歸線之間的熱帶和亞熱帶地區，咖啡豆的生產國確實有絕大部分是集中在這裡。人們稱這塊區域為咖啡帶，日本的沖繩和小笠原差不多位於此區域的最北邊，是國內少數的咖啡豆產地。

「那間店的咖啡還不錯，但我更喜歡的是店裡的氣氛。在旅途中，每天都光顧，隔年又跑去那裡玩。不久後，姊姊確定要去沖繩工作時，我就把那間咖啡店的事告訴了她……不過，當我知道姊姊和我認識的店員變成那種關係的時候，真的嚇了一跳呢！」

水山小姐彷彿懷念起遙遠的南方，雙眼凝視著垂掛在天花板的吊燈。

「沒辦法直接向寄這封信的人詢問事情的真相嗎？」

「當我知道姊姊分手時，曾經打過電話給他。但是他的電話號碼好像換了，打不通。我也打去咖啡店詢問，結果店長困擾地表示他沒有解釋理由，只說了『我要休息一陣子』就不見了。我想應該到現在都還聯絡不上他吧。」

「翠小姐也不知道他的聯絡方式嗎？」

「她離開沖繩前只試著聯絡他一次，好像那時就已經打不通了。姊姊說可能因為分手的時候氣氛不太愉快，所以不想看到對方的臉，甚至連聲音也不想聽吧。」

接下來我只聽到持續不斷的磨豆聲，以及睡迷糊的貓在身為飼主的老人腳邊喵了一聲而已。

當咖啡師再度開口時，她的語氣像是在謹慎選擇使用的詞彙。

「也就是說，翠小姐在擔心那名青年會不會直接跑來自己家，對吧？」

「沒錯。」水山小姐點點頭。

「這是為什麼呢？」

我一要求解釋，咖啡師便以不帶私情的平淡語氣回答：

「如果那封信不是請人轉寄的，寄出後經過一個多月才送到，感覺很不自然，況且對方也不可能在翠小姐決定搬家的地點前就得知她的住址。這樣推斷下來，那封信就不是一般的信件，會聯想到是對方親自投遞的也很正常。」

「不過，郵戳的問題又該如何解釋呢？如果那不是偽造或蓋錯的話。」

「若要舉例的話，就像是用這種方法：寄件者先用鉛筆在信封上寫下自己家的住址，從名護寄出。過了幾天，那封信寄到他手上後，就把信封的寄件地址不留痕跡地擦掉，等到他得知翠小姐的新家地點，再把地址寫在信封上，然後直接將那封信丟進翠小姐家的信箱就行了。」

難怪水山翠看到信封上的名護的郵戳後，會認為信是從沖繩寄來的。雖然花了一個月才查明她的新住址，產生了日期上的誤差，但是青年或許沒想到她會注意這種小地方吧。

不過，水山小姐卻以意想不到的理由推翻了這個假說。

「這個方法行不通。因為他根本沒辦法離開沖繩。」

「沒辦法離開沖繩？」

「不知道是不是和姊姊之間的問題造成的，他好像沒辦法搭乘交通工具了。那是叫恐慌症吧……詳細情形我不清楚，但他會暫時停止工作，身體出問題好像也是原因之一。」

或許是留長髮時的習慣還在，她不耐地用手撩了撩瀏海。仔細一看，她的頭髮在髮際的地方有大約一公分是黑色的。雖然我上次見到她是在她剛進公司時，但她的髮型或許不是最近才改變的。

話說回來，對方竟然患有精神疾病，看來事情比我所想的還嚴重。我試著想像一個從來沒見過的陌生青年，因為對前未婚妻狂熱的執著而做出怪異行為的樣子，忍不住自我厭惡了起來。美星小姐也彷彿想起什麼似地浮現奇妙神情，然後拋出像是要揭露他人醜事的問題：

「為什麼他們會取消婚事呢？」

「簡單來說，他們好像曾為了要不要離開沖繩而爭吵過。兩人交往的時候，他似乎說過要在沖繩學習咖啡的知識，夢想著有一天能在東京擁有自己的店，不過他們交往到論及婚嫁的時候，他突然改變想法，說要像現在這樣一直在咖啡園工作，那對姊姊來說是無法接受的事。結果最後等於是以吵架分手收場。」

所謂的分手時氣氛不太愉快，原來是指這件事啊。「那信件的內容……」

「十之八九是要求復合吧。他的腦袋現在應該冷靜下來了。」

既然是他自己斷絕聯繫的，除非有什麼不得不這麼做的原因，否則肯定也是一時被怒氣沖昏頭了。不過，當他的身心處於嚴重的異常狀態時，也正好能讓他反省自己的態度，所以他才會寫下這封信。既然如此，用腦袋冷靜下來形容就很貼切了——

或許也能以完全相反的想法來解釋。青年非常痛恨和自己意見不合便取消婚約、最後還把自己逼入絕境的水山翠。所以就算單方面斷絕聯繫也難消他心頭之恨，一定要說幾句話教訓她才肯罷休，便寄了這封信給她。到目前為止，也還沒有出現能否定這個說法的證據。

我舔著因為咖啡而變得微苦的嘴脣，再次改變思考方向。無論是何種理由，都不會改變青年想盡辦法要寄信給前未婚妻，最後構思了這個計謀的事實。如果是從囚禁青年的沖繩遙望水山翠所在的琦玉的情況，就能想到一個如何寄出郵戳不正確的信件的方法。

「那個……如果是這樣的情況呢？」

我試探性地開口後，水山晶子便轉頭面向我。「你有什麼眉目嗎？」

「如果青年沒辦法直接把信送到翠小姐的所在地，答案就只有一個——委託第三者轉交。」

美星咖啡師轉動手搖式磨豆機的手停了下來。只要她覺得別人的意見有值得傾聽的地方，無論正確與否，她都會暫時停止磨咖啡豆。

「這名青年應該是把自己的想法全都寫在信中，卻不知道翠小姐去了哪裡，所以無法把信送出吧。於是他使用剛才美星小姐解釋的方法，獲得偽造郵戳的信後，再把信交給某個人——可能是翠小姐也認識的熟人，或是願意傾聽他說的任何事情，相當於好友的人——拜託對方查出前未婚妻的地址，直接把信投進信箱。」

「不過，寄件人姓名和地址都是手寫的喔。」

「這當然是協助青年的人模仿他的字跡寫下的。愈有特色的字跡反而愈容易模仿。」

「有必要如此大費周章地把這封信偽裝成是青年自己寄出的嗎？」

「因為不希望給好友帶來麻煩，才會想出這個讓人不會懷疑有第三者參與的計畫，不是嗎？」

接下來的整整三十秒，水山小姐一直以嚴肅的眼神凝視著螢幕上的信。等到智慧型手機的螢幕自動休眠後，她才猛然抬起頭來。

「美星，妳覺得呢？他還有別的辦法能把這封信寄到姊姊住的地方嗎？」

咖啡師在不知不覺間又喀啦喀啦地磨起咖啡豆了。

「這個嘛，如果他想寄信的話，我也覺得只能拜託第三者幫忙喔。」

嗯？不知道為什麼，她說話的方式讓我產生了些許異樣感。不過水山小姐好像一點也不覺得奇怪，迅速地跳下椅子。

「我想大概就是你們說的那樣吧。如果有比較不會嚇著姊姊的說明就好了……總而言之，我會把你們的說法告訴姊姊，請她把信拆開來看的。」

接著她不悅地瞇起一隻眼睛，用幾乎聽不到的細小聲音對我說：「謝謝。」

嗯，感覺還不差。

她說完後便直接轉身背對吧台，也沒跟好友正式告別就打算離開塔列蘭。她打開大門時的鈴聲驚醒了藻川先生，「歡迎光……謝謝惠顧——」他如此說道。

我想他「大概」說了這些話。因為睡昏頭的老人話還沒說完，後半段的台詞就被來自我後方的聲音蓋過了。

「等一下！」

是美星小姐的聲音。

「幹麼？」水山小姐似乎已經預料到了。她雙手插腰地轉過身，表情相當鎮定。

咖啡師也將早已放開磨豆機的雙手交疊在身前，輕輕低下頭對我行了一禮。

「對不起，青山先生，但我覺得事情完全不是你剛才說的那樣。」

其實她這句話也隱約在我的預料之中。她總是會先把我的想法徹底推翻一次。

原本在不知不覺間得意地挺起的雙肩，現在又洩氣地垂了下來。

「我就知道妳不認同我的想法。」

「對不起，但是我並不想說謊。」

「怎麼了，美星？妳的意思是現在要告訴我更合理的說明嗎？」

咖啡師沒有正面回應水山晶子的問題：

「小晶，妳別那麼急著走嘛。我都特地磨好豆子了。」

看到她露出如此調皮的笑臉，我想她磨好的應該不只是豆子。

「妳知道了什麼，對吧？」

「是的，這個謎題磨得非常完美。」

水山小姐走回原本的位子時，感覺腳步十分沉重。

「妳剛才不是還支持青山提出的說法嗎？到底是對哪一點不滿意啊？」

咖啡師聞了聞剛磨好的咖啡粉，開始準備濾沖咖啡。

「青年要把信交給翠小姐的唯一方法，就是拜託第三者幫忙。關於這點，我也同意。不過，如果要請他人幫忙投遞的話，根本沒有必要偽裝成是自己寄的。只要請幫忙的人在拿信給翠小姐時告訴她，這是青年所寫的信就行了。」

「青山不是說了嗎？這是因為不想給好友帶來麻煩。如果知道對方未經同意就調查自己的住址，姊姊肯定會不高興的。」

「因為想讓自己扛下一切責任，才會用這種拐彎抹角的方法？那在調查到住址之後直接從沖繩郵寄那封信不就解決了嗎？」

這麼說來，確實如此。如果改用她所說的方法，肯定簡單又自然多了。總而言之，咖啡師想說的就是，雖然我的假設的確能夠實行，卻沒有必要使用這麼複雜的小手段。

「如果妳有這種想法，一開始就說出來嘛，真壞心。」

就算聽到水山小姐的批評，美星小姐還是一臉笑咪咪的。她在把熱水倒進咖啡粉裡的同時，也不著痕跡地試圖深入好友的內心。

「其實我一直在想，小晶妳究竟希望我回答什麼呢？我不知道妳的目的到底是什麼。但是聽到妳剛才說的話，我總算明白了。」

「目的？」

「妳希望翠小姐能馬上把信打開來看。」

一聽到這句話，水山小姐便心虛地低下頭，但也不忘開口反駁。

「那是那個人特地寫的信耶，連看都沒看就丟掉的話，感覺不是很可憐嗎？對我這個當妹妹的來說，希望曾經發誓要成為彼此一生的伴侶的兩人能夠復合，不是再合理不過的想法嗎？」

「嗯，我認為這是很合理的想法——所以妳才會做這種事，對吧？」

水山晶子終於沉默了，坐在她身旁的我則完全被晾在一邊。所謂這種事，到底是什麼事啊？

咖啡師將倒入熱水的步驟分成好幾次進行，像是藉由這個舉動來和自己唱和似地繼續說：

「小晶希望他們兩人現在還有機會和好，所以無論如何都想讓姊姊看這封信，對吧？而且要趕在姊姊察覺郵戳的真相前……沒錯，妳已經預料到翠小姐應該很快就會發現真相了。因為有可能為了兩人復合而幫忙、又知道翠小姐的住址，也就是能夠執行這整件事的人，在他們周遭找不到第二個了。」

咖啡師的口氣與其說是在逼迫某人，更像是在安撫一個哭喪著臉的小孩。而隨著咖啡一滴滴流入咖啡壺，我也終於看出她話中的含意。

「所以，為了讓已經對郵戳產生疑問的翠小姐願意看那封信，必須想一個多少能夠說服她的理由。小晶妳在回京都的路上一直思考這件事，但是卻想不到，便急急忙忙來找我幫忙。妳希望我能夠代替妳自己想出一個捏造的解釋，好說給姊姊聽。」

咖啡師看了一眼好友帶來的東京土產。賣出日是今天，所以今天早上——也就是翠小姐收到信時，水山小姐還在東京附近。

她是在東京附近的哪裡呢？答案已經呼之欲出了吧。

「不要露出那種表情嘛。」咖啡師把剛煮好的咖啡送到態度變得愈來愈心虛的水山晶子面前，笑著說道。

「畢竟妳又不是真的做了什麼壞事——這一切全都是小晶妳策畫的吧？無論是寫下那封信，或是把它送到翠小姐住的地方。」

4

我後知後覺地想起一件事。那就是水山晶子在面對熟人時會表現得很雞婆。

「……哎，我很清楚濫用妳的聰明才智不會有什麼好下場，所以才想快點離開的。」

這位雞婆小姐無奈地將手肘靠在桌上，看起來已經完全放棄隱瞞實情了。

「我已經知道一切都是晶子小姐策畫的。不過，妳為什麼要……」

我說到這裡就不得不閉嘴。因為我感覺到旁邊的座位釋放出如野獸露齒低鳴時的殺氣。

美星咖啡師苦笑了一下，代替當事人向我說明。

「小晶自己也說過了吧？她知道翠小姐和青年的婚約取消後，就算想聯絡青年也找不到人，還從咖啡店的店長那裡聽到他請假停止工作。因此感到很擔心的小晶做了一件事——就是親自跑去沖繩找他。」

就算我想觀察水山小姐的表情，她也像要扭斷脖子似地把頭轉向另一邊。

「否則小晶應該沒機會知道他陷入困境才對。因為聯絡不上他本人，工作地點的店長好像連他停職的原因也沒有問清楚。」

「有沒有可能是她向姊姊打聽的呢？」

「如果翠小姐知道青年無法離開沖繩的話，就不會擔心他可能親自把信送到她住的地方了吧？不管怎麼說，除了這個理由外，還有很多跡象都指出這封信真正的寄件人是小晶。既然如此，便能確定在取得名護的郵戳時，小晶人就在沖繩。同時也可以解釋成因為人在沖繩，才會想出這樣的計策。否則她大可選擇更簡單的方法，像是寄出偽造的電子郵件。」

這下子我終於恍然大悟了。既然沒辦法聯絡青年，水山翠應該也不知道他的電子信箱，所以要假裝成青年寄電子郵件給她是非常容易的事。

而水山晶子則強調自己也想過這個方法。

「但是使用電子郵件的話，訊息就會即時送達了吧？一開始寄的信件內容還有辦法矇混過去，但是當姊姊寄來回信時，無論是回覆或無視那封信，穿幫的風險都很高。所以我才會認為如果有郵戳的話，寄實體信比較不會被懷疑。」

「結果卻適得其反了呢。」咖啡師整了整襯衫的領子。「小晶不管三七二十一地前往沖繩，或許還調查了青年的住處並主動去找他，結果在見到面後，小晶從他的話中察覺出他其實並未放棄復合的希望。但是因為他好像不打算主動告訴姊姊這件事，小晶才會決定試著暗中修復兩人的關係。雖然小晶想到可以假借他的名義寄信，但是目前在國外旅行的翠小姐收不到信，而且小晶自己也有工作，停留在沖繩的時間有限，所以為了至少先拿到郵戳，便在信封上寫下自己家的住址後寄了出去。等到翠小姐的居住地確定後，再親自拿著把寄件地址改掉的信去投遞。」

「基本上裡面的內容是用電腦打好再印出來的。看到我模仿寫下的字就知道，他寫字很醜，所以這麼做其實不會很突兀。至於郵戳的日期會不合常理，是因為姊姊一直不回日本的關係……不過，我沒想到她竟然會注意到那種地方。」

「但是，就算她沒有注意到郵戳的日期有誤差，也免不了會對自己的住址被知道這件事起疑吧？妳原本打算怎麼處理這個問題呢？」

「當然是讓她以為住址是我提供的啊。只要多說一句抱歉，應該就沒什麼好懷疑的了。」

為了慎重起見，水山小姐連姊姊寄來附上圖片的訊息都還沒回覆。看起來也不是完全沒有考慮過後果就行動，但是——不知道為什麼，還是有種難以理解的感覺。

「姊姊她啊，一直很支持那個人想在東京擁有自己的店的夢想，所以才沒辦法原諒他突然改變目標。她說覺得兩人一起走過的時光被無視了。我把這件事告訴他後，他說他現在很痛恨自己曾經膽小地堅持放棄夢想。所以他滿腦子都覺得『自己這樣只會讓她不幸』。之所以單方面斷絕聯繫，好像也是因為有這種自卑的想法。實在是讓人看不下去，一想起來就火大。」

確實是個讓人傷腦筋的青年……不過，我覺得她也沒必要為了他這麼煞費苦心。先不管那兩人內心真正的想法如何，她的行為怎麼看都完全無視當事人的意願，甚至可以用自以為是來形容。

「我寫的那封信除了解釋他自己的困境，也表達了反省之意，我相信只要姊姊看完那封信，應該會飛去沖繩見他。這樣一來，我姊姊當然會知道他根本沒有寫什麼信。不過，我覺得只要那兩人能再見一次面，之後總會有辦法的。就算他們最後沒有復合，那也是他們兩人選擇的結果。總而言之，在他們見面之前，我無論如何都不希望姊姊對這封信起疑。」

水山晶子喝了喝咖啡，「呼」地吐了一口氣。

我真的很想對她說出那些在我體內徘徊不去的疑問。幸好美星咖啡師以婉轉許多的方式替我發言了。

「我很喜歡願意為他人付出這麼多的小晶喔。」

她一露出溫柔的微笑，水山小姐便深深地低下頭。我也曾經做出這種好像無法直視耀眼的東西的舉動。當被美星小姐盯著看時，或許無論對方是男是女，都會不禁臉頰發熱。

「不過，總覺得小晶一直很不坦率呢——我想妳只要直接告訴姊姊就可以了喔。以妹妹的身分當面告訴姊姊，說那個人現在很無助，請她去看看他，這樣的效果應該會好很多喔。」

「……才不是呢。」

就在這時，水山晶子輕輕地開口了，聲音彷彿一滴落入咖啡壺中的咖啡般地缺乏自信。

「才不是呢。我一定不是為了誰才這麼做的。」

她把嘴靠在以雙手握住的杯子上。咖啡師注視著她藏起來的臉，靜靜等待她的下一句話。

但水山晶子始終沒有再開口，店裡只聽得見悠哉的貓在睡醒時「喵」地叫了一聲。

「……實在很難釋懷耶。」

水山晶子離去後，留下來的我對著吧台內喃喃自語。舊式的冷氣一直發出好像要故障的聲音，拚命地替店內捎來涼意，我坐在店裡看著第二杯咖啡中緩緩飄出的熱氣，幾乎快忘記自己和室外的酷暑只有一牆之隔。

「你是指小晶的事情嗎？」

聽到咖啡師這麼問，我點了點頭。

「因為她的作法也未免太麻煩了。我實在不認為有必要想出那種方法來讓兩個人復合。若是無論如何都想採取信件的手法，大可利用她和兩人都認識的立場，解釋成是青年拜託她轉交就好了嘛。」

「我覺得小晶應該是不想被別人認為自己很積極地介入這件事情吧。」

「因為會讓姊姊知道那封信是假的？不過到頭來，她還是打算跟姊姊說地址是自己提供的喔？連郵戳的問題也一樣，明明用盡心思想把信偽裝成是從沖繩寄出的，但是一遇到日期上的矛盾，卻又說『我沒想到姊姊會注意那種小地方』。雖然使用了設計得很縝密的手法，掩蓋事實的說詞卻很隨便，不是嗎？簡直就像是只要姊姊不會懷疑這封信並非出自青年之手，其他問題都不需要計較……」

「不，不是那樣的。」

「咦？」

「小晶她無論如何都不想讓翠小姐知道一件事，那就是她一直對自己親姊姊的前未婚夫懷有複雜的情感。」

我驚訝地張大了嘴巴。雖然咖啡師婉轉地以「複雜」來形容，但是我很清楚她所指的是什麼——她在說水山晶子對那名青年懷有好感。

「呃，關於這件事，是晶子小姐以前曾經說溜嘴之類的嗎？」

「這是不可能的。雖然我和小晶是很熟的朋友，但她並非那種會主動對誰吐露自己心事的人。如果她知道我對青山先生宣揚這件事，肯定整整一個月都不會跟我說話吧。」

美星咖啡師輕輕地吐了吐舌頭。我也認同她的推測，這樣才符合我對水山晶子的印象。

「不過，如果她沒有說溜嘴，妳的根據又是從哪裡來的呢？」

「去沖繩旅行時每天都抽出寶貴的時間去那間咖啡店，而且隔年又再度造訪，連姊姊的婚約告吹時都特地搭飛機前往。難道你不認為，若非懷有特別的情感，她不太可能做出這種行動嗎？雖然小晶說是『喜歡咖啡店裡的氣氛』，不過這也是因為有特定的對象在那裡吧。」

「真的是這樣嗎？我覺得只靠這一點就下定論，好像有點輕率耶。」

「除此之外，還有另一件事讓我無法輕易忽略。那就是她身上出現了某個重大的變化。」

「變化？」

「是髮型。」

我想起在她兩頰旁搖晃飄動的俐落短髮。那確實是連我這個跟她不算很熟的人都會嚇一跳的長度。而且她看起來比誰都討厭有人對這件事大驚小怪。事實上，她當時也立刻說了一句「幹麼」來威嚇目瞪口呆的我。簡直就像是禁止別人談論髮型的話題。

「這麼說來，她的髮際也長出一截大約一公分的黑髮了呢。我還在猜她大概是一個月前剪短的耶，假設她在那時也順便染了頭髮的話。」

「是啊。而且說到一個月前，也正好和蓋上郵戳的日期重疊。」

我緊閉著雙唇「唔」地沉吟了一聲。

「我覺得小晶去找他的理由，應該不是只有想讓兩人重修舊好這麼單純，而是小晶自己也非常擔心和其他人斷了聯繫的他。在見到他、和他談過之後，小晶所得到的結論，就是先把翠小姐叫回沖繩，對他才是最好的幫助。但她同時也感到迷惘，不知道自己究竟想怎麼做，才會為了下定決心而把頭髮剪掉吧——剛失戀的女性偶爾會這麼做。」

咖啡師抓起瀏海的髮稍，輕輕地拉了一下。

只有在一年中的一小段時間才會見面的對象。仔細想想，那肯定只是種連戀愛都算不上的淡淡情愫罷了。那麼，如果姊姊和那個人相識了，會怎麼樣呢？雖然只能在腦中想像，但是一定會覺得彼此的距離縮短了很多，同時也認為他又再次變成了遙不可及的人吧。

就算他們兩人分手了，身為妹妹的晶子還是不可能和青年有更進一步的關係。就是因為她明白這一點，才沒有選擇自己去幫助青年，而是想辦法讓姊姊回心轉意。因為到頭來，這才是最有可能繼續待在他「身邊」的方法。

我不是為了誰才這麼做的——她這句話現在聽來格外刺耳。

「……寄給未來的信嗎……」

一說出口之後，連我自己都對這句矯情的話感到不知所措。看到美星咖啡師疑惑地歪了歪頭，我急忙補上說明。

「她不是說過嗎？青年寫的這封信是要寄到未來的姊姊家。那也等於是寄給未來會住在那裡的翠小姐吧？但實際上卻不是這樣。」

「沒錯。小晶那封信其實是寫給兩人的未來的。」

那封信或許也同時斬斷了她自己的一項「未來」——是我想太多了嗎？

「我希望小晶的體貼到最後不會只是一場空，無論那兩個人有沒有成功復合。」

「是啊……不過，即使是從以前就一直喜歡的人，好歹也是曾經和姊姊論及婚嫁的對象，她真的對他有那種感情嗎？我沒有兄弟姊妹，所以也無法理解就是了。」

「這很合理喔。擁有相同血緣的人被同樣的對象深深吸引一點也不奇怪。」

咖啡師的口吻近似斷定，讓我感到有些意外。

這麼說來，雖然已經認識美星小姐超過一年了，不過可能是因為一開始來往的時候彼此都保持一定距離，我到現在連她有哪些家人都不知道。或許她曾經在對話中多少提及過自己的家人，但我對她的家庭狀況還是一知半解。

「雖然現在才問這個有點晚了。」我說完這句話後，便對她問道：「美星小姐有兄弟姊妹嗎？」

「是的，我有一個妹妹。」

她帶著熟悉的笑容回答後，便伸出食指靠在下巴上，朝斜上方看了一眼，然後像是下定了決心似地說：

「——你要見見她嗎？」

「咦？」

☂

在這間窗簾緊緊拉上的房間裡，白天的陽光幾乎照不進來。

他在微弱的光線下睜大瞳孔看完信後，點起了一根菸。一縷輕煙在充滿梅雨時節悶熱空氣的室內裊裊上升，讓人更感不快。話雖如此，因為沒辦法開窗使空氣流通，最近抽菸的次數一口氣減少許多。但對於生活勉強餬口的男人來說，這反而算是件好事。只是很久以前養成的習慣到現在仍改不掉，在思考的時候總是得來上一根。

他刻意讓視線的焦點模糊，飛快地掃過被他扔在桌上的信。他已經不知道自己重看過幾次了。

從手寫的文字和挑選信封組的品味來看，寄件者是個年輕女子。不過他一眼就看出對方使用了假名，信件中也針對這點向他道歉。如果說她是想隱瞞身分的話，似乎又不是那麼一回事。在信件的最後寫著電子信箱，還貼上據說是本人的照片貼紙，也就是所謂的大頭貼。雖然不知道那張照片是否可信，還是能一眼看出對方很年輕。

除此之外——就是以感覺有些躊躇的筆跡寫下的「喜歡上了」這段文字。

他將夾著菸的手指放在屈起的膝蓋上，抬頭看向空中。他已經有二十年沒收過這種信了吧？也很驚訝這封信能成功送到自己手上。看來他並不如自己所想的已經和世間完全斷絕聯繫。

他第一次大略讀完這封信時，當然沒有產生反感。甚至因為對方是年輕女性，而出現了與這把年紀不符的興奮情緒。但是當他再次仔細重讀信件的內容時，卻從字裡行間察覺出哪裡不太對勁。

這封信裡除了單純表示好意之外，還具有某種目的。

自從他腦中開始這麼想，就愈來愈覺得自己好像在哪裡看過照片上的臉。但是，一下子就能想起的熟人不可能做這種事，而且十年來，他能夠在工作場合外直接接觸年輕女性的機會也屈指可數。如果他曾經在哪裡看過這名女性的話，頂多是在她年幼的時候——

他搖了搖頭，把菸壓進菸灰缸裡弄熄。

只靠一封信根本沒辦法推測對方的目的。如果覺得不對勁的話，只要無視就好了。

但是，他沒辦法不去在意。也有可能是捨不得對突然出現在無趣日常的「闖入者」視而不見。那是一種他沒辦法斷定不是別有用心，近似湊熱鬧的感覺。

他站起身，從書架上找來因為日照而褪色的信紙，然後把它放在信件旁邊，開始以沒水的原子筆寫下筆跡斷斷續續的回信。

二　狐狸的假度假

1

好幾個臉上帶著笑容的人如射擊遊戲的敵機般和我擦身而過。

在已進入八月下旬的星期三，JR京都車站中央口的驗票閘門和平常一樣，不對，是比平常擠滿了更多的人。在即將消逝的夏天裡衝上列車的旅客們，嘴角全都綁著以期待而非氣體[1]充氣的氣球，快步邁向下一個目的地。古都京都不只擁有無數名勝古蹟，還會因為四季變化而呈現不同樣貌，讓造訪者看也看不膩。即使舊時代的風情已經在現代逐漸淡化遠去，這個城市仍舊不分男女老少地吸引著許多人。

不過，就算是最適合旅行的城市，也不代表一定適合居住。這個城市位於三面環山的京都

1「期待」與「氣體」的日文發音相同。

盆地底部，氣候總被形容成「最糟」或「超糟」，夏天如喜劇般炎熱，冬天如悲劇般寒冷。京都市在這兩天也一直維持晴朗的天氣，彷彿想一掃之前連日來的雨天所累積的鬱悶，讓人置身於完全感覺不到夏天要結束的酷熱中。因為採用挑高設計，冷氣的效能無法遍及整座京都車站，所以在車站內站了超過十分鐘後，我被瀏海蓋住的額頭很快地開始滲出汗水。

事先約好的十一點快到了。因為一直保持沉默也挺怪的，我便對站在身旁的人隨口問道：

「這次她是為了什麼事而來呢？」

「我妹妹嗎？是來旅遊的喔。」

美星咖啡師掀起帽子的帽沿，輕笑了一下。

她在大約十天前提出的不可思議計畫，換句話說就是這麼一回事。因為我們正好在本人最近要來京都時聊起這個話題，所以她就問我要不要趁難得的機會見見她妹妹。我也對美星小姐的親人很感興趣，當然非常樂意和對方見面。只是不明白這有什麼好「難得」的。

「我妹妹還是學生，目前在東京市內租房子住。這次是利用暑假規畫了兩日遊，一個人到京都來玩。」

她一邊看向驗票閘門一邊說，穿著無袖連身長裙的肩膀看起來很涼快。她的側臉感覺比平常靠得更近，大概是因為穿著高跟拖鞋吧。私底下的她與在塔列蘭時穿的制服不同，喜歡的是輕便休閒的衣服，鞋子卻好像經常挑選有跟的款式。說不定她其實挺在意自己矮小的身高。

「我之前根本不知道妳有妹妹。」

她應該沒有刻意隱瞞之意，但我還是以有點像是抱怨的口氣說道。她臉上的微笑頓時多了幾分淘氣。

「我跟妹妹說過青山先生的事喔。」

她到底說了什麼？我實在不敢想像，還是別深究比較好。

「坦白說，身為姊姊的妳覺得她是怎樣的妹妹呢？畢竟是姊妹，所以和自己很像嗎？」

「這個嘛，該怎麼說才好呢……雖然很難客觀評論，但我覺得她的個性和我不是很像。我妹妹參加的是輕音樂社團，喜歡在大家面前彈奏樂器或唱歌。」

原來如此，這的確和我對美星小姐的印象不同。

「不過在長相方面，我們兩個都被說長得像母親。」

「女兒長愈大就愈像母親的說法還滿常聽到的呢。」

「是啊……應該說，我們其實和父親沒有血緣關係。」

她的口氣實在太輕描淡寫，我差點就聽漏了她的告白。

「咦？啊，這樣啊，對不起，我好像害妳說了不該說的話。」

「不，請你別放在心上。無論有沒有血緣關係，那個人終究還是我們的父親。」

她回答的口氣相當坦然。看到她的態度，讓我懷疑她是不是若有似無地想表達不希望我過度反應的意思。如果是這樣的話，她應該保持沉默才對，不過也可能是因為我方才責怪她隱瞞自己有妹妹，所以才會據實以告。若真是如此，我也只能對自己的失言感到懊悔，不過這對她來說大概也算過度反應的一種吧。

就連我在思考這些事而陷入沉默時，都會讓我覺得一看到她說出不該向他人坦白身世的樣子，就有股無言的壓力施加在身上，不禁痛恨起自己的窩囊。

「當我母親再婚時，我只有四歲。我的親生父親離開時是在更早之前，所以我其實已經對他的臉或個性沒有什麼印象了。」

四歲。如果考慮到她有個父母相同的妹妹，感覺離婚到再婚的時間好像有點短。是因為有什麼紛爭才會離婚嗎……會有這種想像是典型的小人多疑。結果因為腦袋胡思亂想，害我錯失附和她的適當機會。

「不過母親再婚的時候，我也已經四歲了，是能夠理解最基本的情況，而且多多少少會留下記憶的年齡了。但是父母好像覺得女兒不可能記得他們再婚的事，所以直到現在都還隱瞞著我們和父親沒有血緣關係的事實。因為好像發生過讓他們不願開口的事，所以我也沒辦法親自向他求證。」

不願開口的事……原本已經被我硬扯回正途的思緒，又逐漸受到「是不是有什麼紛爭」的說法吸引。結果在她的敘述告一段落之前，我連一句話都說不出來。

有個矮小的男童如打水漂的石頭般地跑了過去，隨後則是一對年輕夫婦緩慢地經過我們身旁。

「……妳妹妹對這件事的看法是？」

我硬是擠出一個問題，咖啡師卻說了聲「不」，看起來似乎很煩惱。

「她似乎對這件事沒有印象。雖然我沒有跟她談論過這件事，不過以我妹妹的個性來說，如果她記得的話，應該會去追查任何跟親生父親有關的線索吧。」

既然美星小姐是「多多少少」記得的程度，更年幼的妹妹會不記得也很正常吧。

就在這個時候，她突然把手伸進方才用雙手提著的手提包裡，經過一陣翻找後拿出智慧型手機。

「是我妹妹。——喂，妳到了？妳在哪？我沒看到妳耶。妳眼前有什麼標示嗎？近鐵[2]……啊，妳從新幹線中央口出去啦。很容易搞混吧？抱歉。我知道了，我去那邊找妳，等我一下。」

JR京都車站的北側被稱為中央口，南側則被稱為八条口，新幹線中央口驗票閘門是在靠西側的八条口附近。這個車站的內部空間很大，人又很多，不熟悉環境的人經常會找不到目的地。如果接下來要去觀光景點的話，從有公車停靠站的中央口出去會比較方便，不過與其叫來旅遊的人過來這裡會合，還不如我們快點去接人會比較有效率吧。

我們往有京都伊勢丹百貨的西側走，進入南北自由通路區。當我們穿過就算只有兩個人也很可能走散的擁擠人群，往南前進時……

「喂——姊姊——！呀喝——！」

……我看到了。在人山人海的車站驗票閘門前，有一位女性以歌劇演員也相形見絀的大嗓門喊叫著，不停揮動高舉過頭的手，像在有廟會的日子看到的溜溜球一樣輕盈地上下跳動。

美星咖啡師連看也不看她一眼，快步從她面前走了過去。我試著模仿那些在擦身而過時投

2「近畿日本鐵道」的簡稱，營運路線橫跨日本大阪府、京都府、奈良縣、三重縣、岐阜縣與愛知縣的民營鐵路公司。

以好奇目光的路人，偷看美星咖啡師的臉，發現她的臉頰和雙耳都紅透了。

「呃，難不成那就是……」

「我不知道。我根本不認識那種女生。」

「喂！為什麼不理我啊！姊姊！美星！」

「啊——啊——我聽不見，我是花子、我是花子……」

雖然不知道花子是誰，不過現在不是逃避現實的時候。

「請妳冷靜一點，妳的名字是美星。」

「這種事不用你提醒我也知道！我還知道那個人是我妹妹！」

她垂在身體兩側的手緊握成拳地轉過身來，釋放出有如汽油彈般的熱氣。看來我不小心火上加油了。

「真是的，終於追上妳了。為什麼丟下我先走啊？」

後方傳來說話聲，這次換成我轉過身。

她的臉上掛著比夏天的陽光還耀眼的活潑笑容。

就算扣掉膠底運動鞋的後底不算，她的身高還是比美星小姐高了一截。服裝以黑白兩色為基調，走的卻是和塔列蘭制服完全相反的搖滾風。綁成左右兩束的頭髮挑染成灰褐色，脖子上掛著智慧型手機，還套著像是使用七彩油漆噴灑般鮮豔的手機保護殼。

「你好，初次見面，男朋友先生。我是美星的妹妹，切間美空。」

我愣愣地看著她對我伸出大大張開的手掌，忍不住心想：如果說她是美星小姐的妹妹，倒也不是無法認同，但是卻沒有姊妹兩人很相像的感覺。光就笑容這一點來看，美星小姐給人的印象是充滿了如暖陽般的溫柔，妹妹則根本就是顆太陽。

「他才不是什麼男朋友！妳就不能收斂一下自己的大嗓門嗎？這裡又不是卡拉ＯＫ的包廂！」

美星小姐真的在生氣。我則是在意起「什麼男朋友」的「什麼」。

「妳為什麼要當真啊？只是開個玩笑，又沒什麼不好的。」

「很不好。這個玩笑不好笑，而且我也沒有當真。」

「不按照順序來就沒辦法接受嗎？姊姊妳還是一樣老古板耶。明明自己前陣子才跟我說覺得對方人不錯什麼的。」

「我沒有說！青山先生，你不可以把她說的話當真喔！」

「哈哈，妳們姊妹倆真的是差很多呢……」

我帶著僵硬的笑容說道。雖然我誠實說出了自己的感想，但是考慮到以前的美星小姐似乎比現在外向許多——或者是考慮到她們那情感奔放的舅公，說不定兩人的個性原本是一樣的。

「今天的行程是到處觀光，對吧？行李要怎麼處理呢？」

要是在這裡上演姊妹爭吵的戲碼也不太好，所以我換了個話題。美空小姐低頭看了看放在腳邊的亮面粉紅色行李箱。

「嗯——旅館的住宿手續也要傍晚過後才能辦理……」

一問之下才知道她訂了靠近京都車站南側的旅館。

「既然這樣，乾脆來住我家不就好了……或者乾脆直接回東京算了。」

美星小姐嘟囔道。只要談到跟親人有關的事，她的口氣馬上變得很差。

「旅館的地址我之前就告訴姊姊了吧？既然只住一晚，還是優先考慮交通方便的地方比較好。」

妹妹回答時完全忽略姊姊那句話的後半段。顯然已經很懂得怎麼打發她了。

「既然這樣，」我提議道：

「要不要先寄放在置物櫃呢？如果能找到沒人使用的就好了。」

「沒有的話就回東京吧。」

「好主意。那就麻煩青山先生帶路囉。」

當我們轉身背對因為妹妹登場而顯得有些失常的美星小姐，邁步往前走的瞬間，我頓時覺得讓我萌生同類意識的美空小姐，應該可以和我相處得很融洽。

2

京都車站內到處都有投幣式置物櫃，不過只要到了旅遊旺季，總是會變得一櫃難求，因此我原本還有些擔心。但現在是八月，畢竟還是平常日——星期三是塔列蘭的固定公休日——所以我們很幸運地在第一個造訪的置物櫃發現了空位。

寄放完行李後，美星小姐對行動輕便許多的妹妹問道：

「美空，妳午餐要吃什麼？」

「我在新幹線上吃完了。」

美星小姐對我使了個眼色，意思是「我們都還沒吃耶」。這個時間吃午餐確實有點早，不過我可以理解那種一秒鐘也不想浪費的觀光客心態。

「妳今天想去哪裡？雖然妳一直到昨天都說還沒決定……」

「對，說到這個，」美空小姐伸出食指指著天空，氣勢十足地回答：「我想去伏見稻荷看看。」

伏見稻荷大社是遍布日本各地的稻荷神社[3]的總本社，在新年參拜的時候會有許多旅客前來參拜，人數足以擠入全國前五名。神社位於京都市伏見區，從京都車站搭乘JR線只需兩站便可抵達。

我們順從她的要求各自支付了車票錢並搭上電車，差不多十五分鐘後便抵達了最靠近目的地的稻荷車站。一走出驗票閘門，就看到了矗立在眼前的一番鳥居[4]。

「哇！好大！好紅！」

美空小姐興奮得像是看到飼主回來的小狗，拿著開啟照相功能的智慧型手機開始到處拍

---

3 稻荷神為農業與商業之神，將狐狸視為神的使者。

4 伏見稻荷大社的建物之一，此神社以數量驚人的鳥居聞名，遊客多半會從一出站就看得到的一番鳥居開始，一邊參觀一邊計算鳥居的數量。

照。原以為只是想留個紀念，她卻像是有自己的堅持，拍照時都會先認真確認角度或行人入鏡的樣子，然後才謹慎地按下快門。

「這裡怎麼看都覺得很莊嚴肅穆呢。」

我試著向美星小姐搭話，她看著妹妹的背影，微笑著說了聲「是啊」。

「在穿越伏見稻荷的鳥居時，我總會覺得那是一道連接現實和異世界的『門』。」

「我在走過通往塔列蘭的隧道時，也有同樣的感覺喔。」

「哦？如果客人覺得那間店是個『舒適自在的世界』的話，我會很高興的。」

一身輕裝的美空小姐很快地就拋下我們，逕自往前走。我陪著美星小姐跟在她身後並肩而行時，想起了在京都車站看到的父母和小孩，然後對聯想到這種事的自己感到有些害躁。

走著走著，我們來到了樓門前。鎮守在寬廣階梯兩側的不是狛犬[5]，而是白狐的石像。美空小姐一邊對著石像按下快門，一邊說道：

「說到稻荷神就會想到狐狸呢。」

「在上古時代，狐狸因為其叫聲的關係，原本是稱為『Ketsu』。而被奉為稻荷神的宇迦之御靈神的別名是御饌津神，所以據說是有人因為發音的關係，把御饌津神寫成『三狐神』[6]，狐狸才會被視為是稻荷神的附屬，也就是神的使者喔。後來因為受到佛教的影響，在印度被視為魔女的荼吉尼[7]，傳到日本之後變成了騎在白狐上的模樣，和稻荷神視為同一神祇，所以才會產生邪惡狐狸迷惑人類的形象。」

不愧是美星小姐，對這些知識還真是清楚。於是我試著對她提出困擾自己多年的疑問。

「稻荷壽司[8]或是狐狸麵等使用炸豆皮的料理，名字都和稻荷的狐狸有關，對吧？為什麼給稻荷的狐狸的供品會是炸豆皮呢？」

「據說在神道教信仰出現前，狐狸就因為會捕食危害農作物的老鼠而成為農業信仰的對象。荼吉尼也有用炸老鼠當供品的風俗，但是在禁止殺生的佛教則是用炸豆皮代替，除此之外，狐狸其實很喜歡吃炸豆皮，所以演變成用炸豆皮當供品的習慣等說法。」

「哦……哎呀，妳真的很熟悉耶。」

結果她害羞地說：「我其實自學了一些京都的歷史和文化知識，因為以前在店裡有客人問我，結果我回答不出來，覺得很懊惱。」

而且志氣還不小。但在感到十分佩服的我身旁，她妹妹卻像是對艱澀的話題敬謝不敏似的，只顧著拍樓門的照片。

參拜完本殿後繼續往裡面走就會看到千本鳥居。無數的朱紅鳥居緊密排列，像分岔的樹枝般形成兩條有著平緩曲線的隧道。一踏進隧道裡，就如同美星小姐方才所說的，產生了像是迷

5　狛犬是一種狀似獅子或狗的猛獸，日本的寺廟或神社大門常會放置狛犬的石像，相當於中國寺廟的石獅子。

6　御饌津神的日文發音為Miketsunokami，與三狐神的發音相同。

7　荼吉尼為佛教的神祇，由來是印度教的女鬼，佛教傳入日本後與日本神道教產生融合的現象，荼吉尼便與稻荷神被視為同一神祇。

8　在台灣多稱為豆皮壽司。

失在前往異世界的迷宮裡的錯覺。穿過一座鳥居之後又是一座鳥居，緊密到就算想在中途從旁邊離開也沒辦法。

只要穿過千本鳥居，就會看到奧社參拜所，這裡似乎是讓人遙拜座落在它身後的山——也就是稻荷山的地方。我們從無數塊狐臉形狀的繪馬旁走過，發現人群都聚集在一對石燈籠前。穿著制服的國中生們正摸著燈籠大聲喧鬧。

「這是『重輕石』喔。」

聽到姊姊的介紹，美空小姐的視線離開了智慧型手機螢幕。

「先在心裡想著自己的願望，然後抬起燈籠的空輪，也就是頂端的石頭。據說如果其重量比自己預測的還輕，願望就會實現，反之則不會。」

「這樣啊。好，我來試試看吧！」

於是美空小姐捲起套在無袖背心外的印花T恤的五分袖，等到國中生們一離開，馬上站到其中一邊的燈籠前面。

我也緊跟在後，占據了另一邊的燈籠。因為有件事情我無論如何都想問問石頭的意見。

「需要我替妳拍一張抬石頭的照片嗎？」

「不用了。這樣會分心，害我沒辦法感覺重量。」

姊姊難得主動提議，美空卻乾脆地拒絕，雙手合十，閉上眼睛。接著她輕輕動了動嘴唇，然後睜大雙眼，抬起了空輪。我也馬上學她在心裡想著願望，將雙手放在「重輕石」上。

「……好重！」

因為用力的關係，我的真心話不小心自雙脣間溜了出來。我已經不是第一次造訪伏見稻荷，原本以為這次應該能成功的，結果根本不需要我特別報告——這個「重輕石」非常沉重，應該要改名「重重石」才對。

啊啊，美星小姐，我和妳的關係好像在今後也不會有什麼進展啊。

「哎，真的會有人覺得它很輕嗎？」

聽到我吹毛求疵地抱怨，美星小姐溫柔安慰我。

「辛苦你了。美空覺得怎麼樣呢？」

「我覺得沒有想像中重耶。青山先生，你太誇張了啦。」

我目瞪口呆地看著她。她摩擦雙掌的動作看起來不像在逞強。難不成她其實擁有驚人的怪力？

「妳許了什麼願呢？」

美星小姐好奇地問。

「這是祕密。」

「咦，跟我說一下又沒關係。該不會是戀愛方面的吧？」

「嗯……『我等的人快出現』之類的吧。」

「哇！對方是誰？」

我看著因為這種事就雀躍不已的美星小姐，心想「她畢竟是個女孩子嘛」而鬆了一口氣。總覺得那是一種類似爺爺在擔心晚熟孫女的心情。

想探究妹妹內心的姊姊以及閃躲其追問的妹妹，兩人爭論了一陣子後，美空小姐突然看著右邊說道：

「那裡還有鳥居耶。」

「走那邊的話是巡山參拜喔。」我正好站在右側，就順便提醒她。

「巡山參拜？」

美空小姐疑惑地歪了歪頭。雖然我順勢回答了，但是更詳細的說明我也不知道。我以眼神向美星小姐求救，她便欣然接下說明的工作。

「稻荷山上有超過一萬座的鳥居，在連接三座山峰的參拜步道上有稻荷神的信徒所捐奉的無數顆石頭，稱為『御塚』，還有以前祭拜神明的祠堂廢棄後留下的神蹟。一個個去造訪巡拜這些地方，就叫作『巡山參拜』或是『巡山』喔。」

「原來如此，前面的路還很長啊，去看看好了。」

「還、還是不要去比較好喔！」

聽到我的制止，美空小姐露出了掃興的表情。「為什麼？」

「我之前曾經走過一次，巡山參拜所需的時間據說大約是兩小時，在過程中會不斷地爬階梯，已經跟爬山有點類似了喔。如果是天氣比較涼爽的季節就算了，在這種大熱天的話——」

我指了指頭上晴朗無雲的天空。「走完之後就會汗流浹背，又累又倦，沒力氣去其他觀光景點了。」

苦澀的記憶在我腦中復甦。我來到京都定居後沒多久，就在沒有事先做過任何功課的情況下跑來稻荷玩，踏進了巡山參拜的步道。那天的太陽也在空中熊熊燃燒著，怎麼爬都看不到終點的階梯地獄讓我相當絕望，最後在四辻的一個有茶屋的休息處宣告放棄，打道回府。當我往下走到山麓時，知道從山麓走到四辻後再折返的距離只有全程的一半，忍不住感到頭皮發麻。在那之後過了整整一年，我才敢再次挑戰巡山參拜——這次因為有選好季節和路線，所以總算比第一次更能夠好好享受「巡山」的樂趣了。

「咦，我想去、我想去啦！放心，我還很年輕，很活蹦亂跳的。」

美空小姐鼓起雙頰表示不滿，像小孩子般地鬧起彆扭。不過真的很年輕的人應該不會形容自己活蹦亂跳的吧？

「如果妳真的那麼想去，我也不會硬是阻止妳，不過恕我無法奉陪，請兩位自己去吧。我會等妳們順利走完回來的。」

我一邊說一邊攤開手掌請她們兩人先走，美星小姐連忙揮了揮手。

「這怎麼行呢……而且我今天還穿這種鞋子。」

我看向她腳上的高跟拖鞋，原來如此，確實不適合巡山參拜。

「如果事先跟我說一聲的話，我就會穿比較適合爬山的鞋子來了……」

「什麼嘛，結果還是只剩我一個人啊。真拿你們沒辦法。」美空看了看手表，「現在是十二點啊……巡山參拜會花上大約兩小時吧？你們兩人就趁這段時間去吃個午餐好了？」

這樣我們特地在京都和她會合就沒有意義了，不過美星小姐毫不猶豫地對妹妹的提議表示贊同。

「說得也是，雖然妳難得來玩，不過還是暫時先分開行動吧。我們會在京都車站等妳，妳巡山參拜結束後就回京都車站找我們吧。」

因為正好有一班電車進站，我們只花不到三十分鐘就回到京都車站。因為怕美空小姐提早回來，我們決定挑一個比較好找的地方，最後選擇了從中央口驗票閘門旁邊的電扶梯搭到底後就會看到的某個義式餐廳。各自點完義大利麵之後，美星小姐把自己的智慧型手機放在桌上，開口向我道歉。

「對不起，她只要一下定決心就不聽勸了。」

「別放在心上，我才很不好意思呢！真希望我也有能輕鬆爬完一、兩座山的體力。」

「運動」這兩個字已經脫離我的日常生活很久了。雖然知道養成運動的習慣比較好，不過若真能實踐的話也不用那麼辛苦了。我原本只是想感嘆一下現狀，美星小姐卻露出有點寂寞的表情。

「那樣子我反而不喜歡。」

「咦？為什麼？」

「因為你剛才其實是想拋下我一個人，和美空一起去巡山參拜，對吧？」

唔呃。我的喉嚨發出了奇怪的聲音。這應該是那個吧？她其實不是在吃醋，只是說留下她一個人會很無聊吧？是這樣沒錯吧？

「哎呀，我怎麼可能會這麼做嘛，哈哈哈……我和美空小姐是第一次見面，兩個人去巡山參拜也沒什麼意思啊。如果美星小姐不去的話，我也不會去的。」

「真的嗎？」

「當、當然是真的。」

「啊，你的視線轉開了，很可疑喔。」

「沒有啦，這是……啊，妳看那邊。」

只要被她那直率的眼神盯著看，無論是誰都會忍不住移開視線的。就在這時，店外出現了一個讓我有點在意的人影。

從他細瘦的手臂和腳來看，大概是國中生吧。五分袖的白襯衫和黑色褲子應該是學校規定的制服。他直挺挺地站著不動，雙臂連同指尖都筆直地緊貼著身體，尖細的下巴往內縮起，一直盯著我們看。學生頭下的細長雙眼裡找不到同年齡的小孩該有的活潑神情。

「是校外教學的學生吧？」

「剛才在伏見稻荷那裡也有看到，只要一到八月下旬，即使正在放暑假，京都還是會湧進許多校外教學的學生……」

美星咖啡師雖然回答了我，卻說得有些含糊不清。

「雖然這麼說不太好，不過那個少年感覺有點奇怪耶。」

「說不定他有什麼話想告訴我們。」

她說完後便作勢要站起來，但是她正想走過去時，少年就像逃跑的野生動物般地轉身跑走了。而他方才站立的空間，則被匆忙走過的觀光客所拖的行李箱輾得粉碎。

「……真奇怪。」

在我說出這句話的同時，美星小姐又坐回椅子上。「我記得那位少年跑走的方向有販賣紀念品的商店，說不定是買東西的途中不小心走過頭了，才會跑到這裡來。」

「讓你們久等了——」

親切的女服務生笑著送來我們點的食物。

「就快一點了呢。」我看了一眼手表。

「我們慢慢吃吧，美空應該還要一段時間才會回來。」

接下來我們連話也很少說，各自吃著自己的義大利麵。她優雅又津津有味地吃著番茄肉醬麵，我則一邊用叉子捲起好像只加了醬油的和風義大利麵，一邊想著藻川先生做的拿坡里義大利麵比這好吃多了。只有在談論拿手好菜的手藝時，我完全信任他的實力。

結束用餐後我們閒聊了一陣子，美星小姐的智慧型手機便收到來電。

「美空？妳已經在京都車站啦，比我想像的還早呢。」

我看了看時鐘，已經快兩點了，距離我們分開行動後過了將近兩小時。

「嗯，我知道了。我們現在立刻過去。——她已經到了，我們走吧。呃，青山先生？」

美星小姐的表情頓時變得僵硬。因為我一直凝視著她右手的智慧型手機。

「我現在才發現，這個彩色的保護殼和美空小姐的是一對的耶。」

「哦，這個啊。」她把右手伸到我面前，「我跟我妹說我買了智慧型手機，她就給了我這個。雖然我覺得它有點太花俏，但她給我的時候說『這個還不錯吧』，我也不好意思糟蹋她的好意，才想到至少在和妹妹見面的時候拿出來用。」

她到去年為止都還是使用折疊式手機，今年才換成智慧型手機。聽到這個消息後便準備了成對的保護殼的妹妹的心意，在親生姊姊眼裡或許是相當惹人憐愛吧。

我們結帳後便離開店裡。美空小姐這次沒有走錯，確實在中央口驗票閘門前等我們。

「讓泥們久冷惹。泥們師惹什麼好帥的東七啊？」

我完全聽不懂她在說什麼，因為她嘴裡正嚼著用竹籤串起的某種烤肉。

美星小姐「呀啊」地發出怪叫聲，雙手捧住自己的臉頰。

「快住手！妳怎麼能在人來人往的地方做這種事！太沒規矩了！」

「因為流惹一身汗後，肚子就餓惹嘛。」

「那個看起來很怪異的食物到底是什麼啊？」我戰戰兢兢地詢問她。

「這個？是烤鵪鶉喔。伏現稻荷的步道旁的茶屋賣的。聽說是伏見的名閃。青山先生也要師嗎？來！」

「喂、喂！『來』什麼『來』！不准用鳥嘴指！不准用鵪鶉的鳥嘴指著青山先生！」

就算是我也不禁露出僵硬的笑容，連美星小姐都完全變了個人。美空小姐一邊含糊地說著「明明就很好吃」之類的話，一邊心不甘情不願地把那串肉放進手上提的塑膠袋裡。

「妳有乖乖地走完巡山參拜的行程嗎？」

美星小姐像發燒一樣伸手摸著自己的額頭，以低沉的嗓音問道。

「當然！雖然走起來挺辛苦的，不過我順利走完一圈喔。」

美空小姐比出勝利手勢後，便得意地現出智慧型手機螢幕。我湊上前去一看，她從我們和她在奧社參拜所分開時拍的照片開始，依序展示手機裡的圖片。經過三辻、四辻之後是眼力社、御膳谷參拜所……

「咦，妳是從這個方向走啊。」

我下意識地低語後，美空小姐便豎起右手的食指。

「想按照一、二、三的順序走不是人類的天性嗎？」

「不過妳事後應該後悔了吧？」

「……也是啦。」

接著出現的長長階梯盡頭是通往一之峰，然後步道會經過二之峰、三之峰，再繞回四辻。換句話說，路線是從四辻出發，繞了一圈之後再回來，但其實美空小姐選擇從一之峰開始走的路線，和反方向的路線相比，往上的坡道和階梯比較多，走起來會特別辛苦。現在才想到應該先告訴她一聲也已經太遲了。不過美星小姐卻若無其事地說：

「過程愈是辛苦，累積的功德也愈高喔。」

對待自己的妹妹還真是毫不留情啊。

接下來的幾張圖片都是一邊爬上階梯一邊拍攝的山林風景。當抵達稻荷山的山頂一之峰時，螢幕上頭一次出現了美空小姐入鏡的照片。她站在石階上，也就是寫著「末廣大神」的小神社[9]——上之社神蹟前，伸出捲起T恤袖子的手驕傲地比著勝利手勢。

「因為好不容易才抵達山頂嘛，就請對面店家的人幫我拍了張紀念照。」

正如她所言，山頂上有販賣供品或紀念旗幟的小攤販，我之前去的時候還有上了年紀的女性在顧攤。一想到她每天早上都要「通勤」來這裡工作，不禁對她肅然起敬。

當我還沉浸在過去的回憶時，美星咖啡師冷不防地在智慧型手機的觸控螢幕上將兩隻靠攏的手指伸展開來。這叫作捏合，是要放大螢幕時的操作方式。

「那個，美星小姐，怎麼了嗎？」

她好像被什麼東西附身般忘我地凝視著螢幕。美空小姐忍不住想把智慧型手機拿回來，她卻抓著美空小姐的手腕問道：

「美空，妳還記得和我們分開行動後，花了多少時間抵達一之峰嗎？」

她妹妹露出為難又困惑的表情回答：「呃，我想差不多一個小時吧。」

從四辻到一之峰的路程距離很長，但是從一之峰經過二之峰、三之峰回到四辻的路程則可以相對輕鬆地一路往下走。美空小姐不到兩個小時就回來京都車站了，如果把中途跑去買鵪鶉的時間算進去，她說抵達一之峰時大約花了一小時，大致上符合計算。

我們分開行動時正好是中午，所以拍攝時間是下午一點吧。我似乎也在那個時候看了一下手表——

「有什麼地方不對勁嗎？」

「青山先生，請你看一下這裡。」

9　末廣大神為伏見稻荷大社的一之峰上所祭祀的雄天狐，天狐是據說活了一千年以上的狐狸，是一種神獸。

美星小姐一把奪走妹妹的智慧型手機，然後湊到我面前。我看到應該是把圖片角落放大顯示的螢幕畫面，不禁發出驚呼。

「這是騙人的吧！」

當美空小姐在山頂上拍攝紀念照片的同時，我在京都車站看了看手表，正好就是在那名感覺有點奇怪的少年離去後不久。而那名少年的身影竟出現在美空小姐的智慧型手機螢幕中——像是從點著蠟燭的石燈籠旁露出頭來一樣，站得直挺挺地盯著鏡頭看。

3

「哦，原來還發生了這麼不可思議的事情啊。」

我簡單地說明事情經過後，美空小姐皺起了眉頭。

「與其說『這是騙人的』……不如說我們被迷惑了吧。」

我只是把一時想到的事情說出來，她們姊妹倆卻異口同聲地反問：「被迷惑了？」

「因為在幾乎同一時間的不同場所看到同一個人的情況，除了被迷惑而產生幻覺外，也想不到其他解釋了嘛。而且好巧不巧地又發生在伏見稻荷，我們剛才不是也聊過狐狸會迷惑人的話題嗎？」

這麼說來，那名少年的尖細下巴和細長的雙眼，都讓人不由得聯想到狐狸。不過美星小姐如我預料地說了句「完全不對」。

「我剛才已經說明了，狐狸會迷惑人是融入了荼吉尼的傳說後才出現的說法。如果考慮到現實情況，那只不過是毫無根據的臆測罷了。」

「我知道、我知道了啦。妳也不用解釋得那麼認真吧？」

「你們兩個是半斤八兩。這又不是什麼值得傷腦筋的事。」

美空小姐充滿自信地說道，我和美星小姐互看了對方一眼。

「所以美空妳知道發生了什麼事嗎？」

「那還用說。」她滿不在乎地說，鬆手放開智慧型手機，讓它自然地吊在手機繩上。「他看起來應該是國中生吧，正是精力旺盛的年紀。只要從山上一路往下衝，然後直接跑向車站，跳上剛好停靠在月台的電車，整趟路程最快不會超過三十分鐘。反正我也沒有確認過正確的時間，只是因為前往山頂的上坡路和階梯爬起來很累，不知不覺就以為花費的時間比實際上還長而已。」

「換句話說，我們看到這個少年的時間點，和妳請人拍攝照片的時間點，中間大概差了三十分鐘？」

「對，就是這樣。」

「唔……我覺得這麼說太牽強了……」

「——幹麼？就算跟事實不同，又有什麼問題嗎？」

美空小姐突然臉色一變。美星小姐徹底否定的說法或許踩到她的地雷了。不過，如果她因為這點小事就生氣，像我這種每次都被美星小姐斷言「完全不對」，卻還是有辦法傻笑的人，立場又該往哪擺才好呢？

「我說啊，不管那個少年是一路衝下山還是被狐狸迷惑，老實說根本無所謂。就算知道真相又能怎樣呢？」

我沒辦法反駁她這句話。雖然我們遇到非常不可思議的現象，覺得很恐慌，不過這次的事件根本不需像之前那樣由美星小姐來解開真相。

「我可是特地抽空來京都旅行的耶。我接下來還想去很多地方玩，才不想浪費時間討論這種不會有結果的事。我們在說這些話的時候，關門的時間也一分一秒地逼近喔。」

姊姊被妹妹一罵，頓時變得意志消沉。氣氛有些緊張，我便急忙插嘴說道：

「妳說關門時間，意思是妳想去寺院之類的地方嗎？因為那種景點其實都挺早關門的。」

「沒錯。」美空小姐的表情在面向我的一瞬間變得比較溫和。「我想去銀閣寺或南禪寺[10]之類的地方看看。」

「妳想去東山地區走走啊。」

東山地區是聳立在京都盆地東側的群山以及其山麓的總稱。除了美空小姐說的景點外，還有清水寺和八坂神社等風景名勝，是遊覽京都時不可錯過的地區之一。

時間已經超過兩點半了。我記得銀閣寺在這個季節的關門時間是下午五點半。我想不起來南禪寺是幾點關門，反正不用急著趕過去也沒關係。

在我們眼前有個匯集許多行駛路線的遼闊公車停靠站。我們選了一條適合的路線，搭公車前往銀閣寺。我試圖緩和她們姊妹之間不愉快的氣氛，結果和消沉寡言的姊姊相比，我和妹妹還聊得比較多。我一直忍不住懷疑是不是自己在這裡才會讓情況惡化，明明坐在涼爽的公車內，卻流著不是夏天的炎熱所造成的冷汗。

當我們從公車上下來，穿過茶屋林立的步道時，已經演變成只有我和美空小姐在交談，美星小姐則以落後一步的距離跟著我們的狀態。既然是美星小姐的妹妹，年齡應該和我相同或是比我還小，率直的態度和用字遣詞充滿了沒有年齡隔閡的親切感，帶給我和美星小姐交談時很少體會到的親密感覺……健談的程度甚至讓我很可能一不小心就忘了背後那位小姐的存在。很危險，真的很危險啊。

「咦？那是念成『慈照寺』吧？這裡不是銀閣寺嗎？」

當我們走進寺院境內時，美空小姐看著掛在寺門上的匾額問道。

「哦，銀閣寺只是俗稱，如果包括山號的話，正式名稱是叫東山慈照寺喔。這是臨濟宗相國寺派的寺院，是足利義政[11]下令興建的，之後為了和金閣寺相呼應，才會把觀音殿俗稱為『銀閣』。」

我們穿過高聳的銀閣寺垣，買了門票後繼續往前走。首先出現在正面的是鋪成條紋圖樣、名為銀沙灘的細沙造景。左手邊有方丈，也就是主殿，站在其前方轉身向後，就可以看到在形

10 日本京都的佛寺，為臨濟宗南禪寺派的大本山。南禪寺是日本最早由皇室發願建造的禪宗寺院，也是日本禪寺中最高等級的佛寺。

11 足利義政，一四三六～一四九〇年，為室町幕府第八代將軍，創造室町幕府全盛期的第三代將軍足利義滿之孫。

狀像富士山，名為「向月台」的細沙造景後方的銀閣。它連銀箔都沒有貼，靜謐又淡泊的氛圍，讓我心裡突然湧現一種難以言喻的寂寥感。

「哦，那就是銀閣啊。話說回來，青山先生懂得還真多呢。」

美空小姐靠到我身旁，以幾乎可以碰到肩膀的距離對我露出燦爛的笑容。不知道是不是洗衣精的關係，她只要一移動，寬鬆的T恤就會飄來具有清潔感的香味，讓我突然心跳加速。於是我搔著頭說：

「還、還好啦，因為我就住在這附近嘛。」

「原來如此。難怪你對這裡很熟悉。」

「哎呀，才懂這點知識，還不算熟悉啦。像是金閣寺的正式名稱其實是北山鹿苑寺，由足利義滿興建這種事，只要去過的人都會知道的。」

「咦，我幾年前去過金閣寺，可是完全沒聽過你說的事耶。」

「妳只是忘記了而已啦。」

「哦，這樣啊。因為我是笨蛋嘛，跟姊姊不一樣。」

她一邊笑嘻嘻地說著，一邊拿起智慧型手機拍下銀閣的照片。和在伏見稻荷時相比，她操作相機的動作好像變得有點隨興。這種只有在旅途開始的時候認真拍照，走到一半就拍膩了的情況還挺常見的。

終於逮到空檔的我轉頭看向後方。美星小姐在和我眼神對上時微笑了一下，但旋即變回原本板著臉的樣子。那是一種感覺非常複雜、無聊又寂寞的表情。

我的胸口隱隱作痛。被兩名女性夾在中間，似乎可以代表很受歡迎，聽起來很不錯，不過因為我不是自願的，反而覺得無所適從。我雖然想走到美星小姐身旁，卻因為不知道該怎麼向她搭話，結果等到回過神來時，已經繞完銀閣寺境內一圈了。

我們走過寺門後，暫時沿著方才前來的步道往前走。美空小姐踩著輕快的步伐走下兩旁林立著茶屋和禮品店的坡道，在她身上完全看不到走完巡山參拜後應有的疲勞感。

「哎呀，好年輕啊，真是令人羨慕。」

我一邊追著那道背影，一邊為了減輕被無視時的打擊，假裝以自言自語的口氣說道。

「年輕……嗎……」

結果勉強算是沒有被無視，但美星小姐的回答非常模稜兩可，幾乎快被賣醬菜的女性的吆喝聲蓋過。好不容易有機會兩人單獨說話，她的態度卻很生硬，好像心不在焉。

當我們沿著步道走到琵琶湖的疏水道時，美空小姐選擇往左轉。她想走哲學之道前往南禪寺。路程應該會花上三十分鐘，不過我有預感，就算告訴她這件事，她也一定不會停下腳步吧。

「那個，剛才真是不好意思。」

我們跟著她在同樣的地方轉彎時，我趁機向和我並肩而走的美星小姐道歉。

「呃，你是指什麼事呢？」她驚訝地睜大雙眼。

「就是我剛才只顧著和美空小姐說話，看起來好像把妳晾在一邊……」

我說到這裡就停止，是因為美星小姐雙手掩嘴笑了出來。

「有什麼好笑的嗎？」

「哈哈哈，對不起。不過，如果真的對只來個一、兩天的親妹妹吃醋的話，我也是個心眼很小的女人呢。」

我的臉一下子熱了起來。這應該不是緩慢西傾的太陽斜斜地照著我的關係。我額頭上滲出的汗水既不是酷熱的氣溫造成的，也和方才在公車上流下的冷汗不同。真希望我可以像鐵塊一樣就此熔化消失。

發出潺潺流水聲的疏水道沿岸種著一整排的櫻花樹，青綠樹葉的氣味濃得讓人差點喘不過氣。這裡是京都屈指可數的賞櫻景點，春天時會有眾多賞櫻的遊客前來此處。「哲學之道」這個聽起來很高雅的名字，據說由來是以前哲學家西田幾多郎會在這條路上一邊走一邊冥想。

「看來我太自以為是了。我原本還以為妳一定是看到我只跟美空小姐說話，才覺得很無趣。」

我試圖掩飾害羞的情緒，說話的口氣變得像在鬧彆扭。美星小姐從沿途路旁的咖啡店前走過，同時被放在屋前的似乎很美味的蘋果派奪走了目光。

「若讓你擔心的話，我很抱歉。不過你誤會了，我甚至覺得如果你能去陪她聊天，是幫了我大忙。」

「幫了妳大忙？這是什麼意思？」

「因為我可以在這段期間專心思考。」

這樣才對嘛。我看著站在遠處的美空小姐朝對面的樹木舉起智慧型手機，難以掩飾內心湧現的笑意。不管這麼做到底有沒有好處，只要眼前出現了不可思議的事件，就會忍不住想釐清真相。這才是名為切間美星的女性。

「妳是指狐狸少年的事，對吧？我還以為妳稍微反省了一下呢，妳也真是學不乖。」

「如果是做了任意闖入他人小心翼翼地守護著的領域，惹當事人生氣的話，當然應該深切反省……」我猜這句話應該與她的親身經驗有關，但還是別多問比較好。「不過，只是推測同時出現在兩個地方的少年的行動，對美空沒有什麼害處的。她之所以生氣，大概只是因為自己的說法被否定，才鬧起脾氣。我認為暫時不要管她才是最明智的處理方式。」

「妳還是沒辦法接受美空小姐的解釋嗎？少年會出現在兩個地方，其實是因為這之中有足夠他移動的時間差。」

「我們掌握的時間點是正確的，所以在下午一點左右目擊到少年是不會改變的事實。假設真如美空所說的，從一之峰到京都車站只需要三十分鐘，往回推算的話，她抵達一之峰的時間，就是和我們分開行動的三十分鐘後。」

「也就是說從奧社參拜所到一之峰花了三十分鐘嗎……如果不是用盡全力往上衝的話，時間會很趕呢。」

我懷著期待繼續問道：

「美星小姐妳覺得呢？有想到什麼合理的解釋嗎？」

「這個嘛……我還沒有統整出結論。」

美星小姐用手指的第二個關節敲了敲太陽穴。

她在動腦思考的時候經常伴隨著用手搖式磨豆機磨咖啡豆的動作。但是我到目前為止也遇過幾次她順利解開難以釐清的事件，卻沒有使用手搖式磨豆機的情況，這代表她不一定需要手搖式磨豆機的幫助。不過今天她聰明的頭腦是不是也無法像平常一樣清晰敏銳地思考呢？

自從妹妹登場後，美星小姐的樣子始終很反常。如果我在這裡展現出比手搖式磨豆機更派上用場的一面，說不定也能帶來一些樂趣。事實上有件事情我一直忍不住想說出來。

「其實我有個想法。」

當她抬起頭來看我時，表情多了幾分光采。「是什麼呢？」

「我在想，那個少年會不會跟伏見稻荷的狐狸是一樣的呢？」

「我說過了，狐狸用幻覺迷惑人只是單純的謠言……」

「不，我不是這個意思。」我豎起雙手的食指和小指，模仿兩隻狐狸的樣子。「我們看到的少年其實是雙胞胎啦。剛好跟鎮守在樓門兩側的狐狸一樣。」

若敘述得更詳細一點，伏見稻荷的樓門的狐狸從正面看過去，左邊是啣著鑰匙，右邊則是啣著寶珠。如果沒有這個差別的話，兩隻狐狸看起來是一模一樣，沒辦法簡單辨別。

「也就是說，我們在京都車站看到的少年，跟美空照片裡拍的少年，其實是不同人嗎？」

「沒錯。但是因為他們的容貌實在太像了，我們才會以為是同一個人。既然他們是雙胞胎，就讀同一所國中、一起來校外教學也很正常。如果他們能穿便服的話或許還能分辨出來，但是很不巧的，他們都穿著制服。」

我說完後美星小姐一直點頭，我便以比平常更有自信的態度說道：

「怎麼樣？這次我的意見總算沒錯了吧？」

只見她輕輕地露出微笑。

「我覺得完全不是這樣。」

……其實我偶爾也想學美空小姐認真地發一次脾氣看看。

「哎……妳為什麼覺得我是錯的呢？」

「關於那名少年一直盯著我們看的理由，青山先生有什麼想法嗎？」

我搖了搖頭。因為那名少年的氣質很特殊，我根本沒想到他的視線會有什麼含意。但是他明明站在店外，卻還刻意盯著坐在裡面的我們，雖然是不需要特別找理由解釋的行動，但是有原因的話肯定比較合乎常理。

「美星小姐的意思是可以從那裡看出什麼嗎？」

「雖然只是猜測，但我想應該是這個。」

她從手提包裡拿出智慧型手機，然後特地把背面對著我，我就知道她要說什麼了。

「是保護殼嗎？」

「對。照片中的少年眼睛是看著鏡頭的。我想這本身應該只是一種偶然吧。因為注意到拍照的人，所以眼睛跟著看向鏡頭的情況很常見。」

少年在比出勝利手勢的美空小姐對面發現了拍攝者，然後就不小心被拍到了。擺販的人拿起智慧型手機時，應該是以有鏡頭的那一面——也就是套上保護殼的背面對著少年的。

「我們吃午餐的時候，我為了避免漏接來電，就把智慧型手機拿出來放在桌上。而少年目擊到我的動作後，心裡應該在想『我曾看過這個東西』吧。說不定他是想確認主人是不是同一個人。因為這個保護殼很花俏，容易讓人留下印象嘛。」

「唔，妳說得有道理……原來如此，所以不是雙胞胎啊。」

「如果他對我的手機保護殼有印象的話，就不可能是別人了吧。而且可以得知美空拍攝紀念照片的時間比較早，所以我們在京都車站看到的少年也不可能在之後趕往伏見稻荷了。」

原來還有這種可能性啊。看來她真的連方才一直沉默不語時都在專心思索。不過美空小姐的說法也可以從時間關係來明確否定吧。即使不考慮上山和下山的差別，假設少年真的只花了三十分鐘就從京都車站抵達一之峰，美空小姐也沒有足夠的時間能返回京都車站。

哲學之道是一條以平緩的曲線蛇行，一直往南延伸的道路。美空小姐一下子往前跑，一下子又停下腳步，有時候還會突然轉過身，然後又像停在風景畫上的飛蟲一樣愈走愈遠。即使是西側緊鄰著住宅區、隨處可見的人行道，只要取個雅致的名字，就會像夏天密密麻麻的雜草般，湧現出特別的風情，真是有趣。

我一邊羨慕起在疏水道裡涼快地游泳的鯉魚，一邊用手背擦去沾溼我眉毛的汗水。

「但是，如此一來，要解開這次的事件好像很困難呢。」

「不。」

沒想到會聽見這麼充滿自信的回答，我吃了一驚。

「妳已經有什麼眉目了嗎？」

「是的，這個謎題磨得非常完美。」

美星小姐瞇起雙眼注視著道路前方。

直到方才，她都還在說自己尚未統整出結論，現在卻表現得胸有成竹。這不就代表我的推論幫了她一把嗎？

我心裡浮現一股欲望，想讓她承認我比手搖式磨豆機更能派上用場。

「那是多虧我……」

「真不愧是哲學之道呢！難怪以前會被稱為『思索小徑』，沒有比這裡更適合思考的地方了。」

當我失望地垂下肩膀時……

「——真是的，姊姊你們很慢耶！」

從遠處傳來說話聲，我便往我們前進的方向一看，發現美空小姐正朝著我們用力揮手。她所在的位置是哲學之道的南端。只要從那條路的盡頭往右轉，再往左轉然後走數百公尺，就可以從永觀堂[12]進入南禪寺境內。

「我們馬上過去！」

美星小姐把雙手放在嘴邊叫道，她妹妹便以同樣的姿勢回答：「再不快一點就沒時間囉！」

「我們快走吧。」

美星小姐說完後，稍微加快了腳步，卻在走到美空小姐附近前，以只有我聽得見的音量說

12 此處的永觀堂是禪林寺的俗稱，為京都的賞楓名勝。

了一句話。

「有一件事情，我想撤回前言。」

「咦？」

「你說得沒錯，我或許真的應該反省自己。」

數小時後，我們順利參觀完南禪寺和清水寺等景點，來到了塔列蘭咖啡店。

「喔喔，美空，歡迎光臨。大老遠跑來這裡，真是辛苦妳了呢。」

藻川先生喜孜孜地迎接率先打開咖啡店大門的美空小姐。在他死皮賴臉地要求下，美空小姐今晚將會在這裡吃晚餐。這名平常很少表現出幹勁的老人，今夜竟乖乖地穿上用熨斗燙平的圍裙，一個人進行料理的前製作業，相當認真。我可以明白他疼愛親戚的小孩的心情，不過在平常營業時也稍微展現一下這份熱情會比較好。

「好久不見，叔叔！」美空小姐熟門熟路地直接走到吧台前坐了下來。「你和上次見面的時候一點也沒變嘛。我還以為這兩、三年下來，你會離天堂更近一點呢。」

「嘻嘻嘻，妳這小ㄚ頭講話還是一樣沒大沒小。妳搭了那麼久的車，一定很累了吧？儘管把這裡當成自己家，好好休息吧。叔叔會使出看家本領，煮好吃的東西給妳吃的！」

藻川先生雖然嘴上碎念著，還是難掩臉上的笑意。幾分鐘後，他端出最自豪的拿坡里義大利麵。換句話說，選擇拿手好菜比較不會失敗吧。雖然很感謝他連我們的份都準備了，但我和美星小姐還是不禁面面相覷，露出苦笑。早知道午餐就不要選義大利麵了。

在關西地區會有人把以番茄醬進行調味的義大利麵，也就是拿坡里義大利麵稱為「Italian」。就算是為人所知的京都咖啡名店INODA COFFEE，只要向店員點「Italian」，端出來的也都是類似拿坡里義大利麵的食物。不過，因為藻川先生不是土生土長的關西人——他那口京都腔是受過世的太太影響——所以塔列蘭使用的名稱是拿坡里義大利麵。

關於這道可以稱為塔列蘭招牌料理的拿坡里義大利麵，如果以為用番茄醬調味、所以不管在哪家餐廳吃都差不多的話，那就大錯特錯了，不是我在吹牛，真的很美味。不知是因為醬汁微微烤焦，還是使用了辣椒等佐料提味的關係，甜味、酸味和香氣共同譜出了完美的三重奏。而且還巧妙拿捏加熱時間，保留了洋蔥、茄子和紅蘿蔔等蔬菜清脆的口感和食材原本的甘甜，又能夠讓醬汁充分滲透入內。是在傳統的作法中揉合了巧思和特色，無論吃幾次都不會膩的極品。

我們四個人圍著桌子一邊暢談一邊享用拿坡里義大利麵。用來乾杯的是藻川先生準備的罐裝啤酒和高杯酒[13]等酒類飲料。這麼說來，我之前也曾在店裡看到白蘭地的酒瓶。不過日文的「純喫茶」原本是指沒有提供酒類的純咖啡店，雖然只要說一句「現在非營業時間」就可以解決了，但這樣子真的沒問題嗎？

在用餐時殷勤地說「還有點心唷」的藻川先生，開始喝酒後沒多久就滿臉通紅，等到吃完晚餐時已經把後腦杓靠在椅背上呼呼大睡了。明明是自己拿出來的，結果酒量也沒多好嘛。於

13 加了蘇打水和冰塊的威士忌，是一種雞尾酒。

是咖啡師便代替他走向廚房，幫忙把我早就預料到的蘋果派切好。美空小姐一邊看著她切，還不忘提醒道：「我要熱咖啡喔。」看她若無其事地喝酒的樣子，我知道她應該已經成年了，而且考慮到她母親再婚時美星小姐才四歲，美空小姐不可能比二十四歲的美星小姐小超過四歲。因為這個推測很合理，我便打消了詢問淑女年紀的念頭。

「喵——」

查爾斯走過來纏住了美空小姐的小腿。動物似乎擁有人類無法理解的直覺，根據我在這間店裡觀察的結果，查爾斯對於喜歡貓的客人，即使是第一次見面也會毫不猶豫地靠上去，反之則對不喜歡貓的人保持適當距離。而美空小姐毫無例外的屬於前者，她一把抱起查爾斯放在自己的大腿上，開始撫摸牠蜷起的背部。形成一幅穿著黑白色衣服的少女寵愛地撫摸黑白色的貓的景象。

「妳明天打算做什麼呢？我還有這裡的工作，沒辦法陪妳喔。」

美星咖啡師一邊把咖啡豆放進手搖式磨豆機的抽屜裡，一邊詢問妹妹。不久後，微暗的店內便響起喀啦喀啦的磨豆聲。

「嗯……我還在想要去哪裡，看明天的心情如何再決定喵——」

美空小姐一邊摸著貓一邊回答。

「這樣啊。妳這次旅行的目的算是達成了嗎？」

「嗯——這個嘛……感覺有點進展了喵——」

「哈哈哈，因為京都有很多風景名勝嘛，就算住在這裡，也還有很多地方沒去過，只有兩天一夜的話是不可能全逛完的。」

「我說的不是這件事。」

我原本想順著她們的對話說一些無傷大雅的話，卻因為美星小姐以強硬的口氣否定我而感到退縮。

「咦？我剛才說錯了什麼嗎？」

她用銳利的眼神看向妹妹，方才的歡談氣氛簡直就像騙人的。「美空，妳來京都其實是另有目的吧？比觀光更重要的目的。」

「……妳在說什麼？」美空小姐的手停了下來。

「我猜妳大概有什麼理由，所以不想隨便過問妳的私事，原本打算保持沉默的。但是既然已經察覺到妳騙了我，我認為自己也有要求妳說明的權利。」

我完全搞不懂美星小姐突然說這段話是什麼意思。但是一直默不作聲的妹妹的臉卻立刻失去血色，看得出來美星小姐似乎說中了什麼事。

持續數分鐘的靜默後，美星小姐像是等得不耐煩了，嘆了一口氣後說道：

「如果妳不願意主動開口的話，那只能請妳回答我的問題了。妳在和我們分開行動的兩小時內，到底去了哪裡，又做了什麼事？妳不僅隱瞞自己提早來到京都，還耍了這種小手段騙我們。」

接下來她所揭露的難以置信的真實，讓跟不上她思考的我也驚愕不已。

「妳白天讓我們看的伏見稻荷的照片——其實全都是昨天拍的吧？」

4

「這、這究竟是怎麼一回事啊？」

我驚訝得嘴都闔不起來。美星小姐的手仍舊不停地磨著咖啡豆，她先說了一句「同樣被騙的青山先生也有知情的權利」，然後才開始說明。

「正如我們確認過的，假設美空今天和我們分開行動時在一之峰上拍下那張照片，那麼無論是少年前往京都車站所需的時間，或是美空抵達一之峰的時間，不管怎麼算都來不及，會出現矛盾。因此結論就是，最一開始的前提『照片是今天分開行動時拍攝的』根本是錯的。」

「所以那名少年是……」

「當然只是個昨天前往伏見稻荷，今天正好出現在京都車站的普通的校外教學學生。」

我真是太愚蠢了。竟然會被少年那獨特的氣質所惑，結果注意力全都放在他身上。我對看到他的外表氣質，就稱他為「狐狸」的自己的偏見感到羞恥。

「人應該在京都車站的少年，卻被拍進在稻荷山山頂拍攝的照片中，也就代表那張照片拍攝的時間，和我們目擊到少年身影的時間是不一樣的。我應該更早察覺到這點才對。但我卻不小心被兩件事情擾亂了思緒。其中一件是京都車站和伏見稻荷之間的距離近到可以用相對較短的時間往返。而另一件則是……」

「服裝，對吧？」

我搶在她前面開口回答。因為我終於明白她透過我的推論確定了什麼事情。

「沒錯！」她輕輕地點了點頭。「不用說也知道，美空刻意穿上跟照片裡一樣的衣服來找我們。而少年因為穿著國中制服，外觀當然會跟照片一模一樣，結果以意想不到的形式掩蓋了事實。」

我想起了在參觀銀閣寺時聞到的具有清潔感的香味。原來是美空小姐的衣服散發出來的。雖然只是臆測，但應該是她真的去巡山參拜之後，把身上穿的衣服拿去清洗，才會有那股香味吧。畢竟在這個季節去爬稻荷山，下場可不是只有滿身大汗那麼簡單。她身上會散發出衣服剛洗好的香味，而不是汗水味，或許正好成為了她今天沒有去巡山參拜的鐵證。

喀啦喀啦的聲音變輕了，靜靜磨著咖啡豆的美星小姐開始作結。

「接下來我要說的只是推測，美空有個想瞞著我達成的目的，所以比她事先告訴我的日期更早來到京都。但是她的目的沒辦法在當天完成，無論如何都需要在今天白天撥出數小時處理。話雖如此，若她臨時更改行程，反而會讓我們懷疑。萬一被事先知道旅館位置、又正好跑去旅館的我碰上，我一定會追問她說謊來到京都的理由。」

「哦，所以才會想出把巡山參拜當作不在場證明的奇招，並付諸實行啊。」

「是的。她對我們展示在巡山參拜的路途中一直拍攝的照片，正是為了讓我們以為那是今天拍下的。照片上應該會記錄拍攝的日期，只要調查一下，就可以找出無法推翻的鐵證了吧。」

我想起美空小姐在伏見稻荷拍照時特別注意角度和拍攝景物的舉動。她事先準備證據的時候，應該考慮過照片的排列順序，從一番鳥居依序拍下來吧。因為她要在我們面前裝出拍攝這些景物的樣子，為了預防萬一，她假裝拍攝時的角度不能和實際照片的角度完全不同。

「雖然那些照片也有可能是前天以前拍的，不過考慮到她不惜想出這個策略也要在今天達成目的，還有晴朗的天氣只出現在昨天和今天兩天，在這之前已經下了數天的雨，所以照片應該是昨天拍攝的。這麼一來，美空今天早上會出現在新幹線中央口就很合理了。」

「原來如此，因為美空小姐今天早上已經在京都了。」

「因為我們是在中央口等她，如果她過來會合時沒通過驗票閘門，我們馬上就會發現她不是搭新幹線來的。雖然購買入站車票後事先入站的方法應該也行得通，但美空最後使用的方法，是假裝自己單純搞錯了驗票閘門。」

我轉頭看向美空小姐。就算姊姊已經說了這麼多，她還是一直低頭看著查爾斯，一句話也不肯說。既然她沒有否認，就代表是這麼一回事：欺騙我們的「狐狸」不是少年，而是美空小姐。

我忍不住嘆起氣來。她不惜欺騙姊姊也想隱瞞的目的究竟是什麼？我已經完全搞不懂這對姊妹的感情到底是好還是不好了。

美星咖啡師用磨好的咖啡豆煮了咖啡，送到妹妹面前。大概因為突然有人靠近而受到驚嚇，查爾斯起身跳向地板，然後迅速跑開。而美空小姐仍舊不肯說話，我只好再次半推半就地扛下搞笑的任務。

「哎呀，妳想的計策還真是複雜啊。讓我有種『果然是美星小姐的妹妹』的感覺喔。不過，沒想到妳竟然敢下這步險棋，如果我當時說要跟妳一起去巡山參拜，妳打算怎麼辦呢？」

「……我覺得那是不可能的。」

美空小姐把像貓掌般稍微握起的手放在已經沒有貓的大腿上，輕輕地回了一句話。

「為什麼？」

「因為姊姊很介意自己身高不高，既然她都說要帶男朋友來了，我想她一定會穿有跟的鞋子。」

「所以妳到了當天才跟我說想去哪裡。如果事先告訴我要去伏見稻荷，我說不定會穿比較好走的鞋子出門。」

美星小姐沒有針對「男朋友」多加著墨。但她沒有否認，也不代表就是認同了。

「如果姊姊不去的話，我想青山先生應該不太可能一個人跟我走。結果實際上，卻是青山先生主動說不想去。」

這的確是件很丟臉的事，可是巡山參拜很熱又很累嘛。

「如果當時你們還是要跟我同行，我就會打消念頭，乖乖地和你們一起觀光了。——就是情況如我所料，我才會相信計畫能成功。要是沒拍到那個小孩的話，應該不會被你們發現，為什麼會發生那麼討厭的偶然呢？」

美空小姐自嘲地笑道，喝了一口咖啡。

「每次都是這樣，只要我稍微惡作劇或是犯了錯，明明可以瞞過大人的眼睛，卻老是被姊姊看穿，真的很煩人。」

這應該是妹妹對姊姊的自卑感吧。我沒有辦法體會這種情感，對身為獨生子的自己感到厭惡。

「美空，妳到底想做……」

「我說啊。」

美空小姐粗魯地打斷想繼續追問的姊姊，然後喀鏘一聲把杯子放在茶托上。

「我的確不應該欺騙你們，關於這點我願意道歉。不過，我也已經成年了，就算有一、兩個誰都不知道的見面對象，也沒什麼好奇怪的吧？」

「妳指的是男人嗎？」

大概是覺得老古板的姊姊很煩，美空小姐哼了一聲。

「對，就是男人。妳一直追問，會讓人覺得很白目啦。」

我們還來不及阻止她，她就拿起行李，快速離開店裡。她應該是要直接前往位於京都車站附近的旅館吧。因為最後鬧得不歡而散，美星咖啡師抱著托盤，一臉擔心地凝視著窗外。老爺爺很不識相地在店內發出陣陣鼾聲，在他還沒安靜下來前，我就因為感到如坐針氈而先離開了塔列蘭。

由於我最後拋下一切落荒而逃，所以這應該是某種報應吧。

隔天早上，能讓人立刻清醒的刺眼太陽幹勁十足地照耀著柏油路，我拚命地踩著腳踏車踏板朝塔列蘭奔馳。昨天晚上的事似乎對我造成不小的打擊，害我到了今天早上才發現自己竟把錢包忘在那裡。

我今天早上十一點過後才有行程，塔列蘭應該也在那時開始營業，只要開店前有任何人在店裡，就可以勉強趕上。

雖然和拱門一樣的屋頂下的隧道很狹窄，我還是推著腳踏車勉強穿過去。我把腳踏車停靠在塔列蘭的外牆旁，帶著祈禱般的心情握住門把一拉，除了門本身的重量外，我沒有感受到其餘阻力，一陣清脆的鈴聲過後，門打開了。

「對不起，我有東西忘了……呃，咦？」

「歡迎光臨！」

我不敢相信自己的眼睛。率先開口歡迎我的人不是美星咖啡師，也不是藻川老爺爺，竟是昨天已經返回旅館的美空小姐。而且她還穿著代表塔列蘭員工的深藍色圍裙。

「妳怎麼會在這裡？妳不是今天就要回東京了嗎？」

我指著圍裙問道，她便一臉若無其事地挺起胸膛說：

「嘿嘿，我決定今天開始在這裡工作。算是在開學前的短期打工。」

「我其實不贊成她這麼做……學校的課業也不能放著不管吧。」

美星小姐站在妹妹身後充滿不安地說道。和她一身黑白的制服不同，美空小姐穿的是平常的衣服。大概是太臨時而來不及準備多的制服吧。不過也有可能只是美星咖啡師自己喜歡穿成那樣，並不是真的制服。

「哎唷，這也沒什麼不好嘛。店裡多一個人手，也算是幫了大忙啊。」

藻川先生以溺愛大於疼愛美空小姐的態度安慰咖啡師。我覺得就算人手增加了，應該也只會讓他偷懶的時間變得更長，但是咖啡師也沒辦法違抗他這個店長，而我也決定替美空小姐說話。

「學生的暑假不都是這樣的嗎？塔列蘭現在應該也變得比以前忙碌了，在正式增加人手前，先拜託熟人幫忙來試試水溫不是挺好的嗎？就算只請對方負責一些簡單工作，我想負擔也會減輕不少喔。」

「這樣啊……」

她沒有反駁我，表情卻不太高興，感覺似乎很難接受。如果只有幾天的話應該還沒關係，不過看這情況，美空小姐也不可能在打工期間一直暫住在獨居的姊姊房間吧。

「妳要住哪裡呢？」

我一開口問道，藻川先生便代替美空小姐回答了。

「我讓她借住在後面公寓裡的空房了。反正我是房東，沒有人會抱怨，而且現在這個時期也沒多少人想租房子嘛。」

「也就是說……」

美空小姐朝我面前邁出一步，毫不猶豫地伸出右手。

「雖然打工期間只有到開學前，不過這個夏天還是請你多多指教囉，青山先生！」

現在都已經八月底了還說什麼「夏天」，不愧是學生。不用說也知道，這是因為對大學生而言，九月還在放暑假。

「呃，嗯，請多指教。」

我被她的氣勢影響，下意識地握住她的手。就在那時，我感到有種難以形容，但是絕非善意的意念隔著她的肩膀傳了過來。我將視線從它的發送源頭，也就是佇立原地的嬌小女咖啡師身上移開，同時心想——這應該會是個很麻煩的「夏天」。

☀

「……對不起，突然提出這種要求。不過，我是認真的。嗯，那就再見了。」

結束通話後，她啪地一聲闔起手機，在借來的棉被上躺了下來。雖然工作地點有熟人共事，所以很輕鬆，但打工第一天還沒習慣工作內容，疲倦還是反應在身體上，才覺得頭頂上的日光燈很亮而忍不住閉起眼睛，過沒多久就感到濃濃的睡意襲來。在半夢半醒之間閃過腦內的是這手忙腳亂的三天內所發生的事，以及到目前為止的事情經過。

她是在大約兩個月前寄出第一封信的。

光要寄出這封信就需要相當大的勇氣。所以她不敢使用本名，故意以假名寄出。但是她又期待對方會不會察覺到什麼、會不會想起什麼，因而在信上貼了大頭貼，真的是一點也不乾脆。

她在過了三週後收到了回信。

雖然她在信封裡附上回郵，不過能收到回信，她還是覺得很幸運。即使信中只寫了一些無關緊要的事，但至少沒有不歡迎她的意思。要是不歡迎的話，大概連信都不會回吧。

在之後的幾次信件往來中，她謹慎地揣測著男人的想法。而男人的戒心也很重，他的表達方式既曖昧又閃爍其詞，可以解釋成她想要的回覆，也可以解釋成完全相反的意思。因為覺得她愈往前進，對方就離得愈遠，所以她一直沒辦法對他提出較深入的問題。

我想直接和你見面談談。——她在寄第四封信的時候寫下這句話。

她立刻收到回信。信裡除了答應見面，還寫到希望她在八月下旬某日的正午去伏見桃山的某間咖啡店。

當天早上她就從東京出發，來到京都。對方指定的咖啡店是在一條小巷子的深處。店內的光線有點昏暗，雖然是大白天，從室外卻完全看不到裡面是什麼樣子。她懷著一抹不安走進店裡，心臟跳得飛快地等待男人出現。

但是到了約好的時間，男人還是一直沒有出現。過了大約一小時後，她正打算放棄時，手機卻收到來信通知。她從寄第一封信開始，每次都會在信裡附上電子信箱，這是男人第一次寄信過來。

抱歉，我突然有急事，實在沒辦法過去。如果妳不介意的話，明天同一時刻可以再到這裡來嗎？

她勉強抽出時間，隔天也來到那間咖啡店。當她抵達時，男人已經先到了，並向她打招呼。他有一張她很熟悉且莫名懷念的臉。

但是在她終於如願和男人見面的那天，她從頭到尾都沒有把藏在心裡的話說出來。她無法挽留表示自己很忙的男人，只暢談一小時就被迫結束也是肇因之一。

她很害怕。怕自己老實說出心裡的話後，明明知道她用的是假名，卻一直用那個名字稱呼她的男人，會對她說的話一笑置之——

冷氣增強風量的風直吹臉頰，她稍微睜開了眼睛。

她應該睡了一會兒。她坐起身，房間裡的擺設簡單到了極點，除了寢具外，沒有半點像樣的家具。畢竟她今天才託人借她房間住，沒有家具也是正常。應該說只有房間裡裝設冷氣這點還算滿意吧。

她接下來必須暫時在這裡生活，所以必須準備最基本的生活用品。她要買內衣褲跟襪子，衣服就先跟姊姊借吧。就算尺寸有點小，但是考慮到姊姊喜歡穿寬鬆的衣服，應該不至於穿不下。課業方面只要能弄到電腦就沒問題了，只要使用智慧型手機的功能，連網路也連得上。

除此之外還需要什麼呢？她環顧室內一圈後，拿起被她隨手扔在枕邊的單行本書籍[14]。她翻開封面，一張自己在老家發現的報紙整齊地折好夾在裡頭。

她想起自己在大約半年前被異性告白時的事。在那之前他們雖然見過好幾次面，對方卻一直沒有明確表達過好感，每次都讓她很煩躁。如果不是她多少也有意思的話，也不可能輕易答

---

14 為日本書籍出版的一種型態，內容多是將已經在其他媒體發表過，或是從未發表過的同作者或同類型作品集結成一本書。

應跟他約會，然而他卻隱隱約約地表現出不想破壞目前的友好關係的意思，永遠都在原地踏步。因為對他的態度感到失望，當他終於對她提出交往的要求時，她說要考慮一下，結果三天後就打電話拒絕他了。

那時候她心想，這個人也未免太窩囊了吧！然而她現在卻非常能體會他的心情。衝動行事可能會失敗。她不認為那是隨隨便便就可以攤開來說的事。她打算緩慢又冷靜地處理這件事，直到她滿意之前，絕對不會離開這裡。

她只需要問一個問題，看男人點頭還是搖頭就結束了。但是，為了能接受那個答案，她必須和男人相處得更久、知道更多細節才行。

——我相信他聽到我暗藏在心中的問題後，一定會對我點頭的。

她凝視著在褪色的報紙上占了最大篇幅的新聞裡的人臉，再次下定決心。

三　毀壞乳白色的心

1

「——為什麼你沒有和我商量就隨便答應人家啊！」

我一踏進塔列蘭的店門，怒吼聲便迎面而來。

美空小姐看到下意識地縮起脖子的我，輕笑著說：

「歡迎光臨，青山先生。」

「怎麼了？」我走到窗邊的座位坐下來，朝著吧台的方向揚了揚下巴。「藻川先生又幹了什麼好事嗎？」

「他說要出門去採購，結果卻帶了一個女高中生回來。」

難怪美星咖啡師會氣得橫眉怒目。我看了看毫不畏懼地站在她面前的老人，又看了看原本已經夠細瘦的肩膀愈縮愈小的水手服少女，不禁發出既覺得好笑又感到傻眼的嘆息。

今天是八月最後一週的平常日。塔列蘭咖啡店裡除了我之外，還有兩組客人，全都一邊竊笑一邊關注著事情的發展。

「只是幫個忙而已，又不會少塊肉。妳就速戰速決，快點教會她嘛。」

藻川先生真的很擅長火上加油。

「如果真的！這麼簡單！你就自己！速戰速決！地學會啊！」

美星咖啡師像是打拍子似的，每罵四個字就加重音調。那氣勢讓我覺得她可能接著說「Hay Yo!」然後開始唱RAP。

「聽他們在說什麼教不教的，到底是什麼事啊？」

「好像是想叫姊姊教那個女生拿鐵拉花。」

「說到這個呀，」大概是想閃躲美星小姐的言語攻勢，藻川先生硬是加入我們的對話。「我在採購途中經過鴨川沿岸，發現這個女孩子很沮喪地一個人走在路上。平常日的這個時間，穿她那件制服的高中應該已經放完暑假才對。我覺得很奇怪，就過去找她說話了。」

雖然我很想知道為什麼藻川生生對這附近的高中行事曆如此熟悉，不過別看他這樣，其實還挺受女性客人歡迎的。只要一有年輕女孩上門就立刻上前攀談，即使被對方討厭也很正常，但是可能因為他年紀較大，反而讓人安心吧，所以甚至有女孩子是為了和他閒聊才來光顧的。

不過呢，反感的人大概不會再來，所以也可以說再次光顧的人當然全都喜歡他。總而言之，就算他從女高中生客人嘴裡打聽到開學典禮的日期，也沒什麼好大驚小怪的。

「結果不出我所料，她說她失戀了，我就開始安慰她啦。她跟我聊了一陣子，然後就問起我的事了。我一說我是咖啡店的老闆，她就問我會不會在咖啡上畫畫。」

「以前我去一間叫 Roc'k On 咖啡店時，他們曾畫給我看。除了愛心、葉片之外，還有可愛動物的圖等，真是太厲害了。」

少女雖然說得有點語無倫次，還是努力想表達自己和拿鐵拉花相遇時的喜悅。她的肌膚清透白皙，眉毛和鼻梁的輪廓都很立體，如果她的黑色短髮能長到超過肩膀，應該會是個出色的美女吧。

明明少女拚命訴說的樣子是那麼動人，咖啡師卻幾乎沒聽進去，只對我射來冰冷的視線。Roc'k On 咖啡店確實是我平時會出沒的店家，但是因為少女在那裡深受感動，就把引起麻煩的責任推給我，根本是在遷怒。別看我！不要用那種眼神看我啦！

不過話又說回來，她會因為這種事生氣也很合理。我雖然覺得同情，還是裝作沒看到她的視線，向美空小姐點了冰咖啡。

從拿鐵拉花（Latte Art）這個名字就可以知道，指的是在拿鐵咖啡的表面利用牛奶和濃縮咖啡的顏色濃淡來作畫的技巧。另外還有一種叫卡布奇諾拉花，也就是在卡布奇諾的表面作畫。一般來說，拿鐵咖啡是指濃縮咖啡加上溫熱的牛奶，卡布奇諾則是濃縮咖啡加上少量的溫熱牛奶和軟綿綿的奶泡，但是在製作拿鐵拉花的時候要把奶泡倒入拿鐵咖啡中，讓牛奶浮上咖啡表面。相較之下，卡布奇諾拉花則像是在咖啡表面放上牛奶的泡沫。所以拿鐵拉花跟卡布奇諾拉花的作法不一樣，不過兩者很容易被搞混。從少女方才的口氣推斷，她應該也分不清楚兩者的差別。

藻川先生對咖啡師的憤怒無動於衷，悠哉地繼續說明事情經過。

「所以我就跟她說：雖然我不會畫，但是我們家的咖啡師知道怎麼畫唷，我可以拜託她教妳，包在我身上吧，跟我走就沒問題了。」

「為什麼你要這樣說！不管怎麼想都應該先徵求我同意才對吧！」

「但是這麼年輕就對咖啡師的工作感興趣的女孩很少見唷？妳自己之前不是也感嘆過，咖啡師的職業地位在這個國家還很低嗎？妳不覺得從基礎開始培養年輕人才，總有一天能改善這種現況嗎？」

「或許是這樣沒錯啦……」

美星咖啡師的氣勢頓時矮了一截，我便開玩笑地打岔道：

「那藻川先生要求的仲介費是？」

「是約會。我要和她一起去剛蓋好的水族館……」

坐在靠近店門口位子的男性客人舉手想呼喚店員，結果卻發出了短促的驚叫。因為他想呼喚店員時，美星咖啡師正散發出前所未有的強烈殺氣。我好像聽到像地鳴一樣轟轟轟的聲音，是我幻聽嗎？就連藻川先生也不得不乖乖閉嘴。

身為無力人類的我們除了靜待暴風雨停歇外別無他法。地鳴聲在不久後便漸漸轉弱，美星小姐感覺相當疲倦地垂下頭，第一次正眼看向少女。

「不過，如果是『希望我畫』也就算了，為什麼是『希望我教妳』呢？」

「哇！對不起！不用了、不用麻煩妳了！」

真可憐，少女用雙手遮住自己的臉，被比自己還矮小的咖啡師嚇個半死。

「呃，那個，我是在問妳理由……」

「沒事的，不用害怕，這個人不是壞人。」

美空小姐摟住少女的肩膀後，少女才逐漸恢復冷靜。不愧是妹妹，已經很習慣應付這種情況。她的動作簡直就像母親在安撫遇到生剝鬼[1]的孩子……我這樣形容美星小姐似乎太狠了。

「我在高中參加了烹飪社。九月的第一個星期六會舉行每年慣例的全校社團發表會，社員們會在那時展現暑假練習的成果。不管是料理還是飲料，只要是跟烹飪有關的東西都可以，但是我還沒有決定要做什麼……」

「妳想在發表會上畫拿鐵拉花嗎？」

「老實說，我原本只打算簡單地做個義大利麵之類的就好。可是後來發生了一些事——我真的很想給她一點顏色瞧瞧。」

「給她一點顏色瞧瞧？」

這句話是我問的。因為少女僵硬的聲音讓我感覺到某種頑強的意志。

少女轉過頭來，一邊回答我的問題，一邊繼續說明。

「剛上高中的時候，我開始暗戀一個男生。我已經跟他告白過好幾次了，但是他總是不肯理我。」

1　日本秋田縣男鹿市特有的民俗活動，在除夕的時候會有人戴著鬼面具、穿著簑衣打扮成生剝鬼，挨家挨戶登門造訪。

「哇，沒想到妳還挺大膽的嘛。」

「……我覺得青山先生其實也可以再大膽一點沒關係。」

唔呃。聽到美星小姐小聲地自言自語，讓我覺得好像哪裡被狠狠刺中了喔。

「社團的人也都知道這件事，原本也應該是支持我的——但是我後來才知道，其中一人在今年夏天跟他開始交往了。」

那就是她所說的失戀嗎？雖然在傷心的少女面前絕對不能說出口，不過真的好燦爛啊。我的高中生活可沒有這麼青春呢！

「我真的很不甘心。所以這次的發表會我想做一件很了不起的事，讓那個女生跟社團的所有人都嚇一跳，而不是只做普通的料理。」

「就算如此，也不用一下子就衝動地決定挑戰拿鐵拉花吧？」

「其實現在和他交往的女生，在上一次發表會的時候向大家展示的作品就是拿鐵咖啡。因為其他人都沒有濃縮咖啡機，所以獲得非常好的評價。那時候我也打從心底覺得她好厲害，不過這次我無論如何都想贏過她。」

雖然我不是無法了解她的心情，但這個女生的個性也未免太不服輸了。如果她向我告白的話，或許連當時還不知道何謂青春的我也會嚇得退縮。嗯，不過她告白的對象本來就不是我啦。

「拜託妳了！請妳教我畫拿鐵拉花吧！」

少女朝著美星咖啡師深深低下頭。咖啡師盯著她看了一會兒，才開口說道：

「真拿妳沒辦法，看來妳的意志很堅定呢！不過拿鐵拉花很難學喔。至少在發表會前大約一週的時間，妳必須每天來這裡密集練習。」

「好的！因為還要上課，沒辦法整天都待在這裡，但我一定每天都會空出時間來練習的！」

「我還有另一個條件。妳在練習時使用的濃縮咖啡和牛奶，絕對不可以浪費丟掉，知道了嗎？」

「那當然！」

「好，那麼，」美星咖啡師輕輕露出微笑。「接下來我們會有好一陣子是老師和學生的關係了，還請妳多多指教。」

「謝……謝謝妳！」

少女的表情突然變得神采奕奕，立刻向咖啡師鞠躬道謝，如果用花朵來比喻她當時的模樣，可以說是如鈴蘭般惹人憐愛。而藻川先生在少女身旁偷偷擺出舉手握拳的勝利姿勢，彷彿堅信自己一定能跟少女約會的動作，也沒有逃過我的眼睛。

2

就這樣，美星咖啡師的拿鐵拉花講座開始了。

少女的名字是神馬巴奈，我剛剛才用花來比喻她，沒想到名字真的是叫「花」[2]，害我嚇

2「巴奈」與「花」的日文發音都是Hana。

了一跳。她好像是附近的高中二年級生，看到她用漢字寫下名字時，我很無聊地想起以獨具特色的香氣及味道在世界各地廣受歡迎的Geisha種咖啡豆，如果用日文漢字來書寫它的產地巴拿馬，應該是寫成「巴奈馬」吧。

當器材等東西大致準備好後，美星咖啡師輕咳一下，清了清嗓子。

「那個，如果覺得製作拿鐵拉花只需具備用牛奶畫圖的技術，那就大錯特錯了。必須沖煮出能在表面形成厚厚一層細緻泡沫（Crema）的濃縮咖啡，再一邊確認適當的溫度一邊打奶泡，最後以純熟的技巧把奶泡倒進咖啡中，才能夠完成一杯美麗的拿鐵拉花。」

「好的。」巴奈點了點頭。

「妳有濃縮咖啡機嗎？」

「沒有。」巴奈搖了搖頭。

「那我把在家裡使用的借給妳。我明天會帶來店裡，今天就用店裡這台吧。」

咖啡師一說完，就把咖啡豆放進電動磨豆機，迅速地磨起咖啡豆。

「濃縮咖啡機可分成連磨咖啡豆都能一起完成的全自動式；把磨好的咖啡粉放進去後，再以電力自動加熱水沖煮的半自動式；沖煮時都用手壓槓桿加壓的手動式，還有以爐火加熱來沖煮的摩卡壺[3]等種類。」

「這間店使用的是哪一種呢？」

巴奈指著吧台的紅色咖啡機問道。

「那是半自動式的。我借妳的也是半自動式，所以請妳記得，它們的原理是一樣的。」

或許意識到自己是老師，咖啡師的口氣比平常更正經。不知道為什麼，除了專心聽課的巴奈，連藻川先生也站在一旁「嗯、嗯」地不停點頭，好像很佩服的樣子。你連這點知識都不懂才比較奇怪吧？

美星小姐把形狀類似杓子的濾器把手從機器上拆下，讓巴奈觀察該器具前端的圓形部位。

「磨好的咖啡粉要放進這裡。濃縮咖啡的咖啡豆要磨得非常細，所以使用電動磨豆機會比較好。如果妳沒有的話，我也一起借妳。裝好適量的咖啡粉後，就輪到把咖啡粉壓緊，也就是填壓的步驟了。」

咖啡師拿出一種叫填壓器的器具，以熟練的動作使用其圓形平坦的底部來填壓咖啡粉。填壓是決定沖煮時熱水容不容易流過咖啡粉的步驟，必須配合濃縮咖啡機的壓力，以及咖啡粉的粗細調整出最適當的力道，是一項相當要求細節的技術。如果太過用力，熱水無法順利流過咖啡粉，煮出來的濃縮咖啡就會太濃，反之則會讓咖啡變得太淡，另外，如果不平均施力的話，熱水流過時就會偏向其中一邊，影響香氣和味道的品質。這完全只能靠累積經驗來學習，所以巴奈也必須經過多次錯誤才會進步。

「填壓完成後就把濾器把手設置在咖啡機上，準備好後便按下開關，開始沖煮濃縮咖啡。這時會先出現較濃的咖啡液體，隨著時間經過，液體的顏色會愈來愈淡。在這一連串變化的前

3　摩卡壺煮出的咖啡比一般咖啡更濃縮，表面也有一層Crema，但是因為沒有使用高壓萃取，嚴格來說不能算是濃縮咖啡。

二十秒到三十秒之間萃取的咖啡液體，被稱為理想的濃縮咖啡……」

「總覺得好像很有幹勁呢。」

美空小姐明明還在打工，卻在我對面的位置坐了下來，對我這麼說。

「妳是指美星小姐還是巴奈呢？」

「兩者都是。」

她把手肘靠在桌上後說道。從側面看過去，她的睫毛很長，舉止和氣質都感覺很年輕，不過五官或許比美星咖啡師還成熟。

我用吸管喝了喝美空小姐送上來的冰咖啡——塔列蘭的冰咖啡是冰滴咖啡，所以連她也能替我製作後再送上來——然後開口回答：

「這樣不是很好嗎？巴奈會很認真是理所當然的，美星小姐應該是因為第一次收徒弟，所以不知不覺就沉浸在其中了吧。」

「嗯，是這樣沒錯啦……」

但是看到姊姊大顯身手的樣子，妹妹卻露出好像很無趣的表情。因為她們整天都一起工作，看起來也不像感情不好，不過我到現在還是無法確定這對姊妹的關係到底有多親密。

「——以上就是如何沖煮出好喝的濃縮咖啡的方法。到目前為止有沒有什麼地方不懂的？」

「沒有！」

「那麼，接下來就讓妳也自己沖煮濃縮咖啡看看吧……不過，在這之前我想先問妳，妳想在發表會上畫什麼圖案呢？」

巴奈像是早就決定好了，毫不猶豫地回答。

「我覺得葉片和愛心都不錯。」

「葉子和愛心啊。以拿鐵拉花來說雖然是基礎中的基礎，不過或許有點困難喔。還有其他更簡單又可愛的圖案……」

美星小姐應該想推薦難易度較低的卡布奇諾拉花，但巴奈卻打斷她的話，堅持自己辦得到。

「我會非常努力練習的。還有，如果可以的話，我想再挑一種圖案。」

這個時候，原本一直很安分的暹羅貓查爾斯「喵」地叫了一聲，開始走動了。她緩緩走到有說有笑的女性客人腳邊，用側腹磨蹭她們，女性客人便彎下腰來撫摸查爾斯的喉頭。

巴奈盯著這幅景象看了一會兒，以靈機一動般的口氣問道：

「妳會畫貓的圖案嗎？」

「嗯，會喔。」

咖啡師看起來鬆了一口氣。如果要畫貓的話就會變成卡布奇諾拉花了吧。因為技巧很好應用，拿來當拿鐵拉花畫不好時的替代方案也沒問題。

「太好了，那就拜託妳教我這三種。」

巴奈摸著胸口說道，藻川老爺爺便輕拍了一下手。

「很好！那接下來就要瘋狂特訓了唷！叔叔我也會從頭到尾陪著妳的，妳儘管放一百二十個心吧！」

放幾個心之類的話我以前也聽他說過。而只要一誇下海口，結果都會演變成大家公認的火上加油或油上加火。

「放一百二十個心這種話輪不到叔叔說吧？你唯一可以幫忙的事，就是在我一直看著這女孩的時候專心工作。」

咖啡師冷冷地反駁他，但是藻川先生卻還在裝傻。

「好討厭唷，咖啡師，這女孩可是我帶來的耶。」

「嗯。那又怎樣？」

「我是這間店的店長耶。」

「嗯、嗯。那又怎樣？」

「距離發表會只剩下一週了耶。」

「……嗯。」

「而且我是這間店的店長——」

碰！隨著地鳴聲響起，店裡的地板震動了一下。那是美星小姐踩響地板的聲音。明明暴風雨才剛停歇而已，人類為什麼總愛重蹈覆轍呢？

「如果沒有其他重要的事要說的話，可以拜託你安靜嗎？距離發表會只剩下一週了，聽你說這些話才是最浪費時間的事吧？」

美星咖啡師用比平常低兩個八度的聲音說道。雖然怎麼想都覺得為時已晚，不過藻川老伯的本能好像終於察覺到自己有性命危機了。

「唔，妳、妳說得對呢。我先出門去採購……」

「你剛才不是去過了嗎？所以才會演變成現在的情況吧？」

「是的，對不起。」

說得好。這麼快就道歉是他今天下得最聰明的判斷。

「對不起。」

不知道為什麼，連巴奈都跟著道歉了。看她這副模樣，我總覺得前途令人堪慮。但是在以手指抵著流出冷汗的太陽穴、感到憂心忡忡的我面前，美空小姐卻一點也不害怕，反而對眼前的情景樂在其中，在店裡兀自嘻嘻嘻地笑著。

3

過了數日，我心想「不知道他們進展如何了」，便前往塔列蘭，正好遇到巴奈在店裡忙著練習。

「我們再做一次吧。」

「好！」

巴奈聽到擔任老師的美星咖啡師這麼說，便用力地點點頭，開始使用應該是咖啡師個人擁有的全套器具沖煮濃縮咖啡。研磨、填壓、沖煮……雖然每一個步驟的動作都稱不上迅速，卻相當細心，我朝方便製作拿鐵拉花的寬口狀咖啡杯裡一看，感覺很好喝的濃縮咖啡正冒出微微熱氣。

「這杯咖啡的Crema很漂亮呢。」

我一開口稱讚，咖啡師就露出微笑。

「這女孩很有天分喔。」

巴奈沒有因為我們的對話而分心，繼續以蒸氣製作奶泡。首先是轉動濃縮咖啡機上的蒸氣旋鈕，開啟蒸氣噴嘴——因為要利用其前端噴出的高溫蒸氣來加熱牛奶，並打出奶泡。開啟後先稍微放掉一點蒸氣，然後再插入裝滿冷牛奶的不鏽鋼製尖嘴杯底部。一開始先將蒸氣噴嘴的位置埋深一點，等到流動速度穩定之後再拉到靠近表面的位置，將空氣打進牛奶中。當牛奶開始起泡，就再次把噴嘴往下探，一邊打掉較大的泡沫，一邊製作出細緻的奶泡。等到牛奶的體積逐漸增加，溫度到達約六十度的時候，再把噴嘴取出，就算完成了。

巴奈將尖嘴杯的底部在桌面輕敲幾下，去除粗大的奶泡，也沒有忘記搖動尖嘴杯來整理奶泡。她把牛奶倒進剛才的咖啡杯，然後將尖嘴杯的杯嘴靠近咖啡杯，讓牛奶浮在咖啡表面。接著輕微地左右晃動尖嘴杯，最後在中心拉出一條直線，便完成了有點歪斜，卻還是呈現出紅杉葉片形狀的葉子型拿鐵拉花。

「唔，葉片的大小還是不對稱。」

巴奈很懊惱地說，我便一邊讚嘆一邊安慰她。

「哎呀，才幾天就把Free Pour練得這麼好，已經算很厲害了喔。」

Free Pour指的是從尖嘴杯倒出牛奶，在濃縮咖啡表面畫圖的技術，拿鐵拉花便是使用這種方法。如果要畫動物的臉或人像角色等精細圖案，則是用金屬薄片或竹籤等前端較尖銳的物品，沾起濃縮咖啡後在奶泡上畫出線條。這種方法叫Etching，卡布奇諾拉花就是用Etching繪製的。

「原本覺得要學三種圖案可能有點勉強，不過看這情況，應該來得及吧。」

我誠實地說出感想後，少女害羞地回答：

「是因為器材和老師很好的關係啦。」

「哎呀。」咖啡師把我點的冰咖啡倒入玻璃杯中，睜大了雙眼說道：

「妳在說什麼啊？是因為巴奈妳很認真又很努力的關係喔。」

「對啊，妳看看，葉片畫得很不錯唷。甚至有畫得比我們家的咖啡師還好的錯覺呢。」

藻川先生的脖子突然湊了過來，我不知道他是不是在用「不錯」跟「葉片」開諧音玩笑[4]。

「好了，巴奈，妳練習這麼久也累了吧，吃點蘋果派休息一下吧。」

「哇！總是麻煩叔叔，真是謝謝你！來，這個給你！」

「謝、謝謝妳……」

他以提供蘋果派換來的東西是方才少女沖煮好的拿鐵咖啡。老爺爺收下咖啡後，我從他那看起來不是很高興的反應察覺到一件事。

「原來如此。這是第幾杯啦？」

「今天才第四杯而已。因為在家裡練習的必須自己喝掉，在這裡練習時就請叔叔幫我喝了。」

---

4 日文的「不錯」（rippa）跟「葉片」（happa）發音相近。

我可以從「才第四杯」這句話窺見老爺爺的辛苦。他在露出苦笑的美星小姐面前喝起拿鐵咖啡。少女天真無邪地問他：「好喝嗎？」他打著嗝回答：「好喝……嗝噗！」

「完全是自作自受嘛。」

「是啊。」美星小姐一邊回答，一邊把冰咖啡遞給我。我接下冰咖啡時，她忽然露出嚴肅的表情。

「你都不問我美空去哪裡了呢。」

我拿著玻璃杯的手在半空中靜止了。明明知道這動作很刻意，我還是轉頭環顧店內，但沒有看到美空的身影。

「聽妳這麼一說我才發現。因為最近她常常不在，所以我沒有察覺到。」

就算我想以乾笑敷衍過去，她的雙眼還是不打算放過我。

「你該不會早就知道今天美空不在這裡了吧？」

這就是所謂女人的直覺嗎？她連讓我用冰咖啡滋潤乾笑的時間都不給我。

我投降了。我從累積至今的經驗學到一件事，那就是再繼續裝傻會造成反效果。於是我喝了一大口冰咖啡，開始向她解釋：

「我只是不想讓妳產生奇怪的誤會罷了。其實我搭公車來這裡的途中，在經過Roc'k On咖啡店的時候，正好看到站在人行道上的美空小姐。」

Roc'k On咖啡店位於今出川通旁，靠近白川通和川端通正中間。是以附近大學的學生為主要客群，有許多客人每天來喝咖啡的熱門店家，偶爾會被登在介紹當地資訊的雜誌上。

「美空去Roc'k On咖啡店？」美星小姐似乎很驚訝。

「嗯。她一隻耳朵靠在手機上，隔著玻璃門看向店裡，好像在找什麼人。」

「什麼人，難道不是青山先生你嗎？」

我稍微點了點頭，「她馬上闔上手機，放棄似地沿著今出川通的坡道往下走。我在公車上看到的只有這樣。美空小姐知道我一個星期有五天會待在那間店裡吧。」

美星小姐露出沉思的樣子，然後低聲說出了「手機」這個單字。

「美空拿的手機是折疊式的，對吧？」

「是啊，有什麼問題嗎？」

「你忘了嗎？她平常使用的應該是智慧型手機才對吧？」

聽她這麼一說，我想起之前在伏見稻荷發生的事。當時美空確實是用智慧型手機向我們展示照片。

「不過，現在擁有兩支手機的人一點也不稀奇吧。而且以她同時擁有智慧型手機和非智慧型手機的情況來說，更是相當普遍。」

「一點也不稀奇……是這樣嗎？」

她不停追問的地方有點奇怪。雖然不像妹妹那麼明顯，但咖啡師好歹也是個正值妙齡的年輕女性，還是多具備一些現代人的常識會比較好。

「關於這點，請妳務必相信我。會另外準備一支手機和情人聯絡是很常見的事喔。」

為了讓美星小姐難以反駁，我故意用有點捉弄人的口氣說出最後一句話。她前陣子才被妹妹罵「白目」，沒辦法提出質疑。

「啊……又酸又甜，真好吃！謝謝招待！」

當咖啡師一時語塞的時候，巴奈一口氣把蘋果派吃光了。我也立刻把冰咖啡飲盡，轉身面對合掌表示感謝的少女，結束與咖啡師的談話。

「吃完後又要開始練習了，對吧？巴奈，妳接下來可以幫我煮一杯拿鐵咖啡嗎？」

「好！」

她幹勁十足地回到吧台，技巧熟練地做出拿鐵咖啡。咖啡表面畫著小巧又可愛的心型拿鐵拉花。她展現的成果讓我相當驚訝，也堅信她的發表會能夠成功。

任何人的內心深處都藏有不想讓別人看見的事物。旁觀的人或許會很焦躁，但還是不該擅自打破那道外牆吧。我不想破壞少女畫出的完美愛心，便從泡沫下方一點一點地啜飲著拿鐵咖啡。

——接下來，到了九月的第一個星期六。

因為想知道發表會的結果，我把那天該做的事情全在傍晚前完成後便前往塔列蘭。從今年開始，我的生活過得比以前稍微悠閒自由了一點。

我抵達咖啡店後，卻沒有看到巴奈的身影。她之前說當天會來報告結果，看樣子還沒來到店裡。我忐忑不安地在吧台前的座位坐了下來。

「不知道結果怎麼樣呢？」

我把手伸向自己點的拿鐵咖啡，試探性地說道。感到心神不定的人不是只有我，身為老師的美星咖啡師也正因為巴奈沒現身而覺得不安。

「如果一切都順利就好了……」

「應該沒問題吧，她最後表現得那麼好。」

美空一開口，藻川先生也以平常缺乏責任感的語氣附和她。

「對呀！不管怎麼說，她都是我看上的女孩，不可能會出什麼差錯的。咖啡師妳不用太操心，集中精神在自己的工作上吧。」

只有這句話絕對輪不到老爺爺開口吧——就在我心裡這麼想的時候……

塔列蘭的店門突然被打開了。

對方打開門的力道應該挺大的，厚重的門開啟時的樣子可以用粗暴來形容，門鈴也發出了讓人想在「喀啷」兩個字上加重音的聲響。

「……巴奈。」

美星咖啡師的低語讓我分不清楚她是在呼喚人，還是自言自語。

巴奈氣喘吁吁地呆站在大大敞開的店門外，彷彿害怕一踏進塔列蘭，蓄積在下眼瞼的淚水就會不小心滴落。

「妳、妳怎麼啦？」

藻川老伯慌慌張張地衝到巴奈身旁，然後扶著她的腰示意她進來店內。巴奈便踩著沉重的步伐走向美星咖啡師，並在途中擦了擦眼淚，但是一看到咖啡師的身影，淚水就快變回淚珠了。

「對不起，老師，我明明那麼努力練習，結果發表會還是被毀了。」

巴奈有氣無力地道歉了，但是不明白事情經過的咖啡師不知道該不該接受她的道歉，一臉困惑地詢問她。

「被毀了？發生什麼事了嗎？」

結果巴奈聽到後，就用力閉上眼睛又張開，彷彿想甩去淚水般，然後像是除了拿鐵拉花的製作方法以外，連掀起暴風雨的方法也得到咖啡師真傳似的，以充滿混亂和憤怒的激動語氣開口說道：

「有人故意阻擾我——趁我稍微不注意的時候，把我做得很完美的愛心拿鐵拉花全毀了！」

4

「能請妳詳細說明情況嗎？」

美星咖啡師以安撫般的口氣說道。

「發表會的過程拍成了影片，我想直接看影片會比較快。」

巴奈又再次擦掉淚水，從上學用的托特包裡拿出烹飪社準備的攝影機。我、咖啡師、美空和藻川先生四個人的額頭靠在一起，注視著那塊比智慧型手機的畫面還小的螢幕。

巴奈一按下播放鍵，螢幕裡就出現看起來像學校烹飪教室的房間。畫面中央有張桌面用不鏽鋼製成的大調理台，其內側站著一位在水手服上套著圍裙的少女，正把香料丟入食物調理機內。在她對面左側的爐子點著火，上面放了一個鍋子，鍋子裡的義大利麵麵條從邊緣探出頭來，看起來快要完全沉入鍋中了。影像的鏡頭很靠近調理台，所以除了正在進行調理的少女外，只能勉強看到畫面下方有三名學生露出後腦杓。他們大概是位於調理台前一公尺的地方吧，以坐在椅子上的高度來說，感覺有點太低了，所以調理者站立的位置應該有一個像講台一樣稍微墊高的地方。至於攝影機的視線高度，看起來差不多跟一個身高普通的成年男性站立的高度一樣吧。因為鏡頭沒有晃動，肯定是在桌子或是哪裡擺了三腳架，然後再把攝影機設置在上面。

「好安靜喔，社員就只有這幾位？」

聽到美空的問題，巴奈搖了搖頭。

「總共有九個人，三年級的已經退休了。他們還是會坐在前面看。因為隨便開口討論的話可能會妨礙到正在專心的發表者，所以他們只會靜靜地看。」

「顧問老師有去發表會嗎？」

這次輪到美星小姐發問，而巴奈的反應和方才一樣。

「雖然社團有顧問老師，但是老師還兼任其他社團的顧問，所以可有可無。我們社團在人數上算比較少，但也由於如此，老師不會給我們很多指示，而是讓學生自己自由發揮。」

不愧是烹飪社的社員，就在我們感到驚訝的時候，少女已經用食物調理機裡的食材做好醬汁，拌在義大利麵上並開始裝盤。接著她像是鬆了一口氣似地停頓一下，把盤子輕輕抬起，展示給觀眾看，然後靦腆地說：

「我完成了，這是青醬義大利寬扁麵。」

現場響起了不冷不熱的拍手聲，我聽見一個像是擔任司儀的女性說話聲。

「那麼，請各位試吃。」

接著便傳出一陣「嘎吱嘎吱」的聲音，位於畫面下方的三個人從椅子上站起來，走向調理台，然後一個個按照順序試吃，並發表感想。

「因為要在限制時間內準備所有人的食物很麻煩，所以會由剛才結束發表的三個人代表社員試吃。」

我聽到巴奈的說明，才終於知道為什麼她會說要練習三種拿鐵拉花。

緊接著，巴奈又在我們身後繼續說道：

「大家基本上都是做義大利麵這種不會太難的東西。所以我才會想做大家都無法模仿的事情。」

我的眼角餘光在這時看到美星小姐偷覷了巴奈的臉一眼。雖然我不知道她在影片還沒有出現異狀時這麼做是不是有什麼特殊用意。

「我的發表到此結束。」

畫面中的少女行了一禮後，便開始整理使用過的調理器具和食材。抱著器材的巴奈則在此時從右側出現，而試吃過的人們也開始更換座位，室內頓時變得有些混亂。方才做完義大利麵的少女在「試吃席」的正中央坐了下來，等到巴奈準備好後，烹飪教室又再次恢復了平靜。

「我現在要想讓大家看的是拿鐵拉花。首先，所謂的拿鐵咖啡是在濃縮咖啡裡加入牛奶……」

巴奈在影片裡進行從磨咖啡豆開始的一連串作業，同時講解目前自己所做的步驟，或是說明濃縮咖啡的定義。雖然看起來有點緊張，不過她的聲音毫無遲疑，很自然地從口中說出，也沒有多餘的動作。我忍不住「哦」地發出感嘆的聲音。

「動作非常熟練呢。」

「因為我們甚至扎實地進行了模擬正式發表的預演。」

美星小姐的神情非常嚴肅，雙眼緊盯著螢幕回答。

「不過呀，雖然知道這是已經發生過的事，但在看影片的時候還是有點緊張呢。」

藻川先生的臉上也完全看不到平常的輕浮表情。

巴奈煮好濃縮咖啡，將打成奶泡的牛奶倒進杯中。因為攝影機角度的關係，沒有拍出杯子裡的情況，但是可以從她晃動尖嘴杯的動作知道她是在畫葉子。

「我想趁注意力還沒分散的時候先做最難的葉子。」

可能因為看別人觀賞自己的影像讓她覺得難為情，巴奈的話聽起來就像一句沒必要解釋的理由。

畫面中的發表會還在繼續。巴奈手上的尖嘴杯離開杯子時，她露出滿足的微笑，並把尖嘴杯放在調理台上。接下來她重複同樣的步驟，這次是心型，做好後就把杯子放在方才的杯子旁邊。然後在第三杯的時候，她把比前兩次打入更多空氣的奶泡大量倒入杯中，當咖啡表面出現蓬鬆的泡沫時，巴奈突然左顧右盼地環顧四周。

「怎麼了？」第一個發問的人是美空。

「我找不到要用來Etching的竹籤。畫面外有個放著準備中的道具和材料的台子，我的竹籤在那裡和其他人的東西混在一起了。我記得自己的確拿上台了，不過我那時很緊張，這也沒辦法。」

螢幕上的巴奈把預定要畫貓的杯子放在畫了心型的杯子旁邊，暫時從右側走到螢幕外。美星小姐看著像靜止畫一樣的影像，自言自語似地確認道：

「果然沒有拍到杯子裡的情況呢。」

「是啊。如果拍到的話，應該可以知道發生什麼事了。」

巴奈悔恨地說。

過了大約一分鐘後，巴奈回到螢幕內。她右手拿著竹籤，臉上掛著鬆了一口氣的表情。所以當她拿起正中央的杯子後，她臉上的表情變化讓看到的人都留下了強烈的印象。

「……那個時候心型的圖案已經被毀了。」

看到杯中情況的巴奈緊繃著臉，目光凶狠地瞪了坐在試吃席中央的少女一眼，然後繞過調理台的外側，衝到她面前逼問她：

「YOUKO，妳對我的拿鐵拉花做了什麼好事！」

少女立刻站起來反駁。「我什麼也沒做！」

「為什麼我原本畫得很漂亮的心型會毀了！」

「誰知道啊！妳其實是自己做失敗了，才把責任推到別人身上吧？我們這邊又看不到妳是不是真的成功了！」

「我才沒有失敗！妳才應該很不甘心吧？義大利麵誰都會做，我做的濃縮咖啡又比妳上次做的還好！」

「明明就是妳模仿別人之前做的事，不甘心的是誰啊？妳該不會還在對KOYANE同學那件事懷恨在心吧？」

「現在這件事跟KOYANE同學一點關係都沒有！」

巴奈輕推了一下名叫YOUKO的少女的肩膀，少女也馬上推了回來。就在兩人快打起來的時候，旁邊的社員上前來勸阻，影像也在這裡結束了。

有個人按下了攝影機的停止鍵。塔列蘭店內頓時籠罩在一股沉重的氣氛中。

「那個叫KOYANE同學的人是？」

不知道為什麼，我覺得打破沉默應該是我負責的工作。美星咖啡師好像在思考著什麼，藻川先生似乎震驚到無法言語，而美空大概也不是會在這種時候注意周遭氣氛的女性。

巴奈低著頭小聲地說：「是我之前暗戀的男生的姓名。漢字寫成小小屋頂的『小屋』、樹根的『根』，小屋根同學。」

「所以另外一個人就是……」

「是的。那個叫YOUKO的女生就是小屋根現在的女朋友。」

「在那之後又發生了什麼事呢？」

美星咖啡師不知道在什麼時候回到吧台內，並操作著手搖式磨豆機。巴奈不知道她這麼做的目的，或許是覺得被冷落了，看起來有些不知所措。

「呃，從影片應該可以看出來，就算再怎麼努力從YOUKO所坐的位置伸長手，也沒辦法碰到我放在料理台上的杯子表面，感覺還差了大約二十公分。而且烹飪教室的設備很老舊，如果YOUKO曾經站起來，椅子一定會嘎吱作響。那樣的話我想我應該也會發現才對……總而言之，我問她是不是拿了類似尺的東西攪拌咖啡，結果YOUKO說既然這樣就搜身好了，如果什麼也找不到的話，她就是清白的。既然是她自己提出的建議，就代表她身上真的什麼也沒有。但是我一說這樣哪能證明清白，就有個人說『對了，有錄影』。」

「結果卻什麼證據也沒拍到。」美空歪了歪頭。

「當時在場的幾個人就像現在這樣檢查影片，卻沒有發現可疑的地方。可是我怎麼都無法接受。」

所以才會借了社團的攝影機，然後跑來這裡啊。

「老師，妳想到了什麼線索嗎？能夠完全不碰到杯子就破壞拿鐵拉花的辦法。」

巴奈懇求似地靠在吧台上，在她後方的我忍不住說出了像是落井下石的一句話。

「話雖如此，但看完這段影片後，也找不到任何能對杯子動手腳的機會啊。」

「而且如果有人想當著所有社員的面破壞重要的作品，一般來說都會有人阻止吧？」

美空已經徹底放棄思考了。相較之下，美星咖啡師卻把咖啡豆放進磨豆機中，表現出無論如何都要找出真相的態度。我深刻體會到這對姊妹的個性恰恰相反。

我決定站在姊姊這一邊。很少派上用場的頭腦為了讓少女不再懊惱而全力運轉。

「完全不碰到杯子就破壞拿鐵拉花的辦法啊。如果是這種方法，你們覺得如何呢？」

聽到我的話後，巴奈轉過頭來。「你想到什麼好辦法了嗎？」

「就是把設定成靜音模式的手機偷偷黏在調理台桌面底下，算好適當的時機打電話給那支手機，手機就會震動，連帶地也把杯子上的拿鐵拉花震壞了。」

我對這個假設並沒有十足的把握，所以就算咖啡師對我說出那句固定台詞，我也沒有感到灰心氣餒。

「我覺得完全不是這樣。這種方法不可能完全沒有聲音，而且拿鐵拉花也不會因為這點程度的震動就被破壞。反過來說，如果那震動強烈到足以破壞拿鐵拉花，其他杯子的也不太可能平安無事。」

「嗯……說得也是呢。」

「巴奈現在這麼傷心，你要更認真思考才對呀！」

為什麼藻川先生要生氣地斥責我呢？為什麼會演變成我要道歉的局面呢？

「……對不起。」

「你明白就好。」

可惡，早知道我就不動腦了。

「話說回來，妳真的畫出了心型的拿鐵拉花嗎？」

美空插嘴說了一句非常多餘的話。藻川先生慌張地回答：

「妳在說什麼呀！如果她說謊的話，哪可能這麼難過！」

「但是根本沒有人去碰那個杯子啊。而且也沒有人能看到杯子內的情況——只有她除外。

既然如此，怎麼想都是圖案一開始就不成形嘛。」

結果巴奈狠狠地瞪了美空一眼。

「只能請妳相信我。我真的畫出了心型。」

就連美空也被她的氣勢嚇得有點退縮。

「啊，那、那這種方法怎麼樣？事先在杯子裡混入了某種東西，例如醋之類的。」

簡單來說，她想表達的應該是拿鐵拉花因為牛奶和醋互相反應才會被毀。而咖啡師當然也立刻否定她的想法。

「由於沒有實際測試過，沒辦法斷定，不過如果只混入一點醋，我不認為會導致牛奶分解而無法畫出拿鐵拉花，而且要是杯子裡放了大量的醋，巴奈應該也會發現。萬一真的沒注意到，一開始就會畫不出圖樣了吧。」

「我確實畫出了完整的心型。而且當時的情況我覺得比較像是只是刻意攪亂咖啡表面。」

我在一旁看著一起反駁的巴奈，感到有些意外。雖然美星咖啡師說沒有實際測試過，但是她現在卻不是準備醋來驗證，而是繼續磨著咖啡豆。難道她根本不需要參考我們的推論，就已經想出結論了嗎？

討論的主導權以「喀啦喀啦」的磨豆聲為信號，轉移到美星咖啡師身上。

「我有幾個問題想問。首先，社員們事先知道巴奈妳要畫怎樣的拿鐵拉花嗎？」

「是的。從分配需要的用具和材料、要以什麼流程進行，到每個人要帶什麼東西來，都必須在發表會前仔細告知。所有社員在之前就知道我要做拿鐵拉花，連我畫的圖的順序都知道。」

「這樣啊。那麼，他們知道巴奈妳跟YOUKO同學不合嗎？」

咖啡師一反常態，很直接地發問，巴奈便稍微低著頭回答。

「在遇到藻川老爺爺的前一小時左右，我在學校和YOUKO大吵一架。我喜歡小屋根同學在烹飪社是眾所皆知的事實，所以大家應該都很清楚我們的關係。」

咖啡師像是覺得事情如她所料地點點頭，說出了最後一個問題。

「還有一個問題。YOUKO同學這個名字寫成漢字的話，應該是葉片的『葉』和孩子的『子』對吧？」

「咦？是這樣沒錯，妳怎麼知道呢？」

「那小屋根同學的名字是什麼呢？」

聽到這個問題，巴奈突然臉色發白，以細若蚊鳴的聲音低語：「……是浩二（KOUJI）。小屋根浩二同學。」

「喀啦喀啦」的聲音停止了。

「這個謎題磨得非常完美。」

美星小姐一臉嚴肅地說道，拿起裝在濃縮咖啡機上的濾器把手，開始把上一刻才磨好的咖啡粉填入其中。

「妳要用它來煮濃縮咖啡嗎？」

「是的，所以我是用極細度研磨。」

這麼說來，她放入咖啡豆前好像還操作了一下磨豆機。原來是在調節刀片，以改變咖啡粉顆粒的粗細啊。

「妳知道是誰破壞我的拿鐵拉花了嗎！」

巴奈興奮地朝吧台探出身子，但美星咖啡師還是冷靜地繼續填壓。

「如同妳猜想的，破壞心型拿鐵拉花的人應該是葉子同學吧。」

「哦？怎麼破壞的呢？」美空噘著嘴問道。

「葉子同學在發表會時是以寬扁麵製作青醬義大利麵。我想她大概是用義大利麵的生麵破壞拿鐵拉花的。」

「所謂的寬扁麵（fettucine）就是那種像寬麵一樣扁平的麵條，對吧？」藻川先生立刻反應過來。或許是因為擅長煮拿坡里義大利麵，才會對義大利麵的種類很熟悉。

「沒錯，因為表面積較大，正好適合用來攪亂咖啡表面。不過菜單的內容是事先就確定好的，而且就算使用一般的細麵條應該也辦得到，換句話說，只要長度能搆著距離試吃席二十公分的調理台上的杯子，用哪一種義大利麵的生麵大概都可以。她趁著巴奈沒看見的時候，迅速拿出生麵攪亂杯子表面，之後再把麵條捲起來吃下去，這樣就不會留下證據了。如果一切順利的話，應該不會花上二十秒。」

「等一下，這樣子攝影機怎麼可能拍不到啊！」

美空搶先提出所有人都想到的疑點。但是咖啡師卻好像早就想到會有人以這點反駁，幾乎完全置若罔聞地繼續說。

「能夠把巴奈之前放在調理台上的竹籤拿走的人，就只有前一刻還在製作料理的葉子同學。她假裝整理自己的用具，趁機把竹籤放回原本放置的準備台上，而且還放在無法一眼就找到的陰影處。這麼做的目的有兩個，其中一個當然是為了讓巴奈的視線離開杯子，至於另一個，則是要讓巴奈整個人都離開拍攝範圍。」

「啊，我知道了。」美空對姊姊伸出食指。「她拜託負責拍攝的人，讓攝影機只有在她攪亂杯子表面的時候暫時停止錄影。」

美星咖啡師一邊用杯子接取咖啡機萃取出的濃縮咖啡，一邊朝妹妹的方向點了點頭。

「因為攝影機的鏡頭很靠近調理台，只要能讓巴奈離開拍攝範圍內，除了坐在試吃席的三人的後腦，其他東西都是靜止不動的。其他社員都沒有私下交談，而且當時能用來確認情況的就只有這個小小螢幕所播放的影片。只要在巴奈回到調理台前恢復錄影，就算中間有二、三十秒被跳過，如果不仔細觀看的話，是不會發現異狀的。至於把攝影機調整成拍不到杯子內部的角度這件事，也同樣能拜託拍攝的人幫忙。」

我想起來了，在觀看那一段影片時，我也覺得畫面簡直就像靜止畫一樣。而那正是解開這個謎題的最大關鍵。

「果然是葉子做的……我饒不了她！」

巴奈以類似打雷前的雲中放電[5]的口氣說道，抓起攝影機往外衝。

5　雷電發生的位置大概可分為雲中、雲間及會影響人類生活的雲地三種，雲中放電便是發生在雲中的閃電，大部分的閃電都是屬於這種類型。

「她說不定還在學校，我去學校質問她——」
「等一下！」
但是美星咖啡師的聲音卻如同銳利的閃電，擊中了巴奈朝店門靠近的後背。
「我話還沒說完。」

5

「還要說什麼？都已經知道下手的人是誰，也知道手法了，沒必要繼續說下去了吧？」
巴奈轉過身來，兩手一攤，但是她的動作總覺得有點虛假。
「怎麼可能只聽了剛才那些話就明白真相啊。姊姊說的那些話，根本沒有回答我問的『應該會有人阻止』的問題。」
我也接著美空的話繼續說：
「美星小姐剛才問了妳葉子同學和小屋根同學的名字，對吧？她好像還沒有解釋自己為何這麼問喔。」
咖啡師向我拋來一個肯定的眼神，一邊打著奶泡一邊再次詢問巴奈。
「為什麼巴奈會對葉子同學生氣呢？」
「老師，妳在說什麼啊？拚命練習才畫出來的拿鐵拉花被人破壞，怎麼可能會不生氣呢？」
「我不是在說這件事，而是在問妳為什麼會因為她和小屋根同學交往而吵架。」

「因為葉子她明明從很久以前就知道我喜歡小屋根同學，卻還是跟他交往了啊。沒想到她竟然不知羞恥地做出這種事。」

「這樣啊，不過，既然是小屋根同學選擇了葉了同學，我想妳也沒權利發表意見吧？我說錯了嗎？」

「喂，姊姊，妳這種說法也未免太……」

美空試著開口緩頰，但咖啡師沒有理會她。

「我現在很生氣。聽好了，我剛剛所說的方法，必須獲得現場所有烹飪社社員的協助——或者是在他們的默許之下才有辦法實行。為什麼其他社員會允許有人破壞同社團的人的作品呢？我能想到的唯一理由，就是其他人已經事先得知巴奈妳在暗中策畫什麼了。」

「我只是想畫好拿鐵拉花而已……」

但是巴奈卻像在害怕什麼似的，連反駁的話也愈說愈小聲。

美星咖啡師對她的話置若罔聞，自顧自地開始以Free Pour技巧製作拿鐵拉花。

「巴奈在影片裡拿著竹籤回到調理台後，就先拿起了放在正中央的有心型拿鐵拉花的杯子。為什麼呢？妳要使用Etching技巧製作的，應該是第三杯的貓的圖案才對吧？心型的早就已經畫好了，根本不需要Etching。」

「那是因為我看到拿鐵拉花的圖案變成一團亂了——」

「不對。」咖啡師毫不留情地駁斥她的理由，拿起了金屬薄片。「只要看過影片就知道，妳是先拿起杯子之後才臉色大變的。換句話說，妳想繼續在已經完成的心型圖案上進行Etching，所以才會看到杯子的表面，並發現拿鐵拉花被破壞的。那麼，妳到底想以Etching畫出什麼圖案呢？答案就是這個對吧？」

美星咖啡師展示了她手上杯子的表面。

當我們看到杯子表面的圖案後，全都倒抽一口氣。

那是以Free Pour法畫成的可愛心型拿鐵拉花——但是中央卻劃了一條閃電般的線，心型被破壞成兩半了。

「在三種拿鐵拉花裡，葉子是代表葉子同學、貓則是代表小屋根浩二（KOYANE KOUJI）同學名字裡的『貓』（NEKO），對吧？妳想藉由在這兩者之間加進裂成兩半的心，在發表會現場的所有社員面前譴責葉子同學。雖然葉子同學根本沒有被譴責的理由。」

就算葉子沒有出手破壞，那顆心也逃不過被毀的命運。而且正是出自巴奈本人之手。

巴奈不發一語地緊咬著下唇。

「我想妳或許向他人透露了自己的計畫，結果這個消息卻傳了開來，也可能是葉子同學和其他社員知道妳不是真誠地替他們兩人獻上愛心、祝福他們戀情，所以看到妳事先告知的發表內容後，就看穿妳的計策，並且通知了大家。關於這部分的情況我並不清楚，但是，只有一件事我可以很清楚地告訴妳——」

我原本以為自己已經聽過很多次了，不過這時，我覺得自己第一次聽到美星小姐真正發怒時的聲音。因為她和巴奈說話時的口氣，我以前從來沒聽過。

「我不是為了讓妳做這種事才教妳拿鐵拉花的。」

巴奈的頭沮喪地垂了下來，她這副模樣讓我神奇地聯想到我一開始看見她行禮時腦中所浮現的鈴蘭花。我後知後覺地想著：那好像是一種毒性很強的植物呢。

大家心裡都各有想法，卻沒有半個人開口說話。這時，有個人悄悄走到少女身邊，溫柔地拍了拍她的肩膀。

「現在就拿著這個去向她道歉吧！只要妳誠心道歉，她一定會原諒妳的。」

藻川先生對巴奈說道，把一個形狀像是有著尖聳屋頂的房子的小紙盒交給她。巴奈便打開了原本闔上的紙盒蓋子。

裡面放著老爺爺親手做的蘋果派。

「為什麼是切成兩半的呢？」

巴奈以帶著血絲的雙眼看向老人，開口問道。

「不是有人用『同吃一鍋飯』來形容同甘共苦的夥伴嗎？妳們都是烹飪社的，就是真的同吃一鍋飯的夥伴。只要兩個人一起把放在同一個盒子的蘋果派吃掉，一定能夠重修舊好的。」

藻川先生那對位於下垂眉毛下的雙眼，始終真摯地凝視著少女。

巴奈迅速地把手伸進紙盒中。接著她不知想到了什麼，忽然抓起其中一塊的蘋果派用力咬了下去。

她出乎意料的舉動讓所有人都啞口無言。少女又接著咬下第二口、第三口，就在她的雙頰塞滿蘋果派時，突然停下動作。

一滴水珠落在幾乎被吃掉一半的蘋果派上。

「好酸又好甜喔……為什麼會這麼酸又這麼甜呢……」

巴奈把臉埋進老人懷中，盡情地放聲大哭，就像過境的風暴所降下的雷雨一樣。當她承認自己對一名男性的愛慕已無疾而終的事實時，或許心中也同樣颳起了夾帶著雷雨的風暴吧。

巴奈離開塔列蘭的時候，外頭的天色已經開始逐漸轉暗。

「妳剛才的口氣真是毫不留情呢。老實說，連我也嚇了一跳喔。」

我逗弄著靠到自己身邊的查爾斯，為了不讓她認為我在責備她，刻意以調侃的口氣說道。

美星咖啡師清洗杯子的手停了下來，臉上浮現感覺有些寂寞的笑容。

「我可以明白這種沒辦法放棄暗戀的感情，轉而痛恨起搶走自己對象的人。但是不得不放棄的時候還是要乾脆地放手。所以我認為偶爾也需要有人嚴厲地給予訓斥才行。」

「可以明白這種心情」？……美星小姐過去也曾經擁有不得不放棄的戀慕之情嗎？

「我原本還以為她是個專情的好女孩呢。女孩子真是一種讓人摸不透的生物啊，對吧，查爾斯？」

我一邊說一邊撫摸他的下巴。既然取了男性的名字，代表查爾斯是隻公貓。

「你還記得嗎，青山先生？巴奈曾說過『義大利麵誰都會做』這句話。」

當勃然大怒的巴奈質問葉子的時候，她曾經說過這句話。

「從她這句『大多數的社員都是做義大利麵這種不會太難的東西』的說明就可以推測出來，在發表會上做義大利麵的社員應該還有其他人。既然如此，雖然她當時是在氣頭上，但你不認為她說那句話實在太莽撞了嗎？」

「唔，的確如此。」

「這說不定只是我卑劣的妄想，不過，當我聽到那句話時，忍不住想像了起來：她該不會在平常的時候也像這樣做出引起其他社員反感的事吧？」

為了避免參雜多餘的情感，她刻意若無其事地說道。但是在我看來，反而比較像是感觸良多的口氣。原來如此，若是沒有那樣的印象的話，或許很難想像所有社員會一起策畫這件事。但是這種先入為主的觀念，應該是她最不想看到的情況之一才對。

同樣是若無其事的語氣，美空的態度完全就是「口無遮攔」吧。

「其實我從第一次見面的時候，就覺得那女生挺討人厭的。」

「她跟美空小姐說了什麼不好的話嗎？」

「不是的，不過該怎麼說呢，她的個性似乎非常好強。失戀後竟然想給對手一點顏色瞧瞧，我光是聽到這句話就覺得有夠討人厭。所以姊姊說出真相的時候，我也不認為那有什麼好奇怪的。」

雖然發音都是「Hana」，但是她和我不同，似乎是聯想成鼻子[6]了。不過她方才說話的時候，其實也沒有顧慮到人還在這裡的舅公，真要說的話，她的個性反而和巴奈比較相近。這或許就是所謂的同類相斥吧？

6「鼻子」與「花」的日文發音都是「Hana」，而「討人厭」的日文則是鼻つまみ（Hanatsumami）。

「那女孩能順利解決這件事嗎？」

我伸手抱起查爾斯。被人撐起兩邊腋下而毫無防備的貓，在我面前「喵」地叫了一聲。

「應該沒問題吧？」

沒想到上一秒還在批評她的美空竟立刻回答。

「像她那種個性的人，只要老實道歉，都會產生很顯著的效果。而且她又不是本來就在烹飪社被大家排擠，周遭的人頂多只是想藉此稍微教訓她一下罷了。如果她能自己反省之前那些過火的行為，事情應該就會圓滿解決了。」

「我也希望能有這樣的結果呢。」美星咖啡師輕輕露出微笑，目光看向店內角落。「雖然已經切成兩半的蘋果派不可能復原，但是我相信有些事情是可以透過分享蘋果派來恢復原狀的。」

我追隨她的目光往前一看，坐在老位置的藻川先生正抱著胳臂並仰起上半身，臉上還蓋著翻開的報紙。與其說他看起來是在睡覺，我覺得更像是他對自己引起這件事產生了責任感，所以一反常態地感到沮喪。

根據我後來聽到的消息，藻川先生經歷過這件事後，就不再隨意搭訕年輕女生，也開始認真工作了……事實上好像完全不是這麼一回事的樣子。

但是，我覺得他這樣也不錯。因為我開始認為他這種個性，或許偶爾也能拯救那些不算特別，卻又無可取代的少女的日常煩惱。

粗暴地拍打玄關的門的聲音終於停止了。

他從門上的貓眼窺視外面，確定沒有任何人後，才像是把累積在肺部的淤泥吐出似地重重嘆了一口氣。

最近討債的人來得比以前頻繁，也更不留情了。上次還正好挑中他和人有約的日子，一直在公寓前的路上徘徊不去。他在窗戶看到那個人後，也不能光明正大地走出去，最後不得不取消那次約會。

不幸中的大幸是他為了應付各種情況，事先準備了手機。因為是透過以前從事見不得人的工作時得知的某種管道取得的，應該不會被銀行察覺才對。多虧了他以手機聯絡對方，約會延到隔天，他也順利地見到對方。

約會——他一邊點著菸，一邊回想那個女人。興奮得微微發紅的臉頰、有些激動的聲音。還有來自天真雙眼過度期待的視線，好像正在幻想著白馬王子一樣。

就算沒有親自經歷過，他也聽聞有的人會因為「喜歡」的情緒太強烈，而產生類似戀愛般的情感。女人的表情和動作應該可以視為這種情況吧。

但是他仍舊覺得不太對勁。他認為女人還藏著別的祕密。若要提出證據的話，女人從那次之後已經和他見過兩次面，卻始終連本名都不肯告訴他，不是嗎？他知道的只有女人還是學生，家裡有母親和一個姊姊，父親則在她懂事前就不見蹤影，以及她現在正在放暑假，停留在京都的這段時間，就在親人經營的咖啡店打工。他該如何從這少少的線索推測出真相呢？女人究竟想以那雙充滿危險期待的眼睛，讓自己說出什麼話呢？

當菸灰落在手指上時，他緩緩地搖了搖頭。

他並不討厭思考。過去也曾靠思考來賺取收入。但是不管怎麼說，這次實在來得太突然了。他掌握的情報太少，根本無從想像，如果隨便探究對方的底細，最後導致自掘墳墓的話，自己的人生就真的會前功盡棄，又回到有如這間被菸薰得有些骯髒、連陽光都照不進來的房間的日常生活。

他茫然地眺望著彷彿一道厚牆般擋在自己和外界之間的窗簾，回憶起從前籠罩在柔和光芒下的自己。他有個妻子，還有女兒，工作也充滿前途。如果沒被抓到那種無聊的小把柄，他或許能一直過著平凡但幸福的生活。妻子和女兒都在身邊……正好跟那個女人差不多年紀的……

女兒？

原本想開口銜住的菸自指間落下。

這怎麼可能？不，不可能。但是，這樣一來就說得通了——

雖然又細又微弱，但他覺得自己彷彿在緊閉的窗簾的狹窄縫隙間看見了一道筆直照進來的亮光。

四　咖啡偵探鈴羅事件簿

1

總覺得今天的風好像特別強，原來是颱風要來了。明天京都的街道恐怕很難全身而退了。

當我頂著出門前特地用吹風機吹過，現在卻亂成一團的頭髮穿過塔列蘭店門時，眼前的景象讓我深信颱風襲來的原因就是出自這裡。

因為藻川先生正坐在桌旁和人有說有笑，不是跟女性，而是男性。

「這簡直就是天崩地裂的前兆呢！」

我一邊說一邊在吧台前坐了下來，美星咖啡師單手遮住了半張臉。

「我一聽到你說那句話，頭就痛了起來。如果這是低氣壓害的就好了。」

「那應該不是普通的客人吧？到底是誰啊？」

「據說是文字工作者。因為想出版一本介紹京都咖啡店的書，正到處採訪各間咖啡店。」

我再次轉頭往後看，愈得意忘形就愈長舌的藻川先生正滔滔不絕地說個沒完，一名五十歲上下的男性則翻開筆記本，專心聽他說話，真是一幅奇妙的景象。男性的身材很瘦削，鴨舌帽底下的頭髮和嘴邊的鬍鬚有些斑白，還戴著鏡片稍微染色的眼鏡。或許是我的偏見，不過他的打扮看起來確實很像從事這行的人。

「這間店是由你以及剛才那位切間美星咖啡師一起經營的嗎？」

「是呀。目前還有一位叫美空的短期工讀生幫忙，不過基本上就是我們兩人了。我是她們兩人的舅公……」

他們似乎在談論塔列蘭這間店的基本資訊。我轉身面向正面，對咖啡師回道：

「哦，是在採訪咖啡店啊。那他應該也已經去過Roc'k On咖啡店吧？」

「我不清楚，不過他好像已經去過好幾間店了喔。」

接著美星小姐說出好幾間名店的名字。有位於河原町通地下的足以代表京都咖啡店的名店，還有因為是少數提供土耳其咖啡而廣為人知的咖啡店等，有種先瞄準重要店家採訪的感覺。

「為了做出一本完整的書，在採訪方面也不能馬虎呢。」

美星小姐並沒有回答我這句話：

「我剛才已經先跟他介紹這間店的咖啡了。現在則交棒給叔叔，讓他去說經營方針之類的事。」

如果是精通咖啡到能出版咖啡書籍的文字工作者，我也能舉出好幾人的名字。不過就算知道名字，也不代表我能從外表認出他們。反過來說，就算是第一次見面，也不能完全否定他是我所知道的文字工作者的可能性。於是我假裝要去上廁所，悄悄地離開座位。

「那麼，不僅是這間店本身，連鄰近的土地也是你名下的資產囉？」

文字工作者展現出深感佩服的態度後，老爺爺便「嘿嘿」地笑著挺起胸膛。

「不只是土地而已唷。連後面那棟我住的公寓也是我的資產，所以才能悠哉地經營這間店。聽好囉，想成為一間受到顧客支持的咖啡店，最重要的祕訣就是不能表現得太在意營收。悠哉的態度才能讓客人感到安心和放鬆。」

還真有臉說呢，你什麼時候讓客人感到放心和放鬆了？因為正好經過他們旁邊，我忍不住想給老爺爺的後腦杓來上一掌。看起來像是文字工作者給的名片被他隨意放在手邊。

名片上沒有寫頭銜，或許自由文字工作者的名片都是這樣吧。我對「小渕榮嗣」這個名字沒有印象。那是張除了名字之外，只有在角落寫上電話號碼的名片。

當我確認完名片後，一抬起頭，正好跟小渕本人四目相對，我立刻加快腳步逃進了廁所。

我順便在廁所裡解決生理需求，返回吧台之後，環顧美空不在的店內，帶著這次絕對不會失誤的信心開口問道：

「今天怎麼沒看到美空小姐呢？」

「她今天休假……」

美星小姐給了我一個曖昧不明的回答，並開始整理起東西比平常還多的吧台桌面。在她面前有個形狀融合了勺子和菸斗的銅製器具，名叫土耳其咖啡壺（Ibrik），是在沖煮土耳其咖啡時使用的器具，不過我也沒有正式使用過。她或許是聽了文字工作者談論採訪的事情才拿出來，不過美星咖啡師沖煮的咖啡不僅是我心中的理想，也是她說過要守護的傳統，所以沒有必要刻意嘗試新的萃取方法。我想，她大概是想起自己曾因為興趣而買了這個器具，才會特地拿出來給客人看吧。

「有什麼讓妳覺得奇怪的事嗎？」

「關於今天的休假，美空跟我說『我○○日要休息』，聽起來好像一定要今天不可。事實上她每次都這麼說。既然她在這裡沒有朋友，我不認為她會有指定日期的預定行程。」

「妳會不會太操心了啊？這裡可是京都喔，能參觀的地方多得是，她說不定只是根據天候情況安排了行程而已，又或者是要去參加什麼活動。」

「但是，我問她要去哪裡做什麼，她一個字也不肯透露喔。就算我在前一天若無其事地打聽，或是在隔天問她玩得開不開心也沒有用。她現在這樣偷偷摸摸的樣子，簡直就像是小時候惡作劇時的反應。」

看到美星小姐露出與其說是擔心，更像是在鬧彆扭的表情，我不禁苦笑起來。等到她將來有個正值青少年的孩子時，應該會為此傷透腦筋吧。

「妳又不是她的監護人。就算美空小姐是妳妹妹，她也已經是成年女性了，說不定她就是去和之前提過的『男人』見面啊？如果再隨便過問，她又會生氣地罵妳『白目』了喔。」

查爾斯彷彿在附和我似的，在桌子底下發出像在說「沒錯、沒錯」的貓叫聲。孤立無援的美星咖啡師喃喃自語地說了句「可是……」，從雜亂的吧台上拿起一本單行本。

「她突然開始看這種書耶。」

我看到被日光曬到褪色的書封，愣了一下。

「《咖啡偵探鈴羅的事件簿》？怎麼一回事啊？」

「今天早上美空一口氣拿了好幾本樂譜來店裡，這本書好像就夾在樂譜裡面。」

她一邊說一邊看向店內後方，那裡有一疊將近十本的樂譜，以及一台小喇叭和掛在台座上的電貝斯。

「那是怎麼一回事啊？」我重複了和方才相同的問題。

「她說待在這裡時如果技巧生疏就糟了，所以那些東西好像全是她纏著叔叔買下的。因為不能在借住的房間裡發出太大的聲音，所以叫我在店裡沒營業的時候讓她在這裡練習。」

「原來如此，美空小姐是貝斯手嘛。」

「我還是忍不住念了叔叔一頓。要把這裡當成樂團練習室是無所謂啦，但是不能寵她寵到什麼東西都買給她啊。結果叔叔卻回我：『才區區四、五萬，不要那麼囉唆，妳也未免太小氣巴拉了吧？』總覺得他罵得好難聽。他竟然說我『小氣巴拉』耶，實在有夠沒禮貌的。」

雖然我覺得美星小姐生氣的原因有點難懂，但我知道她被騙了。放在那裡的是Fender USA[1]製的爵士貝斯（JAZZ BASS）。我對樂器其實也不是那麼了解，不過就算估得再便宜，這也是一把要價不下十萬日幣的奢侈品，再加上那些一本價值三千日幣以上的樂譜和喇叭，竟然能眉

1 美國的樂器公司，主要生產電吉他和電貝斯。爵士貝斯（JAZZ BASS）是該公司生產的電貝斯品牌，也是代表商品之一。

頭不皺一下地買這麼多東西送人，老爺爺真的是有錢人呢！我不禁因為這種奇怪的事而敬佩起他來。

「那本書有什麼奇怪的嗎？美空小姐應該沒有閱讀障礙之類的問題吧？」

「嗯，真要說的話，她給人的印象是一直在聽音樂……」

「那本書看起來是推理小說呢。正好標題又有『咖啡』兩個字，會不會是碰巧在舊書店看到，就買下來了啊？」

「這種『碰巧』的情況應該沒那麼容易遇到。」

她究竟想說什麼？我疑惑地歪了歪頭。

「我很好奇這是什麼作品，就稍微調查了一下。」美星小姐拿起自己的智慧型手機揮了揮。「《咖啡偵探鈴羅的事件簿》是沒有公開真實身分的作家『梶井文江』的第四本作品，是一本出版超過二十年的書。」

我從她手上接過那本書，確認它的版權頁。正確來說，初版發行的時間是二十二年前，而作者介紹也刊載在同一頁中。這位作家在出道前好像曾擔任過樂手一陣子。這個經歷跟他沒有公開真實身分寫作有關係嗎？既然沒有公開身分，使用的應該就是筆名，不過既然我是住在京都的人，還是會忍不住猜想他的姓氏是否來自於文豪梶井基次郎[2]，也就是寫下以不復存在的京都丸善書店為舞台的《檸檬》的作者。

「本書發行後其實銷量還算不錯。雖然不能說非常暢銷，但是對於發行量隨著作品發表數穩定增加的梶井文江而言，這應該是自己將一舉成名的徵兆吧。不過，這本書發行後不久，就引起了一場騷動。」

「騷動？」

「是抄襲。據說這本書的設定和一部分構想與某知名作家在業餘時期投稿至同人誌的作品非常相似。」

我驚訝地眨了眨眼。我根本不知道以前曾發生過這種事。

「作者堅決否認這項質疑，還公開自己的身分，透過各式各樣的媒體主張自己的清白，但結果還是演變成出版社決定讓此書絕版，並且主動回收的局面。初版的一萬本中大約有三成由出版社回收，剩下的則因為這場騷動被報導出來而一轉眼就賣光，市場上幾乎看不到它的蹤影。如果現在想擁有這本書的話，必須付出比定價高數十倍的金額才買得到。」

「換句話說……」

「換句話說，如果不是非常想讀這本書，是很難擁有它的。」

所以更不可能會是「碰巧」獲得的東西嗎……我的目光落在單行本上。看來美空又不小心讓姊姊發現麻煩的東西了呢。

「妳看過這本書的內容嗎？」

我從封面開始一頁頁往下翻，順便問道。

---

2 梶井基次郎，一九〇一～一九三二，日本小說家，代表作為短篇小說《檸檬》，三十一歲時死於肺病，其忌日三月二十四日被後世命名為「檸檬忌」。

「不，我完全沒看。要調查這本書的資料不用花太多時間，但是要讀的話就另當別論了。」

美星咖啡師又開始整理吧台桌面了。藻川先生好像還在跟人吹噓什麼事，查爾斯正舔著方才用來抓臉的貓掌。實在是很有塔列蘭風格的一段悠閒時光。

當翻開目次頁時，我突然想起一件事，便說道：

「這本書好像是短篇集喔。機會難得，就讀個一篇吧。」

關於抄襲之類的問題，由於我沒看過原作，因此也不便多作評論。不過，撇開這點不談，我倒是很好奇這名作家寫出來的作品是什麼樣子。

美星小姐基於對工作的責任感而陷入猶豫的時間只有一下子。

「說得也是，現在店裡沒有其他客人……採訪的時間好像也會拖得很長。」

以冰冷的視線看向自己舅公的她坐到我身旁的座位後，我便翻開了下一頁。

2

第一話　鈴羅與大河咖啡之謎

鈴羅是一名非常喜歡咖啡的十六歲少女。當她在街上行走的時候，只要從某個方向飄來感覺很好喝的咖啡香氣，就會不自覺地找起那間店，然後走進去一探究竟。

「今天天氣也好熱喔。為什麼日本的夏天會這麼熱呢？會發熱的東西只要咖啡一項就足夠了。」

八月的強烈陽光無情地照射在人行道上，鈴羅幾乎快被烤成人乾了。她忍不住跑到附近大樓的空曠入口陰影處暫時避難。當鈴羅把擦去人中汗水的手帕放進包包裡時，她聞到了一股方才被汗水干擾而沒有發現的淡淡香味。

「哦，這是咖啡的香味呢，好像是從這裡飄上來的喔。」

鈴羅眼前有一條通往地下的狹窄樓梯。在幾階下的轉彎處有個寫著「大河咖啡」的簡單又高雅的木製招牌，彷彿正在說「快過來、快過來」似地向鈴羅招手。

「要不要進去看看呢？反正離約會時間還有一陣子，只喝一杯應該沒關係吧。」

於是鈴羅為了乘涼和享受僅僅一杯的無上幸福，一步步地走下了樓梯。她一邊著迷地看著放在一旁用來烘焙咖啡豆的龐大機器，一邊把手伸向玻璃格子門。

「歡迎光臨。」

她走進店裡，上了年紀的老闆便溫柔地招呼她。明明店裡開著冷氣，挺涼爽的，他的額間卻掛著汗珠。是因為在烘焙咖啡豆的關係嗎？鈴羅動著鼻子嗅了嗅，卻聞不太到烘焙咖啡豆時特有的芳香。

「請給我這間店最推薦的咖啡，我要熱的喔。」

鈴羅完全忘記自己上一刻才熱到快變成人乾，一坐到桌前就點了熱呼呼的咖啡。老闆隱藏在鬍子下的嘴角露出了笑容，走到烘豆機旁，拿著計量用的湯匙，從應該有油桶那麼大的木桶裡舀起烘焙好的咖啡豆。打開上蓋的木桶裡裝著大量幾乎塞滿整個桶子的咖啡豆。

「哇，你們烘焙了這麼多咖啡豆啊。」

鈴羅一開口，老闆便「是啊」地笑了起來。

「我們使用的咖啡豆只有一種，而且也有單獨販售咖啡豆，所以這點數量的咖啡豆很快就賣完了。」

接著他用電動式磨豆機磨好咖啡豆，再把放在吧台上的大銀碗拿開，並使用旁邊的塞風壺[3]沖煮咖啡。

「讓您久等了，來，請用。」

「謝謝。哇，這真是太好喝了！」

這是一杯只能用美味來形容的咖啡。鈴羅壓抑著想大喊「Bravo！」的心情，一轉眼就喝完那杯咖啡。其實她很想再來一杯，不過要是沒趕上約好的碰面時間就糟了。

於是鈴羅在結帳的時候順便說道：

「我趁機買點咖啡豆回去好了。」

「我現在就烘焙給您吧。」

老闆說完後就準備起生豆，鈴羅急忙阻止他。

「我趕時間，給我那邊桶子裡的咖啡豆就行了。」

老闆卻完全不理她。他一邊說「放心，只要二十分鐘就烘焙完成了」，一邊迅速地開始烘焙。

鈴羅聳聳肩，無奈地等待烘焙結束。雖然碰面的時間一分一秒地逼近，不過只要二十分鐘後從這裡用跑的過去，感覺也不是完全來不及。而且說實在的，在等待時再品嘗一杯咖啡，對鈴羅來說也是一件難以抗拒其魅力的事。

鈴羅喝著老闆替她煮的第二杯咖啡，等了二十分鐘，當烘焙好的咖啡豆冷卻後，老闆說：

「這樣子就可以了嗎？」他是在問鈴羅要不要順便研磨咖啡豆。

「那就麻煩你幫我處理吧。」

一聽到鈴羅的回答，老闆就把烘焙好的咖啡豆放進電動磨豆機中，迅速地磨成了咖啡粉。他動作熟練地把咖啡粉裝進塑膠袋，再用封口機完全密封袋口。這是為了阻絕空氣，避免咖啡粉酸化變質。

「謝謝惠顧，歡迎您再次光臨。」

鈴羅接過老闆遞給她的袋子，付清咖啡錢，正打算離去時……

喀鏘一聲，靠近店內後方的門打開了。

鈴羅忍不住倒抽了一口氣。因為從門後走出來的是一位雖然臉色非常難看，卻絲毫無損其魅力的美麗女性。

「這位小姐是……」

3 又稱為虹吸壺，是一種利用水沸騰時產生的壓力來沖煮咖啡的器具。塞風壺的構造分為上壺和下壺，中間以導管連接，當下壺的水加熱後便會慢慢上升至上壺與咖啡粉混合，在進行攪拌過後放置冷卻，位於上壺的咖啡便會緩慢地流回下壺。

鈴羅開口問道，但是老闆卻一副心神不寧的樣子。

「是我女兒。——喂，妳還好嗎？」

「我的頭好痛喔，感覺整顆頭都一陣一陣地抽痛。我剛才到底怎麼了啊？」

老闆的女兒以相當纖細的聲音問道。和她嫻靜的外表氣質相比，感覺說話的語氣稍微年輕了一點。不過年紀應該還是比鈴羅大吧，大概沒有大超過十歲。

「我出門採購回來，就看到妳倒在地上了。我看妳好像睡著了，就把妳抱到裡面的房間讓妳休息。剛才發生什麼事？」

老闆皺著眉擔心地問道，他女兒便一臉快哭出來地開始解釋。

「爸爸你出門後，馬上有個瘦小的男性客人走進來。我把那個人點的咖啡端給他後，他就說『咖啡的味道很怪』。我明明照著爸爸你教我的去做，結果一想到自己可能哪裡弄錯了，就變得很不安……所以客人逼我也喝一口看看的時候，我也沒辦法拒絕他。」

「所以妳喝了那杯咖啡嗎？」

「嗯。但是我沒辦法分辨那麼細微的味道差異，所以也只能回答他『照你這麼一說，好像有點怪』……到這裡為止我還記得發生了什麼事，但是等我回過神來時，人已經在裡面的房間了。」

老闆的女兒感覺很難過地訴說著，他便輕輕地把手放在她發抖的肩膀上。

「應該是客人突然抱怨，害妳太過緊張，才引起貧血吧。那個客人一定是看到妳昏倒，就嚇得逃出去了。妳今天就別再繼續工作了，回去休息吧。」

「也對，那我就照爸爸說的去做吧。」

當他女兒說完這句話，就要離開店裡時……

「——請等一下！」

鈴羅大聲叫住了正想回去的老闆女兒。

3

我讀到這裡便暫時闔上了書本。故事也就此中斷，我和美星咖啡師回到了現實世界。

「……銀行是不能夠信賴的，因為會有存款保險限額的問題。你知道存款保險限額是什麼嗎？只要存款超過一千萬，超出的部分就會全被銀行拿走唷[4]。如果把錢存在自己身邊，不管是一千萬、兩千萬還是一億，都不用煩惱存款保險限額的問題。像我這種財產超過存款保險限額的人，一定要把錢存在手邊的保險箱裡才行。否則等到銀行把超出額度的錢拿走的時候，就會被那些窮人指指點點地嘲笑說：『那個老頭呀，超出存款保險額度的錢都被拿走了耶！』……等一下，我才不是老頭呢！」

4　存款保險是各國政府為了保障存款人權益而設立的保險制度，當銀行發生經營困難等情況時，可以提供存款人存款保障。目前有實施存款保險的國家多是採用存款保險限額的方式，而不是全額保障，以日本為例，最高保額便是一千萬日幣。

我真不想回到這種現實世界。

「而且如果錢包裡總是帶著足夠的錢，等到要搭訕年輕女生的時候，就可以假裝若無其事地現一下給她看唷。如果要用錢的時候才去銀行領，那不是很麻煩嗎？像我就會開著我的LEXUS愛車——顏色當然是熱情的紅色啦——停在女生身邊，隨便問她幾句路怎麼走之類的問題，然後說要給她謝禮，故意把錢包打開。這樣子女生一定會說：『哇，真是個慷慨的老頭！』連雙眼都變成愛心……我說你呀，從剛才就只顧著聽，害我開口閉口都是老頭，拜託你幫幫忙好不好！」

「不，我什麼也……」

「——你才是最應該幫幫忙的人！」

美星小姐不知何時繞到了藻川先生背後，她拿起他的針織帽，朝著他看起來很清涼的稀疏頭頂用力地打了下去。一想到她也是像這樣子一步步爬上成為京都女孩的階梯，我頓時覺得相當感慨。

「你這樣會給人家添麻煩的！你不要老是說那麼多廢話，只要回答對方問你的問題就好了！」

「我、我只是老實地回答他問我的問題而已啊！」

「但是你沒必要像在考大學聯考一樣，問題只有一行，卻答了幾百個字，聽懂了嗎？」

「是，對不起。」

哦？老爺爺怎麼看起來無精打采的？「懂了就好。」美星小姐說完這句話後，就把針織帽放回他頭上，然後走回我旁邊的座位。

「他今天好老實喔。」

我對美星小姐低語，她朝藻川先生瞥了一眼。

「那個人一旦沒了帽子，就會變得有氣無力的。」

原來他還有這種弱點啊？因為覺得很新奇，我不禁訝異地猛盯著老人看。我對急忙把失而復得的針織帽戴好的他萌生某種憐憫之心，同時也想起了那個只要麵包做的臉溼掉就無法發揮力量的英雄。不過以現在的情況來說，因為美星小姐拯救了方才一直對我們使眼色求助的文字工作者，所以反而是她比較像英雄。

「那我們繼續看小說吧，妳猜到接下來會發生什麼事了嗎？」

她一邊在吧台另一端把咖啡豆放進手搖式磨豆機，一邊回答我的問題。這麼說來，我還沒有點任何東西呢。

「如果你是指感覺『應該不是這樣吧』的話，是有幾個地方不太自然呢。」

我點點頭，舉出第一個感到介意的疑點。

「如果要把用油桶來形容容量的木桶裝滿，必須準備非常多的咖啡豆才行。這麼多咖啡豆竟然以已經烘焙完的狀態保存，妳難道不覺得很奇怪嗎？」

很多咖啡專賣店會因為擺起來好看而把烘焙好的咖啡豆放進木桶裡陳列。但是如果要用很大的木桶陳列的話，一般來說都是把裝著咖啡豆的大碗放在木桶的開口上，以架高桶底的方式來展示。因為要把不容易傾倒的大木桶底部的咖啡豆取出很麻煩，而且咖啡豆一烘焙完就會開始酸化，根本不需要事先烘焙好這麼多咖啡豆。

「作者也在故事裡突然提到銀製的碗，應該是為了埋下那個碗平常是放在木桶上使用的伏筆吧。」

聽完美星小姐的補充說明後，我繼續說：

「而且明明已經有大量的咖啡豆了，還不肯賣掉它們，堅持要烘焙新的咖啡豆，這怎麼想都不合理。」

咖啡豆一烘焙完成就會開始酸化，也就是變質，這是毋庸置疑的。不過，若是考量到風味的話，更常聽到的說法反而是要靜置兩天左右，讓烘焙引起的成分變化緩和後，煮出來的咖啡才會比較好喝。雖然必須考慮木桶中的咖啡豆烘焙好的時間，不過他無視能煮出好喝咖啡的大量咖啡豆，即使要讓客人等上二十分鐘，也堅持要賣給客人剛烘焙好的咖啡豆，怎麼想都是件吃力不討好的事。

「我的想法和青山先生你一樣。除此之外還有其他問題嗎？」

聽到她難得沒有否定我的意見，我突然覺得士氣大振。

「這個嘛，把裝有烘焙好的咖啡豆的袋子密封這點也很奇怪。還特地把使用的器具是封口機寫出來，簡直就像在強調那個袋子是完全密封的，可是這麼做的話，最慘的情況是袋子有可能會裂開耶。」

剛烘焙好的咖啡豆會釋放出二氧化碳，而磨好的咖啡粉更會因為表面積增加而釋放出大量氣體。如果把袋子密封的話可能會有裂開的危險，所以要在上面打幾個不至於讓酸化速度過快，又可以透氣的小洞，或是選擇加裝透氣閥的袋子才合乎常理。

現在美星小姐喀啦喀啦地磨著的咖啡豆，一定也正釋放出我們看不見的氣體吧。

「既然是講究到會自行烘焙的咖啡店老闆，會在這種地方疏忽大意是很奇怪的事。考慮到以上幾項疑點，青山先生應該也已經找出會想說『磨得很完美』的答案了吧？」

其實我沒有很想說那句話。「很可惜，我好像還沒找到答案。」

「既然如此，就請你暫且聽聽我的拙見吧──我認為木桶中應該放著一具屍體。」

這時，或許是因為對咖啡師脫口而出的驚悚單字起了反應，在我背後和藻川先生交談的文字工作者突然沉默了下來。別緊張，那只是發生在推理小說中的事件。而且它是個推理故事這點，也正好成了提示之一。

咖啡師從磨豆機裡倒出咖啡粉，開始濾沖咖啡。

「老闆採購回來後，發現愛女竟昏倒在地上，旁邊則是那名對她煮的咖啡挑毛病的男性客人。男人逼女兒喝下的咖啡裡加了安眠藥，也就是說，當老闆回來時，他美麗的女兒差點就被趁老闆出門時上門光顧的男人侵犯了。」

根據作者的描寫，老闆的女兒是一位年輕又非常美麗的女性。這也是伏筆嗎？

「老闆急著保護女兒而失去理智，便握著他平常拿來在裝有咖啡豆的袋子上打洞的錐子之類的器具，把男人刺死了。他應該知道如果把插在上面的凶器拔出來，可能會噴出大量鮮血，所以只能把屍體連同凶器一起藏起來吧。於是老闆把沉睡不起的女兒抱到後面的房間，再把身材瘦小的男人屍體塞進木桶中，從上面用咖啡豆把他埋起來。老闆原本應該想用碗把他遮住，但是碗底會碰到男人的頭部而露出來，看起來反而很顯眼，所以只好用咖啡豆把他埋住，因此木桶中的咖啡豆才無法賣給客人。如果只是沖煮一、兩杯咖啡的量，頂多只有二十公克的話就算了，若要賣給客人，如果從裡面拿出一百公克的咖啡豆，很可能會讓屍體曝露出來。」

「因為老闆急急忙忙地把屍體藏起來，所以才會滿頭大汗。但是，如果只是暫時把屍體藏起來就算了，竟然還繼續營業，也未免太大膽了吧？」

「我想他絕對沒有要繼續營業的意思喔。可能只是單純忘了鎖門……不，應該說，既然店門是玻璃門，只要有人過來的話一定會看見店裡的情況，所以乾脆連鎖門的時間都省了吧。」

「唔，不過，就算他不久前才殺了人，如果看到女兒不知道為什麼昏倒在地，應該會先叫救護車才對吧？」

「如果他想像得到女兒昏倒的原因，也不一定會叫救護車吧？像是老闆在男人身上發現他加進咖啡裡的安眠藥的包裝紙之類的。既然女兒的身體沒有特別不適，也不用冒著可能會被發現自己殺人的風險去呼叫救護車吧？」

原來如此，我頓時恍然大悟，再次打開那本書，翻到了下一頁。

至於故事的後續發展，應該不需要我在此複述了吧。

如果只看書裡明確記載的部分，「真相」全都和美星小姐推理的一樣。

4

「……所以，妳覺得這篇作品如何？」

我碰地一聲闔上書，對送上咖啡的美星咖啡師問道。

她含蓄地苦笑了一下：

「對不起，我覺得寫得不太好。」

「我也有同感。這個人在寫這篇作品的時候，真的對咖啡很熟悉嗎？」

我用指尖輕輕敲了敲印在封面上的筆名「梶井文江」。

「如果要在裝了咖啡豆的袋子上打洞的話，為了防止咖啡豆酸化，洞必須打得非常小才行，這是我平常也會注意的事。而適合做這種事的道具，真的具有能刺殺人的殺傷力嗎？我很懷疑。」

「不過，如果是刺中要害的話，倒也不能說完全辦不到呢。」

「那麼，鈴羅一直說自己最喜歡咖啡，卻又叫老闆幫她磨好咖啡豆這一點呢？用現磨的咖啡粉煮出來的咖啡是最棒的，這是所有人都同意的鐵則。而且，如果是磨好後立刻放進冰箱或冷凍保存也就算了，在炎熱的夏天提著一袋咖啡粉去約會，咖啡的香氣和味道一定會大打折扣吧？」

咖啡師對這點表示贊同，然後也跟著提出自己發現的疑點。

「假設真的有跟油桶一樣大的木桶，要使用烘焙好的咖啡豆來蓋住裡面的屍體，怎麼想都覺得有困難吧？光是要蓋住屍體，所需的咖啡豆就已經超過能一次烘足的數量了。」

「說不定只有眼睛看得到的部分是烘焙好的咖啡豆，下面則是用生豆或完全不相關的東西填充喔。」

「所以這個問題還在容許範圍內嗎？那麼，老闆招呼鈴羅進入店裡的行為又要怎麼解釋呢？前一刻才殺了人，雖然屍體藏了起來，但還是放在附近，遇到這種情況，會用盡各種辦法和理由讓客人打道回府，才是最符合人類心理的吧？」

說得真是一針見血。我只有根據和咖啡相關的知識來提出幾個疑點而已，美星小姐卻將批評的範圍擴大到推理的完整度上。

我不禁有些同情那位作家，並拿起美星咖啡師煮的咖啡喝了一口。

「梶井文江在抄襲事件後的去向呢？」

「這我不是很清楚，」她回道：「不過被貼上抄襲作家的標籤這件事成了他的致命傷，所以後來好像就沒有再發表作品了。因為他在寫出這本作品前還發展得不錯，所有的媒體都以『因為鈴羅而零落』來揶揄作者。」

我頓時啞口無言。美星咖啡師把我的沉默視為結束對話的意思，又繼續整理起吧台。

我不想讓沉默持續太久，便揚起下巴隨口問道：

「你們平常營業的時候也會用到那個嗎？」

咖啡師的手拿著方才出現過的土耳其咖啡壺揮了揮，笑著說：

「你是說這個Cezve[5]嗎？不會用到喔。只是因為美空一直拜託，我才會放在這裡。不過，可能沒有好好保養，已經有多處都生鏽了。」

「哎呀，那就不能用了嘛。」

「其實我正考慮要不要把這個Cezve丟了。」

「——咦？妳要把它丟掉嗎？」

一道人聲從意想不到的方向傳來，我驚訝地轉頭一看。

只見文字工作者好像終於擺脫藻川先生的吹牛轟炸，正打算把筆記本收進包包，現在卻中途停下動作。他位於深色鏡片後方的雙眼睜得有如銅鈴般大。

「嗯，因為又不是價值好幾萬的東西……」

美星咖啡師一臉困惑地回答後，文字工作者便自顧自地說道：

「這樣啊，哎，真是太可惜了。我覺得那應該還可以繼續用，既然要丟掉，乾脆轉讓給我好了，不過妳應該不可能免費送給我吧？」

片刻之後，我驚訝地體認到自己和美星小姐的交情真是愈來愈深了。

因為我從她嗓音的變化察覺到一件事——她說出下一句話時，心裡其實正盤算著什麼。

「那就請你帶回去吧。我已經用不到這個Cezve了。」

咖啡師一邊說一邊把雙手抬高到胸前，文字工作者便高興地說道：

「真的嗎？妳真是太慷慨了。我就不客氣地收下囉。」

接下來發生的事讓我難以置信。

他竟走向店內後方，從台座上抱起新買不久的爵士貝斯，打算帶走它。

看到這副情景，不僅是我，連藻川先生也無法再默不作聲了。但是美星小姐卻以眼神制止

---

5 土耳其咖啡壺的別稱，發音類似「爵士貝」。

了我們。她的眼神寫著「什麼話也別說」以及「交給我處理就好」。

他就這樣拿起自己的包包往結帳櫃台走，美星小姐也跟了上去，兩人隔著小櫃台面對彼此。

若她有什麼打算的話，一直盯著他們或許會礙事。所以我攤開手上的書，迅速翻起書頁。這時，我發現書的最後一頁夾著某個東西。

這是什麼啊？我背對著結帳櫃台把那東西拿起來攤開。

那是一張陳舊的報紙。

我看到大大地占據了報紙中央的新聞，頓時恍然大悟。那篇新聞刊載了駁斥抄襲爭議的梶井文江的訪談。報紙上的日期是二十二年前，和這本書出版的時間一致。

我把寫有梶井文江新聞的那面往內折，小心翼翼地把報紙折好，然後偷偷塞進口袋。報紙的背面似乎刊載了當地的新聞，有好幾篇簡短的報導，像是煤油爐故障引起民宅火災，導致一對老夫婦死亡的新聞，或是一名男性為了救助在河裡溺水的兩歲女兒而喪命等等。

文字工作者似乎在我注意力被報紙吸引時結完帳了。美星小姐一邊把零錢拿給他，一邊以像是突然想到什麼事的口氣問道：

「你要開收據，對吧？請問抬頭要寫什麼呢？」

「喔，那就寫『深水』，深淺的深，水池的水，深水。」

不是寫小渕啊？可能連文字工作者也會使用筆名吧。我想起了位於中美洲加勒比海的咖啡生產國宏都拉斯，其國名好像是取自意義為「深邃」的詞彙。總覺得曾經在哪看到有人很無聊地用「宏都拉斯的咖啡味道和國名一樣充滿深度……」來介紹的樣子。

美星小姐慢吞吞地寫好收據交給文字工作者。原本以為她會開口說些什麼，卻只露出了感覺有些僵硬的笑容，低著頭說了句「謝謝惠顧」而已。聽到這句送客的話，他便邁步走向店門。

再這樣下去他就真的要離開了。當藻川老爺爺終於按捺不住，正想起身阻止他的時候。

「——請你等一下！」

我想，美星咖啡師大概是在開玩笑吧。不久前我才在小說裡看過這句台詞，而且如果從上個月算起的話，她在最後一刻叫住正想離開的人的場面，我已經目睹整整三次了。

文字工作者被她的聲音嚇了一跳，在店門前轉頭看向她。「有什麼事嗎？」

同樣的事情經歷過三次後難免會覺得膩了。不過，美星小姐所說的下一句話，卻是這三次中最讓我震驚的。

「請問你和美空究竟是什麼關係呢，作家梶井文江先生？」

5

唔呃。我的喉嚨深處會發出怪聲也是理所當然的。

「這個人是《鈴羅》的作者？妳在說什麼啊，美星小姐？」

糟糕、很糟糕。我完全不明白為什麼會變成這樣，不過有件事我非常明白，那就是如果她所言屬實，現在的情況可說是非常糟糕。這不只是因為我們口無遮攔地大肆批評他的作品，總之所有的一切都糟糕到了極點。

「對啊，妳為什麼突然這麼說呢？」

和陷入混亂的我截然不同，文字工作者從容地露出微笑，看起來好像對現況樂在其中。

「你還想裝傻嗎？那就讓我來說明我為什麼會這麼想吧。」

美星咖啡師從小櫃台後走出來的舉止也非常冷靜從容。我覺得只有自己亂了手腳很奇怪，想讓呼吸平穩一點，卻成效不彰。她完全無視我的存在，對文字工作者問道：

「首先，你說自己正到處採訪京都的咖啡店，這是騙人的吧？」

「我沒有騙人，要我列舉幾個我提過名字的店家特徵給妳聽聽嗎？」

「你應該只是隨便列舉幾個自己曾去過的店而已吧？因為如果真的去採訪，一定會知道一項知識，但是你似乎並不知道。」

「妳說的知識究竟是什麼呢？」

文字工作者的態度仍是一派從容，咖啡師便舉起從吧台拿過來的東西給他看。

「你知道這是什麼嗎？」

他的視線立刻變得游移不定。「那個……就是那個嘛，沖煮土耳其咖啡的時候會用到的器具。」

「沒錯。那它的名稱是？」

他回答不出來。

美星咖啡師稍早之前已經介紹過，她手上的器具叫作土耳其咖啡壺。在這個器具裡放入磨得很細的咖啡粉和水，直接用火加熱，然後把煮好的液體倒進杯中，等到咖啡粉沉澱後，再飲用杯子上方清澈的液體，這就是土耳其咖啡。

而這個土耳其咖啡壺還有個別名。

「你不知道是嗎？那就讓我來告訴你吧。這叫作Cezve。」

深水雙眼圓睜，終於放下背在背上的東西。這在旁人眼中是個很逗趣的情景，但是美星小姐臉上看不見一絲笑容。

「我聽美空說，這個樂器的名字好像是爵士貝斯，在日本也有人簡稱爵士貝。所以我就告訴她，咖啡器具裡也有爵士貝喔。結果她一直要求我拿給她看，我就特地把它拿出來了。不過因為很久沒使用，所以上面都生鏽了。」

她一邊說一邊吐了吐舌頭，但是臉上沒有任何笑容，該怎麼說呢？她剛才的動作其實一點也不可愛。

「話說回來，剛才我談到要把Cezve丟掉，結果勾起你的興趣時，我說『那就讓給你吧』，然後在你面前舉起這個Cezve。不過你最後還是拿起了樂器。如果你是有一搭沒一搭地偷聽我們交談而誤會我們是在說樂器的話，在我展示這個器具的時候，你應該會察覺到自己搞錯了才對。你之所以沒有察覺到的唯一理由，就是因為你不知道這個器具的名字。你連這個必備器具的名稱都不知道，怎麼去採訪有販賣土耳其咖啡的店家呢？」

原來如此，我想起方才她嗓音出現變化時所說的話。她從作家的言行察覺到異樣感，便對他設下了陷阱。

「讀完《咖啡偵探鈴羅的事件簿》後，實在很難想像寫下以咖啡為題材的作家梶井文江，是個對咖啡很熟悉的人。而且根據我查到的資料，梶井在出道成為作家之前，好像曾以樂手身分進行活動一陣子。所以這位作家的形象，和你自稱正在採訪咖啡店，卻連器具的名稱都不知道，聽到Cezve這個單字後第一個想到的不是土耳其咖啡，而是樂器的舉止非常吻合。」

「別說傻話了，那已經是出版超過二十年的作品了吧？竟然把從那本書看出的人物特質套用到活在現代的人身上，也未免太穿鑿附會了。我的確不知道那個器具的名稱，但是那不代表我沒辦法撰寫店家的介紹文章，那種資訊只要事後再調查就行了。不過是孤陋寡聞了一點，就誤認為我是某個不知道哪來的作家，還瞎猜我和那個叫美空的女性有什麼關係，真是夠了。」

雖然文字工作者愈是大聲反駁，就愈顯得居於劣勢，但他的論點倒是沒有說錯。只是美星小姐也不是那種僅憑著幾項推測就質問他人的人。

「你說得對，當我確定你不知道器具名稱時，也只覺得或許是別有目的才假裝前來採訪的你有些可疑罷了。不過，我認為還是弄清楚你的身分比較好，所以就利用收據來取得你的名字。結果你很乾脆地就把本名說出來了呢。是因為長久以來的習慣讓你下意識地開口呢？還是因為覺得不太可能被看穿，所以輕忽大意了呢？」

「……就算那是我的本名，又有什麼好奇怪的？」

「人們在使用假名的時候，或許是因為難以忘懷長年跟隨自己的本名吧，就算知道取一個完全無關的名字會更有效果，好像還是會莫名地表現出想留下部分本名的傾向喔。你應該也是如此吧，深水榮嗣先生。雖然我不知道你是不是真的從事文字工作者的工作，不過寫在名片上的『榮嗣』是你的本名，對吧？」

文字工作者陷入沉默。他緊咬下脣，露出非常悔恨的表情。

「名叫『深水榮嗣』（FUKAMI EIJI）的男性和筆名是『梶井文江』（KJII FUMIE）的作家。一把這兩個名字擺在一起，我立刻確定這兩人是同一個人。因為在這兩個名字之間出現了無法以偶然來解釋的現象。」

「啊——是文字錯位遊戲嗎！」

我拍了一下膝蓋。只要把深水榮嗣（FUKAMI EIJI）這幾個字更換順序，就會變成梶井文江（KJII FUMIE）。

美星小姐點點頭，一步步將他逼入絕境。

「如果你從一開始就報上真名，反而不會引起懷疑呢。因為可以辯稱是借用了某個作家的筆名來當文字工作者用的名字。不過，既然你特地說自己姓小渕，又叫我在收據上寫深水這個名字，怎麼想都覺得深水才是你真正的本名。」

「我又沒有說『榮嗣』是我的本名，這全都是妳擅自想像出來的。」

「那我們現在就直接查查看吧。梶井文江被人懷疑抄襲的時候，好像曾經公開自己的身分，在媒體上現身，所以只要用網路搜尋一下，應該可以找到一、兩張照片才對。畢竟筆名看起來像是女性名，其實卻是男性這一點，也會讓人感到很新奇吧。」

我不動聲色地從口袋裡拿出那張報紙，攤開寫有梶井文江報導的那一面。都已經過了二十幾年了，長相當然多少會有變化。不過只要把文字工作者臉上的眼鏡和鬍子拿掉，還是能看出他和新聞的照片裡的人擁有一樣的臉。

文字工作者——深水榮嗣似乎終於放棄反駁了，以鼻子哼了一聲。咖啡師指著我放在吧台上的書說道：

「這本無法輕易拿到的書會在美空手上，以及作家本人出現在本店這兩件事，不可能沒有任何因果關係。你和美空因為某些理由而認識，所以才會把這本書交給美空，然後你也親自來到這間店。那為什麼我說出美空的名字時，你卻不說自己認識她呢？你和我妹妹究竟是什麼關係？而你今天來這裡採訪的目的又是什麼？」

「……拜託妳不要在這種無聊的事情上穿鑿附會好嗎？」

深水顫抖的聲音裡透露出一絲焦躁。

「對，沒錯，我就是作家梶井文江。既然妳調查得如此仔細，應該可以想見我聽見這個名字時，內心有多麼屈辱難堪吧？而且你們還當著我的面評論起我的作品來，我會無論如何都不想承認也是很正常的，不是嗎？」

但是美星小姐並未放鬆警戒，眼睛仍舊緊盯著深水不放。

「和妳妹妹有什麼關係？妳是指收下我送的這本書的女生嗎？我前陣子在市區的某間咖啡店採訪時認識了她，她正好是那間店的客人，好像對我的採訪很感興趣，所以才主動找我說話。她說自己也在咖啡店工作，會請我喝很好喝的咖啡，也可以去她的店採訪看看。因為我們愈聊愈投機，我便談到以前曾經出版過一本跟咖啡有關的小說，為了答謝她介紹我店家，就把那本書送給她。但是我今天來這裡卻沒有看到她，而且我之前連她的名字都沒有問。當你們說出美空這個名字的時候，我又不確定那就是在說她，而且如果我說自己是在咖啡店認識她，在現在這個時代，也不知道別人會怎麼誤解我的意思。幸好採訪內容只要參考妳和藻川先生說的話應該就夠了，所以我才沒有針對妳口中的妹妹多說什麼，這樣也不行嗎？」

「嘴上說自己內心有多屈辱難堪，卻主動提起那本成為元凶的作品，還拿著單行本到處走？」

「我覺得如果說自己曾出版過有關咖啡的小說，或許能讓採訪進行得比較順利。反正二十多年前的抄襲事件應該沒有任何人記得了吧。」

我覺得他說得挺有道理。美星小姐好像也想不到適當的理由反駁。於是深水便趁隙把手靠在店門上。

「好了，妳應該沒有其他要說的事情了吧？我先走了，感謝你們協助採訪。等到這次採訪的成果出來後，我一定會聯絡你們的，敬請期待。」

查爾斯像是在問他要去哪裡似地跑向他，試圖鑽到門的另一邊，卻趕不上門關起來的速度，只能在化為一堵牆的門板前徒勞無功地喵喵叫。

「……總覺得我好像在哪看過那張臉呢。」

第一個讓彷彿靜止的時間動起來的人是藻川先生。他喃喃自語地低聲說了一句話，一邊隔著帽子抓著後腦杓，一邊走進店後方的準備室。我目送他的背影消失後，便對美星咖啡師說：

「藻川先生很擅長記住別人的長相，應該是當年深陷抄襲疑雲的深水先生在電視之類的媒體露面的時候，正好被藻川先生看到了吧。」

「我也跟他一樣。」

「啥？」

「那個人一來到店裡，我就覺得自己不是第一次看到他。如果我腦中沒有浮現那種預感的話，說不定就不會對那個人抱有如此深的疑心了。不過，我完全想不起來自己到底是在什麼時候、又是在哪裡看過他的。」

「會是在妳調查梶井文江的資料的時候嗎？」

「不，我剛才說要搜尋照片，其實只是在虛張聲勢。那不是最近才發生的事情，應該說是一種更令人懷念的感覺嗎……好像類似勉強從很久以前的回憶邊緣拉出來，非常模糊的記憶。」

連那種有跟沒有一樣的記憶也拿來利用了嗎？我只能再次對她的機智嘖嘖稱奇，既然擁有如此高性能的頭腦，應該不需要參考別人的想法吧？但她卻開口詢問我的意見。

「你覺得他和美空的關係真的如他所說的那樣嗎？」

「嗯，我覺得應該是真的喔。」

「咦！」

或許因為聽到出乎意料的回答，她猛然轉頭看向我。

我先說了一句不好意思，然後對她說明理由。

「他說是在採訪咖啡店的時候遇到美空小姐的吧？那間店其實就是Roc'k On咖啡店，我那時候也正好在現場。我看到她和一位男人坐在桌旁有說有笑的，覺得不好意思偷窺她的隱私，所以就沒有確認那個男人的模樣了。現在回想起來，那的確就是剛才離去的深水先生。」

但是美星咖啡師沒有採信我的話。她愣了一會兒，突然露出寂寞的表情，低聲說出一句話。

如果我和她認識不久，我的耳朵應該是聽不見她說什麼的。當我有如心電感應般察覺到那句話後，頓時無言以對。

——我覺得完全不是這樣。

染成綠色的厚重玻璃窗喀噹喀噹地響著。外頭的風似乎又增強了一些。

☀☀

在伏見桃山的某間咖啡店裡，她站在設置於廁所的大鏡子面前，內心充滿了自我厭惡的情緒。

這是她第四次和男人見面。他上次也和第一次一樣突然取消約會，所以改成今天。既然他和一般的上班族不同，不需要照著月曆在固定的時間工作，會臨時改變行程也在所難免吧。

不過只要一見面，男人都會和她聊起只有經歷過樂手、作家或文字工作者等工作的人才會知道的各種業界話題。就算撇開她對說話者本身的興趣，那些話題也非常刺激又有趣，當她忍不住探出身子專注傾聽，因為他說的話而大笑或驚訝的時候，心裡也愈發崇拜與尊敬這名男人。

但是——不，正因如此，她才會直到現在都沒有談起正題。

母親偷偷藏著的那篇耐人尋味的報導莫名勾起了她的好奇心，她想尋找報導中提到的作品，卻無法如願，只好先閱讀作者的出道作，結果一翻開就看到令她震驚的內容。再加上和她調查到的經歷有許多吻合之處，她的推測已經幾近確信。所以她才會寄信給他。

但是，她現在反而會這麼想：明明已經見過四次面了，男人卻好像什麼也沒有察覺到的樣子，難道這一切真的只是自己想太多了嗎？雖然她用盡心思想試探他，但是和男人見面的時候，她靈活的頭腦就完全不管用，除了直接了當地詢問他，想不出其他更好的辦法。

她要做的事情很簡單，只要問男人一個問題就行了。

就是問他「我所使用的假名——你替出道作的女主角取的名字『美月』，是不是來自兩位實際存在的女性」。

或許那只是個偶然。就算考慮到那是二十幾年前的作品，也不是什麼特別值得一提的名字吧。但是當她回頭審視至今發生過的一切時，又始終沒辦法斷定那是偶然。

我真是沒出息，她心想。如果只是自己一個人的問題也就算了，但是再這樣下去的話，她也沒有臉去見毫無怨言地配合自己任性要求的男友了。

振作一點啊。她以溼漉漉的手拍了拍雙頰，下定決心後便回到座位。

「沒事吧，美月？妳的臉色好像不太好。」

男人以溫柔的聲音關心她。她微笑著坐了下來。

「嗯，我沒事。只是因為緊張，表情比較僵硬而已。」

「哈哈，妳也差不多該習慣了吧？我也不是那麼嚴肅的人，而且其實我也會緊張喔。因為平常沒什麼機會和年輕女孩子說話嘛。」

她被男人的語氣所感染，跟著輕笑起來。當緊張的氣氛稍微緩和時，男人突然若有所思地低語：「美月嗎……」

「怎麼了嗎？」

她一開口詢問，男人就揮了揮手。

「沒有啦，其實我前幾天也因為自己取的名字而遇到一件不是很愉快的事……妳看過鈴羅吧？」

「是《咖啡偵探鈴羅的事件簿》，對吧？我看完了。」

「當那場騷動害我的作家地位跌落谷底時，所有媒體都替那件事下了個『因為鈴羅而零落』的無聊標題。那好歹也是我經過深思熟慮後，替自己愛不釋手的角色取的名字。竟然被人調侃成那樣，實在難以嚥下這口氣。」

她輕輕地晃了晃頭。

「那時候的我想法也挺自虐的。我在從事文字工作者的工作時使用的姓氏小渕，其實就是諷刺那個無聊的玩笑。」

「這是什麼意思呢？」

男人翻開手邊的筆記本，迅速寫下幾個日文字給她看。

「『零落れる』，妳知道這要怎麼念嗎？」

她搖了搖頭。男人在漢字旁邊寫下了拼音。

「這個字念成『OCHIBURERU』，所以『零落』就是『OCHIBU』，對吧？只要再稍微調換一下拼音順序，就變成了『OBUCHI』（小渕）。不過這種小小的諷刺，當然是沒有半個人會注意到的。」

或許是感受到男人陷入自暴自棄時的憤怒和悲傷，她悄悄地垂下眼。平常總是一派溫和的男人，今天卻很情緒化地說個不停，害她雖然已經下定決心，卻找不到機會開口。

「不過，因為我不是用真實存在的人去構思鈴羅這個角色，所以或許還沒什麼問題吧。如果這件事發生在出道作的女主角『美月』身上的話就糟了，光想就覺得很恐怖。因為我在那個名字裡放入了別具意義的心思啊。」

她嚇了一跳。「心思……嗎？」

「因為當時我已經結婚了，還有兩個年幼的女兒。姊姊叫美星，妹妹叫美空，『美月』這個名字就是從那裡——」

木椅傾倒的聲音掩蓋了他接下來的話。

因為她像彈簧一樣地站了起來。

男人頓時啞口無言，微微張開手伸向她。

「妳怎麼了，美月？果然是身體……」

「我不是美月，是美空。」

男人花了數秒才明白這句話的意思。驚愕的表情在他臉上一點一滴地擴散開來，就像是從地平線升起的朝陽為世界帶來光明一般。

「妳說什麼？所以妳是……」

「是的，我是美空。我真正的名字是美空。」

「美空……妳是美空本人……」

男人戰戰兢兢地從椅子上站了起來，她猛然飛奔進他的胸膛。

「——爸爸！」

當緊靠在一起的肌膚感覺到暖意時，一滴淚水從她的眼角沿著臉頰滑落而下。

五（She Wanted To BE）WANTED

1

椅背和後背的角度保持在四十五度，脖子彎成四十五度，下巴呈四十五度抬起，雙眼和嘴巴也張開到百分之四十五。這就是我現在的模樣。

雖然我對藻川老爺爺在工作時間大刺刺地打瞌睡的行徑不敢恭維，但是如果只就生理需求來討論的話，待在這麼舒服的環境下，不管誰都會想睡吧？我坐在桌面有些雜亂的塔列蘭的吧台前，連切間姊妹也沒有搭理我，意識從剛才就一直在半夢半醒之間徘徊。

總覺得美空停留在京都的時候，夏季就一直沒有結束的跡象。話雖如此，天氣也確實一天天轉涼，這種有著耀眼陽光的午後最適合小睡片刻了。所以老爺爺毫無反抗地率先成為睡魔的糧食，緊接著查爾斯也在有日光照射的窗邊慘遭擊沉，但是睡魔並未因此減緩攻勢，連我那名為理智的堡壘也即將被攻陷。他終於要入侵我的內心了嗎？但是如果這裡被攻破了，主城可就危險啦。大家都跑去哪了，快出來應戰……

「青山先生。」

「——我找到了！」

突然有人呼喚我，我嚇得驚跳了起來。結果我第一次造訪塔列蘭時想喊卻沒喊出來的話，隔了一年後終於實現了。

只見美星咖啡師站在吧台對面，正像美國家庭劇裡的少女一樣，露出相當詫異的表情，一直凝視著我。

「呃，對不起，我不小心吵醒你了。因為你的臉看起來很像靈魂出竅後留下的空殼。」

妳真的看過有人靈魂出竅嗎？「我剛才不小心發起呆來了。嗯？這首曲子是……」

因為不是平常聽習慣的爵士樂，所以我馬上發現店裡的音樂在我變成一具空殼時換成了搖滾樂。

「這是Blur的曲子嘛，怎麼會突然放起這個？」

我指著喇叭問道，美空立刻耳朵很尖地回答我。

「哦，青山你聽過啊？難道你對西洋樂很熟？」

「呃，也不能說很熟啦……以前曾經被人硬拉去組樂團，受到當時成員的影響，稍微懂一點而已。」

我因為兩個理由而露出苦笑。「英式搖滾」（Britpop）讓九〇年代的英國取回搖滾樂祖國這個名號，而Blur則是帶動這股風潮的主要推手，是英國家喻戶曉的搖滾樂團。他們在二〇〇三年發行專輯後就長期處於活動休止狀態，不過隨著近幾年再次復出，應該又蔚為話題才是。

先不論他們在日本也還算有知名度，因為是只要喜歡英國搖滾的人都會知道的主流樂團，就算知道是Blur的歌，也不能算是懂西洋樂，事實上我也的確不熟。這是我苦笑的第一個理由。

「青山先生，原來你之前組過樂團啊？真讓人意外。」

美星小姐驚訝地眨了眨眼。

「所以我說了，與其說是組過，更應該說是被人硬拉去組……我小時候學過一陣子鋼琴，不小心被朋友知道了，就叫我去幫忙彈琴，我實在說不過他，結果我們只寫了兩、三首原創曲，學人家錄了幾次音就自然而然地解散了。」

這種被迫配合的感覺是我苦笑的第二個理由。因為我光想到要在別人面前演奏就渾身發抖，朋友的熱情只撐了不到兩個月就耗盡，真是讓我打從心底鬆了一口氣。

「所以這個選曲是根據美空的興趣嗎？」

想起苦澀回憶的副作用吹跑了我的睡意，我飲盡因為冰塊溶化而變淡的冰咖啡，開口問道。美星咖啡師一邊收走空了的玻璃杯，一邊回答：

「是的。美空不知道從哪找來了一張ＣＤ，裡面收錄了各種和咖啡或咖啡店有關的曲子。」

「也就是主題合輯，對吧？」

如果在餐飲店播放音樂，必須支付版權費用[1]。不過塔列蘭從以前就是使用有線廣播的服

---

1 根據日本法規規定，若要在公共場合播放音樂，必須支付音樂的版權費給日本音樂著作權協會（簡稱JASRAC），通常餐飲店會與有線廣播公司簽約，就能在店內播放他們提供的各種音樂頻道。若想播放店家自己擁有的ＣＤ，也能請有線廣播公司代為支付版權費給JASRAC。

務來播放爵士樂，只要支付相關的契約費用，播放ＣＤ應該不需要另外支付版權費。

我又仔細聽了聽曲子。「原來如此，所以才會選〈Coffee And TV〉這首啊。」

她歪了歪頭。「好像是叫這個名字，這是很有名的曲子嗎？」

「如果要舉出Blur的代表曲的話，其實還有知名度更高的曲子，不過這首歌的音樂錄影帶很有名喔。受歡迎的程度高到不僅獲得英國國內的獎項，也在世界各地不斷播放。」

「是怎樣的音樂錄影帶呢？」

「影片主角是一個側面印著尋人廣告的牛奶盒喔。」

「牛奶盒？」咖啡師朝冰箱瞥了一眼。

「廣告上放了一張青年的臉，演員是Blur的吉他手，也是〈Coffee And TV〉的主唱。因為他一直不回家，父母和妹妹整天愁眉苦臉，牛奶盒便踏上了尋找他的旅途。牛奶盒心情很好地碎步在街道上行走，請機車騎士讓自己搭便車，努力找人的樣子很可愛。不過，其中也有它在路上一見鍾情的草莓牛奶被路人踩扁的段落，並不是整部影片都充滿可愛的劇情。總而言之，是一部做得非常好的影片。」

「哦……對了，說到尋人。」

美星咖啡師突然用手撐起下巴說道。

「美空，妳不是說過要找人還是什麼的嗎？結果怎麼樣了？」

正在店門口旁的櫃台目送客人離去的美空嚇了一跳，背對著我們停止動作。

這是所謂的打草驚蛇嗎？「找、找人？」

「之前去重輕石的時候，妳不是說了『我等的人』還是什麼的嗎？」

聽到美星小姐的回答，我頓時感到一陣無力。

「什麼嘛，原來是這件事啊。與其說那是想找人，應該說是跟命運的紅線相同類型的意思才對吧？」

「紅線……原來青山先生是這麼浪漫的人啊。」

啊，剛才那句話總覺得有點在嘲笑我喔。很像不相信聖誕老人的小孩對相信的小孩說的話。

這時美空從右邊轉過身來，滿不在乎地說道：

「我之前的確是在找人喔。」

我頓時驚愕不已。「咦？真、真的假的？」

「真的喔。大概三個月前的時候，我在找社團的學妹。」

哦？看樣子她是在談論跟重輕石那件事完全無關的話題。不過好奇心旺盛的美星小姐對她的話起了興趣。

「哎呀，那妳找到人了嗎？」

「嗯，算是找到了。雖然我對結果有點耿耿於懷。」

「如果不介意的話，可以說給我們聽嗎？」

我決定認真聽聽美空小姐說的事情。幸好有一組客人在這時離開，店內稍微空了下來，美星咖啡師也頻頻點頭催促她。

「我就說給你們聽聽吧。這是發生在六月初的事……」

美空走到我身旁，背靠著吧台開始娓娓而談。〈Coffee And TV〉的旋律也正好在此時結束，我在樂曲之間的空檔聽見喀啦喀啦的聲音，便抬眼一看，只見美星咖啡師已經拿起手搖式磨豆機，認真地磨著咖啡豆。

2

事情發生在某個夜晚，我在家裡休息的時候，接到了社團學弟打來的電話。

「喂，是美空學姊嗎？」

「幹麼，村治？已經十點了耶，這麼晚打來有事嗎？」

這個叫村治的男人真是差勁透了，高攀上一個可愛的女友，和對方交往了一年多後，卻突然說什麼「我累了」，就把人甩了，是個沒出息的傢伙。所以我才凶他一下，他就怕得跟什麼一樣。

「拜託妳口氣不要那麼嚇人嘛。」

「誰叫你要甩了她，活該。」

「這件事其實說來話長……重點不是這個，我聯絡不上妳說的那位滿田凜啦，她好像關手機了。」

滿田凜是我在社團裡很欣賞的女生的名字。她是小我三屆的學妹，和同年的村治在社團認識，後來就開始交往了。雖然是學妹，其實我們社團是好幾間大學一起進行活動，他們兩個和我念不同大學，是東京市內的藝術大學的學生。不知道是不是因為如此，凜和其他女生不太一樣，有種特立獨行的感覺。我很欣賞她這種氣質，所以才主動找她說話，後來就變成朋友了。

你說什麼啊，青山？曼特寧是什麼意思啊？[2]你不要把我可愛的學妹講得好像印尼的咖啡豆好不好。

總而言之，村治跟我說他打電話給凜，結果卻打不通。

「你不是上個月才剛跟人家分手嗎？這麼快就想復合啦？」

「不是這樣的，凜她最近完全沒有在學校露臉，結果大學同學就罵我『還不都是你害的』。如果真的是這樣的話，我心裡也過意不去，所以從昨天就一直打電話想找她，結果不管怎麼打都是沒開機或不在收訊範圍內。如果她不肯接電話的話，還可以用『我被討厭了』來解釋，但是連打都打不通就真的很奇怪了。所以我想到如果是在社團裡和凜最熟的美空學姊，說不定會知道些什麼。」

「我什麼也沒聽說……你問過學校裡的朋友嗎？」

「這個嘛，不知道是不是她獨來獨往的關係，在大學裡也是那個樣子。雖然不至於不和人交談，但是她要實際去做自己想做的事情前，幾乎都不會找人商量。我今天已經大概把能問的人都問過了，結果還是找不到任何線索。」

凜的孤僻行徑似乎比我想像的還嚴重。但是也不能全怪罪到她的個性上，事情會變成那樣

2「滿田凜」的日文發音與「曼特寧」相似。曼特寧是印度蘇門答臘部分地區所栽種的阿拉比卡種咖啡豆。

也是無可奈何的。

因為她當初決定念藝術大學的時候，似乎跟父母親大吵了一架。她家好像家教很嚴，就算她考上想念的學校，父母還是一直強烈反對，最後等於是半無視父母的意見，硬是跑去念的。她有個就讀國立大學的哥哥，比她大一歲。哥哥準備大學考試的時候，她母親每天都開車接送他去補習，但是凜花費自己的存款去上考藝術大學的課程時，家裡連交通費都不肯幫她出，她只好自己騎腳踏車去單程要花上將近一個小時的地方上課。凜曾經說過，她很羨慕成績優秀又備受家人寵愛的哥哥。

總之，因為不顧家裡反對才獲得現在的大學生活，她的父母當然無法諒解。雖然勉強願意幫她出學費，卻因為老家在神戶，她不得不搬出去住，連半點資助都不肯給。凜的房租和所有生活開銷，都是靠自己打工來支付的。藝術大學的學生原本就是一整年都被功課追著跑，但是她又不能不打工，真的非常辛苦。她還曾經因為身體不舒服而暫停打工一陣子，房租晚了幾天還沒繳，結果不動產業者打電話來催繳，只好找我哭訴。不過那個時候村治先替她代墊，所以好像順利解決了。

既然過著這種生活，無論是考慮到經濟層面還是時間層面，會不太與人來往也是難免的。說不定她就是為了保護自己，才會刻意獨來獨往。

社團？凜當然是擔任主唱啊，因為不用花錢買樂器嘛。

她唱歌非常好聽喔。她還是新生的時候，曾經在迎新活動上稍微唱了幾句，結果大家全都被她的歌聲迷住了。現在因為其他人挽留，所以就算沒時間，還是繼續參加社團。應該說，她原本就因為沒空而給人難相處的印象，如果不是歌唱得好的話，大概早就沒辦法在社團待下去了吧。

呃，我說到哪去了？

對，我先和村治結束通話，試著打電話給凜，結果就跟村治說的一模一樣。然後我仔細一看，發現智慧型手機通訊錄裡的凜的資料上，有登錄她神戶老家的電話。我心想反正才過十點，應該沒問題吧，就試著打過去。這種情況不是挺合理的嗎？因為被斷電了，只好回老家之類的。

「喂，這裡是滿田家。」

接電話的人是凜的媽媽。這時我才想起凜曾經說過，強烈反對凜去讀藝術大學的人不是出差經常不在家的父親，而是母親。所以我突然緊張了起來，不過還是說明了情況，問凜有沒有回家。

「沒有，那孩子只有過年回來過一趟，之後就一次也沒回來了。」

「這樣啊……順便請問一下，您知道她可能會去哪裡嗎？」

「我不知道，也不可能知道。」

真是的，也不用講得這麼難聽吧？她的聲音聽起來也像在發怒一樣。後來我拜託她如果有什麼消息就聯絡我，便掛斷了電話，感覺凜跟她媽媽的關係比我想像的還惡劣。就算聽到女兒不見了，她這個做媽媽的也完全不緊張，與其說覺得她很冷淡，我更想跟她說「妳好歹也稍微找一下自己女兒吧！」之類的。

說是這麼說，一個大學生突然有一陣子聯絡不上的情況，其實也不是什麼很稀奇的事。像是沒有跟任何人報備，就自己跑去國外等等。那個時候我也只想到她會不會又生病了，所以昏睡到連手機沒電也沒發現。

後來我又打了一通電話給村治，當時已經很晚了，我們決定在明天早上去大學前先繞到凜住的地方看看。我原本還建議他要不要現在就一個人過去，但是他跟我說，如果他在這種時候一個男人跑到女生家附近，會被警察抓走。雖然我心想他被警察抓走正好，不過我又不知道凜住哪裡……因為凜她覺得被人看到自己住在便宜又窮酸的房子很丟臉，所以不肯告訴我嘛，因此才會決定兩人一起去，不過當時我才剛洗完澡耶，誰想頂著素顏去見村治啊。

隔天早上大概七點左右吧，我和村治會合後，就一起去凜的房間，按了好幾次門鈴，可是凜都沒有來應門。

「真傷腦筋，你是她的前男友吧？連一、兩支備份鑰匙都沒有？」

「沒有耶，她說被母親拿走了，所以鑰匙只有一支。而且備份鑰匙一支就夠了吧，哪需要一、兩支……」

「吵囉唆，這只是一種誇飾啦，廢物村治！」

「接下來怎麼辦？這樣連想確認她是不是生病都沒辦法。」

「說得也是——咦？」

我嚇了一跳，因為我試著轉動門把，結果門竟然輕易地打開了。門一開始就沒鎖。

於是我們便踏進凜的房間。雖然覺得過意不去，但是也沒有別的辦法。凜的住處是一間格局很簡單的單人房，我們馬上知道裡面沒有人。而且那是間感覺只有最基本的生活用品、空蕩蕩的房間，所以我們也立刻發現房間中央的矮桌上攤開著跟房間格格不入的東西。

「這是介紹福井縣的旅遊雜誌，對吧？」

「真的耶，她應該沒有時間和金錢去這種地方旅行吧？」

「你看，這裡有Dog-ear。」

「哎唷，美空學姊，今年又不是狗年。」

「不是啦，廢物村治，把書頁的角折起來代替書籤的時候，因為看起來很像狗耳朵，所以英文叫Dog-ear[3]啦。」

「學姊妳看，她折起來的這一頁上面介紹的民宿，有一間被她畫了記號。」

「她可能想去住那裡吧。啊，還有另一個折角——」

然後我就說不出話來了。因為那一頁介紹的景點是東尋坊[4]。

一般來說都會覺得不太妙，不是嗎？雖然我沒去過，但是講到東尋坊，大家都會想到那是很有名的自殺地點吧？而且凜她才失戀不久，又和父母親關係失和，條件實在太吻合了。

我們急忙打電話給那間上面畫了記號的民宿，想知道凜有沒有住在那裡，但是對方卻以保

3「折角」的英文Dog-ear與「狗年」的英文Dog year讀音相似。

4 東尋坊是一座位於日本福井縣的海岸，名稱由來傳說有個叫東尋坊的僧侶在此處遭人丟入海中殺害。因為每年都會有人前來此處跳海自殺，便成了日本最著名的自殺地點之一。

護個人隱私為由堅決地拒絕了。就在我們已經走投無路的時候，村治跟我說：

「我們直接去一趟吧，美空學姊。」

「去一趟……你是說福井嗎？」

「那還用說嗎？如果她平安無事的話，以後還可以拿來開玩笑，等到真的發生事情就來不及了。」

雖然我很懷疑這傢伙有沒有意識到事情可能是他一手造成的，不過這時我頭一次覺得自己好像明白凜喜歡上村治的原因了。

「不過，就算大學的課只要蹺掉就行了，你有旅費可以去福井嗎？我想單程應該不只一萬日幣喔。」

「沒有。順便一提，美空學姊，妳有信用卡嗎？」

「有、有是有。村治你呢？」

「我沒有，不過只要有一張就夠了。」

「你這廢物村治！」

雖然覺得自己明白凜喜歡上村治的原因可能只是想太多了，不過遇到這種棘手的狀況，我又不能不帶村治去。所以我只好連村治的車資也幫他用信用卡付了，兩人一起前往位於東尋坊附近的某間民宿。我們先從品川搭上新幹線光速號[5]，到了米原車站後再轉搭白鷺號特急列車，大概花了四小時才到達目的地蘆原溫泉車站。村治可能是距離目的地愈近就愈不安，一句話都沒說，真的是一段有夠難熬的時間。

我們下了電車後就在車站前招了計程車，等到抵達那間民宿時，已經大約早上十一點半了。那是一間住一晚三千日幣左右的老舊民宿，推開高度大概到我胸口的生鏽大門時還會嘎吱作響。狹窄的庭院裡種著石榴樹，還開著一朵感覺跟這裡格格不入的鮮豔紅花。

我原本打算直接走進去找凜，但是很不巧的，我們一打開玄關的門，擔任旅館主人的老爺爺就在裡面。我們問了好幾次滿田凜有沒有在這裡，他一直不肯告訴我們，這時突然有人從身後叫住我。

「美空學姊——為什麼你們會在這裡？」

我立刻轉過頭，就看到凜提著便利商店的塑膠袋站在那裡。而村治則是早就緊抱住她哭個不停。

「對不起，我不應該說要分手的。我不會再說那種話了，拜託妳不要尋死！」

我那時候可是費了好大的勁才忍著不笑出來，因為凜盯著一直揉眼睛的村治時，怎麼看都是一臉困擾的樣子。不過，無論如何，知道她平安無事後，我也放心了。我們跟旅館主人道歉後，便請他讓我們在凜住的和室裡稍微聊一下。

我們圍著矮桌各自在座墊上坐了下來，凜坐在我對面，村治則坐在我旁邊。凜一開口就說：「對不起，讓你們擔心了。不過，我不是真的打算尋死。」

根據凜的解釋，她因為被村治甩了，又沒有交情特別好的友人，和家裡的關係也一直很尷

---

5 為日本新幹線的列車班次名稱，除此之外還有希望號、回聲號等班次。

尬，就突然陷入這個世界好像根本沒有人需要自己的空虛感，一回過神來才發現自己來到東尋坊這種感覺會聚集寂寞的人的地方。我聽了她說的話後，雖然很想告訴她事情不是這樣，卻不知道該怎麼開口，在我身旁的村治似乎也相當沮喪，當我心想他真是懦弱的時候，凜卻笑著說：

「但是，我已經決定要回去了。因為還是有人願意來找我。」

接著凜便低頭向我們道謝，三個人相視而笑後，就離開民宿了。

後來凜恢復了原本的生活，每天都好好地去大學上課，放學後就忙著打工。我和村治都對彼此說「真是太好了」。

……不過，我還是覺得凜偶爾會一瞬間露出有點寂寞的表情。畢竟她最後還是沒跟村治復合，與其說是感覺有點難以釋懷，不如說我直到現在還是很懷疑自己當時究竟該不該那麼做。

3

「……有一件事情我一直想不通。」

美空等了一段時間，讓我們充分吟味故事的餘韻後，才開口說道：

「凜一直堅持她去東尋坊的時候一定鎖好了自己家的門。但是我們去找她的時候門卻是沒鎖的。考慮到當時的情況，我覺得凜應該真的忘了鎖門吧。」

「我記得唯一的備份鑰匙是在凜同學的母親手上，對吧？」

我開口確認後，美空便說了句「啊，我忘了」並拍了一下手。

「我們見到凜後，過了大概不到十分鐘，我就暫時離席，偷偷打電話給她老家了。當時接電話的人是她媽媽，但是就算我跟她說『找到人』了，她也只回我『這樣啊』，連一句道謝都沒有。不過，那時她媽媽人在老家，而且前一晚打電話的時候也已經超過十點，來往神戶和東京的新幹線或飛機班次都沒有了，她媽媽是不可能跑來東京的。隔天早上我們去凜家裡的時間又是早上七點左右，就算搭最早的班次也趕不上。」

「這樣啊……那會不會是被小偷闖空門了呢？因為她有好一陣子沒去學校，又在民宿住了好幾天，對吧？說不定是那段期間信箱累積的廣告傳單或郵件引來小偷的注意。」

「這點我也曾想過。但是凜的房間裡沒有被翻找過的痕跡。我後來也向本人確認過了，她說沒有任何東西不見。」

唔……我用拳頭抵著嘴角思考。雖然鑰匙的問題也值得深究，不過首先要知道的是凜到底為什麼要去東尋坊。她明明經濟拮据到曾因為沒錢而煩惱，卻做出毫不吝嗇交通費和住宿費的行動，我覺得除了她解釋的理由外，應該另有隱情才對。如果從這點切入的話，凜和村治分手後的下一個月就出去旅行，代表這件事和前男友村治有關的可能性很高。美空說凜看到村治後的表情「看起來很困擾」，但還是不要採信她的主觀判斷比較好。不過話又說回來了，他們兩人最後好像也沒有復合……

這時我腦中突然閃過一個想法。

「哈哈，我懂了，美空小姐。」

我一邊說一邊摩挲著下巴。美空驚訝地眨了眨眼。美星咖啡師仍舊磨著咖啡豆。

「既然村治同學陪妳去找凜同學，結果讓凜同學回到東京，那就代表她確實對村治同學還有感情，對吧？那為什麼他都表示想復合了，兩人卻還是沒辦法重修舊好呢？唯一想得到的理由就是——村治同學趁凜同學不在的時候闖入了她的房間。」

「你的意思是因為我發現了門沒鎖的關係？」

「不是那樣的。」我搖了搖頭。

「在村治和美空小姐一起造訪前，他就已經闖入凜同學的房間了。用的是交往時偷偷打的備份鑰匙。」

美空「啊」地張大嘴巴。

「對喔，我沒想到這一點。」

「雖然不知道他究竟是因為擔心才跑進那間房間，還是有其他目的才偷偷闖入的，總而言之，後來都被凜同學知道了。房間裡面應該還是有東西不見吧，例如之前借了就一直沒還的東西，結果被村治同學擅自拿走了。」

我曾聽人說過，就算是自己借出的東西，擅自把他人目前擁有的東西拿回來還是有罪的。不過，對凜而言，最恐怖的應該還是村治未經同意闖入自己房間才對。但是她又不能衝動地去質問他。

「於是凜同學知道備份鑰匙的事之後，就突然對村治同學失去了興趣，也不想復合了，但是看在他來找自己的份上，就沒把這件事告訴美空小姐。」

「哇，感覺很合理耶。姊姊妳認為呢？」

「我覺得完全不是那樣。」

真是毫不留情。我對公式化地說出下一句台詞的自己感到可悲。

「我剛才的推論哪裡錯了嗎？」

「假設村治同學之前就曾闖入凜同學的房間好了，那我們以兩種情況來思考吧。一種是他和美空去房間找人時，他早就已經想到凜同學會去哪裡了，另外一種則是相反的情況。」

美空「嗯、嗯」地點著頭。

「那麼，我想就先從後者看起吧……不過，他真的可能猜不出凜同學去哪裡嗎？」

馬上撤回前言嗎？咖啡師握著手搖式磨豆機的手仍舊不停轉動。

「村治同學會闖入房間，是因為他早就確定凜同學人不在那裡吧？如果他沒有到凜同學住的地方查看，也就是說他知道凜同學沒去學校，卻沒有去她家找她的話，是不可能確定這件事的。他就算知道人不在，還硬是闖入，會不會是因為想先找到能得知凜同學跑去哪裡的線索呢？既然如此，我不認為他會沒看到在只有最基本的生活用品的房間裡，竟然有一本好像故意攤開來要給人看的旅行雜誌放在矮桌上。」

「真的嗎？但是村治他的個性很冒失耶。」

美空感覺不太能認同，但咖啡師沒有接受她的意見。

「用偷打的備份鑰匙進入別人房間，毫無疑問是犯罪行為。更何況他們兩人早就不是情侶了。為了不讓人察覺到自己做的壞事，以及讓美空去看房間，找出凜同學可能會去的地方，村治同學除了刻意不鎖門，製造出一看就不正常的情況外，別無他法。但是如果要做到這種程度的話，在拜託美空幫忙前，他應該會先靠自己的力量去做點什麼吧？所以我怎麼想都不認為他會沒有去檢查那本旅行雜誌。」

我覺得自己好像明白了，但美空似乎還是無法認同，不過她噘起的雙脣並沒有說出反駁的話來。

「喀啦喀啦」的磨豆聲沒有停止。

「實在很難想像村治同學明明闖入凜同學的房間，卻查不出她可能會去哪裡。那麼，如果他察覺到她好像去了東尋坊呢？在這種情況下，他會把美空也牽連進來，是基於一個非常單純的動機。」

「動機？」

咖啡師看了看似乎還不明所以的妹妹，輕笑著說道：

「因為他一個人沒辦法去找凜同學。妳知道為什麼嗎？」

「啊！」美空露出苦澀的表情。「那傢伙還沒還我錢。」

「沒錯。就算村治同學想去東尋坊，他身上也沒有足夠的旅費。所以他才會找上只要把事情說清楚就有可能幫忙出交通費的美空。如果是這樣的話，事情就說得通了，而且也可以推測出是村治同學把旅行雜誌放在顯眼的桌上的。」

「什麼嘛，這不就代表我的推論是正確的嗎？」

我開口抗議後，咖啡師便稍微低下頭，思考了一下子。

「你不覺得他的態度太從容了嗎？」

「……啥？」

「剛被自己甩掉的女性，現在說不定正要從東尋坊投海自盡。村治同學就是想到這件事，才會為了籌得交通費而打電話給美空吧？實際上當村治同學再次見到凜同學時，他也抱住她哭著說『我不會再說要分手了，拜託妳不要尋死。』就算那是在演戲好了，他應該還是覺得如果對方因為被自己甩了而死，會讓他很困擾。」

「但是村治卻到了隔天早上才和我去房間查看。所以姊姊才會說他表現得太從容了？」美空攤開雙手手掌說道：「那肯定是因為就算著急也無濟於事吧？因為只要過了晚上十點，不管中途轉了幾次電車，也只能從東京搭到蘆原溫泉車站而已。」

「如果美空妳知道以前的男友可能因為自己而死，還能夠鎮定地等到隔天早上再行動嗎？」

咖啡師的反擊相當尖銳直接，美空頓時啞口無言。

「如果換成我，就算沒有交通工具可搭，至少會想把她可能會去的地方告訴別人。像是硬把美空帶去那個房間，或是宣稱自己一個人先去查看過，然後你們兩人再認真討論該怎麼辦就可以了。即使要等到明天早上，如果搭首班車的話，就可以更早採取行動。但是就算美空建議村治同學先去查看，他也拒絕了，如果他真的擔心凜同學的安危，態度也未免太從容了。」

在喀啦喀啦的磨豆聲陪襯下，美空內心的無奈情緒似乎連我也聽得出來。

「姊姊，我認為妳說的確實有幾分道理。不過，也只能說有幾分道理而已，還不足以完全否定青山的假說。而且姊姊妳根本不太了解村治是怎樣的人，不可能用自己的標準去想像他的行動啦。」

於是美星小姐看著妹妹嘆了一口氣。

「是啊。要證明現實中沒有發生的事情真的沒發生，比證明它真的發生難上太多了。」

她難得這麼沒自信。該不會真的只要和妹妹在一起就會變得反常吧？

「看吧，就是這樣。如果沒有確切的證據，就不應該說什麼『完全不是』。」

美空像是立了大功般，得意地指責自己的姊姊。

「哎呀，妳完全站在青山先生那一邊呢。不過——」

咖啡師拉開了磨豆機的抽屜。

「我如果沒有確切的證據，是不會說『完全不是』的喔。」

不只是美空愣在原地，我也想知道她這番話的真正含意。

「這是什麼意思？妳不是已經承認自己沒有完全否定我的假說了嗎？」

「沒錯。但是因為青山先生你問的是：『剛才的推論哪裡錯了嗎？』所以我只有告訴你自己覺得哪裡錯誤而已，不用完全否定也沒關係。我之所以說『完全不是』，是因為還有其他理由。」

我看到她聞著剛磨好的咖啡粉，才終於恍然大悟。

「妳想說的是『這個謎題磨得很完美』，對吧？」

「當我把美空的敘述全部聽完的時候，就已經推測出大致的情況了。」

既然如此，我方才一臉得意地說「哈哈，我懂了」，還發表了一堆看法，結果全是在浪費時間。

如果是那樣的話，她的態度應該表現得更明顯一點才對嘛，不過她在處理磨好的咖啡粉時，表情還是有些消沉。

「但是，為了證明我的論點，必須做出有點冒失的事情才行。我不知道這麼做到底對不對，所以還在猶豫……」

「就做做看嘛，如果是錯的，再來思考怎麼善後就好了。」

美空的聲音聽起來出乎意料地殷切。方才那種好戰的態度已經完全不見了。

「告訴我到底發生了什麼事吧。我可愛的學妹現在還是很害怕，就算她對門沒有鎖這件事感到不安，也沒有時間和金錢可以搬家。」

美星咖啡師似乎被這段話打動了，她皺起雙眉，點了點頭。

「我希望妳能借我手機，把通訊錄裡凜同學的資料顯示出來。」

美空從短褲的口袋裡拿出智慧型手機，操作了一下後就拿給姊姊。咖啡師一邊注視著螢幕，一邊把號碼打進自己的智慧型手機裡，然後按下撥出。

在等待電話接通時，她對美空問道：

「凜同學今年暑假回過老家嗎？」

「兩、三天前我傳訊息給她的時候，她說沒有錢也沒空回老家，而且也不是很想回去。姊姊，她的房間裡到底發生了什麼事啊？」

「我反而覺得沒有任何人知道才比較奇怪呢。凜同學堅持自己一定鎖上門、事實上門卻沒有鎖、留在房間裡的旅行雜誌，還有凜同學選擇去東尋坊的理由。只要把這些綜合起來思考——」

就在這個時候，電話好像接通了。

「喂，請問是滿田小姐嗎？」

我聽到手機另一端傳來女性說了「是」的聲音。

「我的名字是切間美星，是在社團和凜同學較常往來的切間美空的姊姊。其實我有一件事情想告訴您……還請您原諒我多管閒事的失禮行為。」

她的態度非常恭敬。雖然是妹妹的學妹，但畢竟是第一次交談，所以她會緊張嗎——當我正這麼想的時候，美星咖啡師對著智慧型手機說出了令人不敢置信的話。

「能請您告訴凜同學，您之前因為擔心失蹤的她，而拚命地在尋找她嗎？」

4

「……我還以為妳是要打電話給凜同學呢。」

我一邊喝著她替我新煮的咖啡，一邊面對著吧台內側說道。美空則被附近座位的客人叫住，正在替客人點餐，順便閒聊幾句。

美星咖啡師原本在用純白的布包著玻璃杯擦拭，聽見我的話後手就停了下來，微笑著說：

「因為我知道在美空手機的通訊錄裡，凜同學的資料也包括她老家的電話號碼啊。」

那通電話的目的似乎成功了。凜同學的母親沒有深究咖啡師唐突的要求，很乾脆地回答「我明白了」。

「不過，真沒想到打開凜同學房間的鎖的人，竟然是唯一擁有備份鑰匙的母親。因為真相太過單純，反而讓人大吃一驚喔。」

「我反而對你們兩人在討論的時候輕易拋棄這個可能性而感到驚訝呢。」

「因為根本連想都沒想到嘛，凜同學的母親接到美空小姐打的電話後，竟然會大老遠地從神戶開車前往東京。」

如果走高速公路的話，從神戶到東京大概需要六小時左右。美空打電話的時間是晚上十點過後。若把準備的時間也計算進去，假設十一點出發好了，到達時應該是清晨五點吧。比美空他們還早抵達凜小姐的房間是非常有可能的。

「比凜同學大一歲的哥哥以前每天去補習班，都是由母親開車接送，從這點就可以確定他們家裡有自用的車輛，而且凜同學的母親經常駕駛。既然沒有新幹線也沒有飛機可搭，那就乾脆開車去，這對做父母的而言是很合理的想法。」

「可是她們母女不是關係不好嗎？」

「青山先生。」

被咖啡師嚴肅的眼神一瞪，我忍不住挺直背脊。

「我確實不能保證所有父母都會採取這種行動。應該說，我想一聽到身為大學生的女兒好幾天音訊全無，就會立刻飛車前去找人的父母或許是少數派吧。不過——」

總覺得她的話聽起來好像參雜了一種在說自己的事情的語氣。

「因為關係不好，所以不會擔心女兒的安危。這種結論太悲傷了。」

真傷腦筋，我心想。我說那些話的時候根本沒有考慮太多。於是我決定笑著打混過去。

「結果當凜同學的母親抵達她的房間，使用備份鑰匙進去後，就發現了那本旅行雜誌，慌慌張張地離開了房間。咦？既然這樣，為什麼是美空小姐他們先抵達民宿呢？」

「當然是搭上電車的美空他們，追過了繼續開車前往東尋坊的凜同學母親啊。」

如果從東京開車前往東尋坊，好像要花上足足六小時。如果她離開房間是五點半，需要花費六個半小時半的話，到達時已經是中午了。而美空說過他們抵達民宿的時間是十一點半。

「換句話說，如果要以最快的速度抵達民宿的話，她母親應該等首班電車才對。」

「沒錯，不過，畢竟她當時慌張到連門都沒上鎖，還把重要的旅行雜誌忘在房間裡嘛。她可能不想等六點才發車的新幹線，或者根本沒想到還有其他辦法吧。」

「那麼，美空小姐找到凜同學後所打的那通電話，為什麼她母親還是能接到呢？當時她應該正在開車才對吧？」

「如果凜小姐老家的電話有轉接功能的話，就不會有什麼問題了。在當時的情況下，每一通電話都可能和女兒的安危有關，當然是設定轉接之後才出門的吧。」

咖啡師說完後，又繼續擦起玻璃杯。

關於這起事件裡發生的現象，基本上都已經有合理的說明了。但是我的內心卻仍存在著某種像流入咖啡中的牛奶般模糊不清的疙瘩。

「既然之前那麼拚命地找人，是我的話就會告訴對方，說我找她找了很久，很擔心她。」

「或許難以啟齒吧！如果她母親也跟村治一樣，覺得說不定是自己的錯的話。」

「美星小姐在剛才的電話裡說『請您告訴她』，對吧？為什麼妳覺得她母親沒有把自己到處尋找女兒的事告訴本人呢？」

「如果凜同學知道這件事，應該會去見母親才對。美空他們帶走了凜同學，所以她母親花了大半天找人，最後卻還是沒見到女兒。」

「真的是這樣嗎？既然兩人關係那麼不好，我覺得應該會更不好意思回去吧。」

「青山先生。」

我原本以為她又對「關係不好」這句話有意見，結果不是。

「你知道凜同學為什麼選擇去東尋坊嗎？」

這麼說來，在凜同學的母親接起電話前，咖啡師確實問過這個問題。

「難道不是因為那裡給人的感覺很寂寞嗎？」

她沉吟一會兒，換了問題。

「青山先生，如果有朋友或家人提醒你『你家裡的門沒鎖喔』，你會怎麼想呢？」

我把嘴巴靠在杯子上想像了一下後回答：

「會覺得自己應該是忘了鎖門吧。」

「沒錯。因為外出時鎖門是每天都會重複好幾次的動作，若不是有什麼特殊的原因，是不會刻意去記住自己有沒有鎖門的。如果聽到別人說自己家的門沒鎖，但是又不是遭小偷之類的，大家都會很自然地覺得應該是自己忘了鎖門吧。然而凜同學卻堅持自己一定有鎖，這就代表她當時明確意識到自己在鎖門。」

換句話說，凜是因為某種理由而非得鎖門不可嗎？

咖啡師先呼吸了一口氣後才繼續說，就像領先在前的人停下來等待後方的人跟上一樣。

「還有一個怎麼想都很奇怪的地方，那就是攤開在矮桌上的旅行雜誌。如果不是為了帶它去旅行的話，為什麼要買下那本雜誌，又在上面留下折角呢？」

關於這點，我也百思不解。先不論當時驚慌失措的母親，我實在無法想像凜同學會把旅行雜誌留在房間裡就離開。沒錯，簡直就像是想告訴看到旅行雜誌的人自己去了哪裡——

「呃，請等一下。凜同學看到美空小姐他們時說了『為什麼你們會在這裡』，對吧？那是因為她根本沒想到會有人跑來自己所在的地方找人嗎？」

「不是的。凜同學一直認為能夠找到自己的人只有一個。但是出現在她眼前的卻是她想都沒想到的人，所以才會如此驚訝。」

原來如此。我在恍然大悟的同時，也指出了原本有可能找到凜的唯一人選。

「其實凜同學最想看到的是來找自己的母親吧？」

「完全正確。所以她才會在只有拿著備份鑰匙的母親才能進入的房間裡，留下了自己要去的地方的線索。而且還特別選了東尋坊這種會讓人擔心到忍不住跑去找人的地方。」

「這下子我終於明白了。所以美星小姐才認為凜同學知道母親找過她後，一定會跑去見母親。因為她當初會前往東尋坊，正是要讓母親來找自己啊。」

所以她才鎖上門，並在房間裡放了旅行雜誌。原來如此，把所有疑點分別釐清後，這就是唯一的解釋。

「嗯？但是凜同學的母親是因為美空小姐剛好打電話到老家，才會知道凜同學失蹤的吧？因為通訊錄的資料上有自己老家的號碼，所以說不定會有人打電話到自己老家，這成功機率也未免太低了吧？」

「我認為就算美空沒有打電話，遲早也會有人打電話到凜同學的老家喔。」

難道又用了什麼計策嗎？

「這是怎麼一回事啊？」

「接下來的敘述其實只是我的假設……凜同學會不會沒有繳房租呢？」

「房租？」

「美空之前說過吧？凜同學曾經晚幾天沒繳房租，結果不動產業者就打電話來催繳了。凜同學便從那次經驗預料到，如果晚幾天沒繳房租，應該會有人打電話來。如果她沒接電話，不動產業者當然會轉而聯絡她老家，因為住在老家的雙親應該是她的保證人[6]。」

對喔，美空曾說過這件事發生在六月初左右。繳納房租的時間好像多半是在月底，我租的房子也是如此。換句話說，只要晚個幾天沒繳，就會拖到下個月月初了。

「當然了，這也可能是我完全推測錯誤，不過無論把住宿費壓得再低，也很難想像手頭不寬裕的凜同學會打算無限期地滯留民宿。她一定算準了不久後老家就會收到聯絡，想藉此測試

6　在日本租屋時一般都需要找保證人，當發生承租人無法準時繳納房租，或未能支付損害房屋的修理費用等情況時，房東可要求保證人代為支付。一般日本學生多會請自己的父母和親人擔任保證人。

母親會不會來找自己。」

我不禁長嘆了一口氣。真佩服她能想出這麼一連串的計策。這不僅是針對凜，也是針對美星咖啡師的感想。

「關於凜小姐前往東尋坊的理由，我認為她所說的內容大概有一半是真心話。她在遭逢失戀的情況下，產生了沒有任何人需要自己的錯覺，所以才會想測試母親對自己的感情，因為在所有人之中，她最希望母親是需要自己的。」

美星小姐將沒有任何人需要自己的想法定義為「錯覺」。只要回頭審視這件事的經過，自然就會知道她下的定義是正確的。話雖如此，我還是忍不住對她的堅強感到敬畏。

若是換作我，或許會因為「你的存在是必要的」這句話蘊含的責任太過沉重而嚇得逃跑。

「她們能順利和好嗎？希望美星小姐妳的話能夠打動她母親。」

只見她像是要一掃我的擔憂似地用力點點頭。

「就相信她們吧。我猜她們兩人其實只是意氣用事，拉不下臉來而已。只要製造一些契機使她們稍微吐露真心，之後就看兩人表現出來的情感會產生什麼造化了。畢竟女兒在人生陷入迷惘的時候最先尋求的就是母親的感情，而母親也回應了女兒的心意嘛。」

聽到她這種說法，讓我頓時有種剛才那段話是在談論情侶之間的無意義爭執的感覺。兩個人都如此笨拙，真不愧是母女，既然個性相像，就好好相處吧。不過，一思及其他當事人為此吃了多少苦，想一笑置之也很難吧。

當我懷著感謝招待的心情飲盡咖啡時，喇叭傳出音色帶有一絲憂愁感的熟悉吉他聲。緊接著店內便響起由伴奏的吉他所彈奏的扭曲和弦。

「是〈Coffee And TV〉耶，這片CD好像已經播完一輪了。」

當我看向喇叭時，美星咖啡師一臉若有所思地對我問道：

「這首曲子的音樂錄影帶的結局是什麼呢？」

「對喔，我還沒有告訴妳。躲避各種災難的牛奶盒闖入一條恐怖的小巷，在某棟建築物的房間窗戶外發現它要找的青年正在房間內演奏著〈Coffee And TV〉。青年看到上面印有自己的臉的尋人廣告，就一手抓起牛奶盒飛奔回家了。接著他喝光牛奶，把盒子丟進庭院裡的垃圾桶後，就走進家門。家人一發現他回來了，急急忙忙走向門口，畫面便在此時轉向庭院裡的垃圾桶。結束使命的牛奶盒緩緩升上天空，陪在它身旁的則是先前那個草莓牛奶盒。」

「結果是皆大歡喜呢！」

美星小姐微笑著說。

「兒子平安回家真是太好了。雖然有時會分隔兩地，有時會出現摩擦，但是我覺得家人還是團聚在一起比較好──」

就在這個時候……

碰！一道刺耳的聲音響徹塔列蘭店內。原來是正打算走回吧台的美空不小心讓銀托盤掉到地上了。

「真是不好意思。」

明明應該要第一個開口的，美空卻僵立在原地，咖啡師便代替她向客人道歉。我在咖啡師繞過吧台前幫她撿起托盤，這時，美空突然以有如夏末傍晚的暮蟬鳴叫聲般淒涼的語氣喃喃說道：

「……是啊，家人還是要團聚在一起比較好。」

美星小姐停下腳步，「妳說什麼？」她問道。我維持蹲在地上的姿勢，藻川先生也瞇起了不知何時睜開的眼睛，在場的所有人都注視著美空。

「姊姊。」

美空再次以彷彿要牢牢鎖住對方般的眼神凝視著姊姊。我看見她臉上浮現下定決心的人特有的如火柱般狂暴的激情，感覺到夏天真的逐漸接近尾聲了。

「我想讓妳見一個人。」

☂☂☂

「那麼，我們差不多該走了。」

等到坐在正對面的女子喝完咖啡，他就從座位站了起來。

這間咖啡店對他們兩人來說已經很熟悉了，他在上了年紀的女性店員帶領下前去結帳時，突然看了窗外一眼。現在已經超過晚上八點，在他的視線彼端，連夕陽的餘暉都已不見蹤影。他想到白天逐漸變短了，沉浸在感嘆夏天已逝的多愁善感中。

兩人步出咖啡店，他借來的車就停在附近的投幣式停車場裡。他站在街燈下若無其事地往回看，只見女子站在距離他一步遠的後方，臉上掛著充滿興奮的笑容。

「我想讓爸爸你見一個人。」

當女子大約五天前說出這句話時，他相當驚訝。雖然事情的發展的確如他預期，但沒想到會如此快速。在女子表明本名，父女兩人相擁後數天，他們再次見面時，女子似乎已經下定決心了。

他當然會感到躊躇。他不知道自己表明親生父親的身分對不對，而之前去女子的親人所經營的咖啡店時發生的事也讓他耿耿於懷。雖然他刻意把女子支開，成功避免了被她發現的情況，卻因為咖啡店裡那把拿去典當應該能換不少錢的樂器而失去理智，鬧了大笑話，被女子的姊姊看穿真實身分。雖然目前他還沒有聽女子提及任何關於這件事的話題，但是他不認為她沒有以某種形式得知這件事。或許正是因為她想像了自己造訪咖啡店的理由，才覺得應該早一點讓兩人相見。

他猶豫許久，謹慎思考後，得到了這或許是個好機會的結論。他不認為繼續拖延是聰明的作法。考慮到後續的發展，他不僅借了車，還花錢進行了一些準備。他冒險從事不會留下帳面紀錄的文字工作者工作而賺來的微薄存款——因為隨意使用的話會被銀行察覺，所以一直沒有動用——也因為這件事幾乎都花光了，代表他是非常認真地下定決心來面對這天。

日期是他指定的，但選擇這個時間則是女子的要求。似乎是要等他們接下來要去的咖啡店打烊。不過對他而言，選在夜晚也比較好辦事。

他付清投幣式停車場的使用費，解除車門的鎖後，女子便坐進後座。因為副駕駛座上放著他的包包，體積有點大。

「我剛才已經傳訊息給姊姊，跟她說『我們現在要開車過去』。」

她以天真又雀躍的聲音說道。應該是在離開咖啡店前去開車的路上，趁他沒有留意的時候迅速聯絡的。最近的女生做事情真是周到啊，他忍不住苦笑。

「那間店要穿過兩棟並排的老房子之間的窄巷才會看到，所以沒有地方可以停車，沒關係嗎？」

「再找個投幣式停車場就行了。那附近應該不會太難停車。」

他小心確認踩油門的力道，緩緩地把車開出停車場。他們駛離車站，繞進大手筋通，穿過坂神高速公路的高架橋下後便右轉，從國道一號線北上。或許因為緊張，兩人都不太說話，女子似乎想緩和尷尬的氣氛，有些刻意地打了個呵欠。

「其實因為昨天晚上太興奮了，我幾乎沒有睡，車子裡搖搖晃晃的感覺好舒服，害我現在突然很想睡覺。」

他哈哈笑了兩聲，答道：

「這也不能怪妳，畢竟這整件事都是美空妳一個人促成的，妳的情緒應該一直很緊繃吧。我真的打從心底感謝妳的幫忙。」

女子不好意思地說：「剛才的咖啡好像沒有提神的效果耶。」

「沒關係，在抵達目的地前妳就先睡吧。我知道那間店在哪裡。」

「不行啦！」女子忍不住笑了出來。或許是因為和他知道的印象完全不同，所以之前覺得兩人不是很像，不過姊妹倆笑起來的時候倒是一模一樣。

當他在紅燈前踩下煞車時，女子突然開口說道：

「乾脆趁現在說點能提振精神的話題好了。」

「嗯，說吧。」

「為什麼你會離婚呢？」

號誌燈在這時變成了綠色。車子繼續往前行駛，在來到連接九条通的交叉口時右轉。他們經過以五重塔聞名的東寺[7]，穿過近鐵東寺車站的高架橋後改往左轉。名為油小路通的南北向街道在靠近ＪＲ東海道本線的鐵路高架橋時會往右偏移，如果維持原本的方向繼續往前行，車子就會轉而駛入堀川通。國道一號線便是經由這段路途引導車輛往北走。

「……妳應該知道我在作家『梶井文江』時期有過一段不太光彩的經歷吧？」

他以低沉的嗓音說了起來。女子垂著頭的身影映照在後視鏡上。

「在發生那場騷動後，我的人生就走向了落魄一途。」

「意思是媽媽拋棄了爸爸嗎？」

「我不知道消息從哪裡走漏，當年不像現在這麼注重個人資料的保護。我和家人住的房子湧入許多騷擾電話和信件。我太太遵照我的建議先帶著女兒回娘家避風頭，結果連住在她老家的親人和朋友都讓她痛苦不堪。表面上裝作關心她，其實只是想聽八卦而問東問西，最後則是

7　京都的寺院，又名王護國寺，寺院境內的五重塔高度為日本最高。

明顯帶有輕蔑的言外之意——她好像多次遭人如此惡意相待。」

他明知自己必須保持冷靜，但在訴說過去時，卻不自覺地變成帶有熱度的激昂口氣。那是一種寒意如水蒸氣般裊裊上升的冰冷熱度。

「就算我使用筆名寫作，只要有人四處宣揚就失去效果，惡意不斷延燒，最後連和太太素不相識的人都受到影響。太太的娘家被騷擾，還不懂事的女兒也遭到鄰居小孩欺負。我受不了了——當時太太跪著對我這麼說，還像壞掉的玩具般不斷地向我道歉。」

「竟然有這種事……」

女子哽咽得說不出話來。他自嘲地「呵呵」笑了兩聲。

「如果那時候我乾脆承認就好了。就算被冤枉成是色狼，只要快點認罪，把罰款繳清就沒事了，大家不是都這麼說嗎？那件事也一樣，只要我爽快地承認那是抄襲，誠懇地低頭道歉就沒事了。」

這不僅是他毫無虛假的肺腑之言，也是令他多年來始終後悔不已的事。二十多年前的他還太青澀了，見識過的世面並不多。

「擔任我責編的資深編輯說：『這次的情況無法用找藉口的方式逃過。沒有察覺到問題的我也有錯。我們一起低頭道歉，讓這件事情快點落幕吧。你暫時停止活動，反省一陣子，把一切賭在復出作品上就好。』我聽了勃然大怒，叫他別開玩笑了，我才不會承認自己根本沒有印象的抄襲。但是出版社因為擔心和被抄襲的知名作家交惡，最後還是無視我的意願，決定主動回收作品。這等於承認了我抄襲。」

「…………」

「我無法接受出版社的作法，就在媒體上再次強調自己的清白。但是我的行為好像被世人視為在耍賴。正如同我剛才提的被冤枉成色狼的案例，如果一直主張自己無罪的話，就會被視為無意反省，刑責好像比老實認罪還重。當時的情況和它差不多。」

他像要把嘴裡的沙子吐出似地啐道。女子便斷斷續續地低聲詢問他：

「你這些話……是認真的嗎？」

「是啊。我真的打從心底認為自己當初應該乖乖聽編輯的話，因為編輯比剛出社會的自己更了解這一行的規矩。所以美空妳之後也別再像這樣一個人橫衝直撞了，要多聽聽年長的人說的話。」

「因為……這麼重要的……事情……根本沒辦法……找人……商量……」

「妳不是還有姊姊嗎？」

女子好像一時反應不過來似地問道：「……什麼？」

「美星是很聰明的女孩，那應該不只是因為她比美空活得更久的關係吧。她肯定是個能彌補美空的不足之處的姊姊。在未來的人生中，當美空妳踏上險峻道路時，她一定會在前方引領妳的。」

「……你……是誰……」

自對面接連駛來三輛車，車頭燈照亮了後座。當他從後視鏡裡看到女子的表情時，他終於明白女子所問的問題是什麼意思了。

他往左旋轉方向盤，在堀川通和五条通的十字路口往西拐彎。女子雖然高聲大叫，舌頭卻變得遲鈍，連話都說不清楚。

「塔列蘭、不是往那邊……讓我下車……」

「怎麼了？這麼突然。」

「你不是、我爸爸……你、是誰……」

「認為我是妳父親的人不是妳嗎？」

「父親……不對……如果是爸爸的話，才不會說、那種話……」

「我現在不是以父親，而是以一個成年人的立場給妳忠告。聽好了，美空，妳以後要記得拜託聰明的姊姊幫忙，好好把她的話聽進去。否則——」

從後座傳來女子倒下的聲音。她好像終於陷入昏睡了。

他從鏡子裡看到她倒下的樣子後，便小聲地自言自語。

「就會落得這種下場。」

六　the Sky Occluded in the Sun

1

「……好慢喔。」

美星咖啡師面露不安地看向掛在牆壁上的時鐘。

我想讓妳見一個人——美空所說的這句話，本來是預定今天要在塔列蘭實現的。對方能赴約的日期是一般營業日，所以等到晚上八點咖啡店打烊後，美空才會帶那個人來。

當初我其實不打算在場旁觀，不過美空希望我務必能參與，所以才空出時間趕來這裡。目前我正藉由安撫隔著桌子坐在我對面的美星咖啡師，來找尋自己存在的意義。

「哎呀，雖然的確慢了一點，不過可能只是遇到塞車而已。就算依照一般速度，從伏見過來這裡也要花上三十分鐘嘛。」

咖啡師收到美空寄來「我們現在要開車過去」的訊息已經是一個多小時以前的事。現在都快九點半了。就算中途遇到什麼事情而延誤時間，也應該抵達這裡了。

但是，美星小姐不是現在才開始不安，可能因為美空到現在還沒有告訴她要和誰見面，她今天一直都是一副心神不寧的樣子。「她一直緊張兮兮的，害我連午覺都沒辦法好好睡，真是煩死人了。」方才跟我這麼談論她的藻川老爺爺正坐在老位子上，看起來相當無聊。他冷不防地大聲打了個呵欠，嚇得查爾斯拔腿就跑。

「吶，我可以回去了吧？」

老爺爺說道。糾正他的話也能讓我發覺自己存在的意義。

「不行啦，美空小姐不是說過嗎？叔叔你也一定要在場才行。」

「話是這麼說啦，可是現在已經是睡覺的時間了呀。剝奪老人家重要的休息時間可是會遭天譴的唷。而且就算今天晚上沒見到面，只要人還活著，想見就可以見到嘛。如果明天、明年甚至十年後都見得到面的話，根本沒必要堅持今晚見面吧？」

「休息才是不管明天或明年都能做的事吧？」

我沒有說出自己刻意省略「十年後」的理由。

「問題不在此，今晚一小時的休息，說不定能讓我的壽命延長一年唷。」

「那為什麼你和年輕女生在一起的時候，就能夠毫不在意地陪人家玩到超過十二點呢？」

美星咖啡師也加入戰局。

「也有人說和美女交談能使男人長命嘛。」

「什麼嘛，滿嘴胡言亂語。叔叔你乾脆都不要睡覺盡情玩樂，讓壽命一直減少，然後快點……咦？」

塔列蘭店內的電話鈴聲阻止了差點就要說出不人道的話的咖啡師。她從位置上站了起來，一邊喃喃碎念著一邊前去接電話。

「我們已經打烊了耶。喂，這裡是塔列蘭咖啡店。」

藻川先生似乎還懂得要在別人講電話時壓低音量，他緩緩地走過來，在咖啡師原本的位子坐了下來。

「那傢伙真的什麼也不懂，就是因為要養足和年輕女生玩樂的精力，才在有空的時候舒服地補眠呀，對吧？」

就算向我徵求認同也沒用。我一邊玩弄著手機，一邊含糊地回答：「喔……」

「對人類來說，均衡地滿足三大欲望是很重要的。不管少了哪個都不行，太注重其中一個也不行。該睡的時候就睡、該吃的時候就吃，然後──」

這時突然傳來「喀噹」一聲，打斷了藻川先生毫無重點的碎念。

我伸長脖子朝聲音傳來的方向看去。只見美星咖啡師鬆手放開的聽筒和連接在上面的螺旋狀電線，像高空彈跳般地撞上地板，無力地垂落在地面。

妳在做什麼啊？我正想這麼問，卻硬生生地閉上嘴巴。

美星小姐像一尊假人模特兒般面色蒼白地僵立在原地。

我突然有股不好的預感，急急忙忙地抓起她鬆開的聽筒放在耳邊，不過可能是方才的撞擊導致故障，聽筒裡參雜了雜音，聽不太清楚。我便按下電話機上的擴音鍵。

沿著電波傳遞的聲音自電話本體的揚聲器播放出來。

「……我再重複一次。我綁架了切間美空。如果希望她平安回來，就乖乖照我說的去做，敢報警的話，人質就別想活了。」

一道沒有經過任何變聲的男人嗓音如此宣告。

2

——我綁架了切間美空。

如此簡短的一句話，卻像誤吞入喉嚨的魚刺般到處碰撞，怎麼都無法到達腦部。

小時候我經常在睡覺時被鬼壓床。因為知道那是「身體在睡覺，腦袋卻清醒了」的狀態，所以不怎麼害怕，連解決的辦法都領會了。答案就是開口說話。一開始雖然只能發出沙啞的聲音，但是多試幾次後就能正常發音了，鬼壓床的現象也會在那瞬間解除。

我現在的狀態就跟遇到鬼壓床一樣，但是我始終無法發出聲音。因為我的身體已經領悟到，在聲帶恢復正常的瞬間，「沒有真實感，這種事不會發生在現實中」的想法會將鬼壓床的現象一同消滅。

讓我明白這是現實的不是我自己，而是美星咖啡師顫抖的聲音。

「美空……美空她真的在你那裡嗎？」

只要按下擴音鍵，我們以正常音量說話的聲音就會透過電話機的麥克風送出去。位於電話另一端的人立刻回答了咖啡師的話。

「要不要相信隨便妳，只是妳重要的家人可能會少一個。」

「讓我聽她的聲音。」

「不行。」

「拜託你！讓我聽美空的聲音！」

在一陣沉默後，我聽到男人啐了一聲。

「妳等一下。」

男人好像在電話另一頭翻找著什麼。然後——

「姊姊，救我！」

那道無法想像是惡作劇或演戲的悲痛又急迫的叫聲，確實是出自美空之口。

「美空？美空！」

「這下子妳明白了吧？我是認真的。」

美星小姐怎麼呼喚都得不到回應，聲音立刻又變回男人的嗓音。這時，原本一直保持沉默的藻川先生迅速站了起來，對著電話說道：

「你想要什麼？」

「店長也在啊，不錯不錯，這樣事情就好談了。」

男人似乎從一開始就料到藻川先生會在店裡了。那麼美空之所以叫藻川先生待在這裡，或許也是男人要求她的。

男人說出金額時的口氣有些激動。

「我要一千萬。我只等你們十分鐘，現在立刻準備一千萬，放進輕便的包包裡。」

太亂來了！我差點忍不住發出哀號聲。一千萬這麼大的數目怎麼在僅僅十分鐘內籌到啊？

但是……

「我知道了，應該有辦法湊出來。」

因為藻川先生立刻答應，雙方只花了幾秒就達成共識。

「我們要把錢拿去哪裡……」

雖然美星咖啡師的情緒很慌亂，還是巧妙地試圖問出更多線索。但是男人當然不可能回答她。

「少多嘴。乖乖照我的話去做，如果沒有準時把錢送上，我就殺了人質。」

男人在最後抛下一句露骨的威脅，掛斷了電話。自揚聲器裡傳出冰冷無情的嘟嘟聲。

「……該怎麼辦……」

美星咖啡師沒有理會腦袋一片空白的我說的話，馬上對藻川先生說道：

「叔叔，快點準備錢！」

「包在我身上！」

藻川先生以平常想像不到的輕盈腳步衝出塔列蘭。

「要去哪裡籌到一千萬啊？」

「保險箱裡應該有。」

咖啡師好像在叫我不要多嘴似的，頭也不回地答道。這麼說來，藻川先生以前好像談論過關於存款保險限額的話題。擁有超過一千萬財產的人應該把現金放在手邊的保險箱保管之類的。

當我想起之前和藻川先生談論這件事的人是誰時，也發現自己對綁架犯的說話聲有印象。

「那麼，嫌犯該不會是……」

「不用說也知道，綁架美空的人就是深水榮嗣。」

——作家梶井文江。

到底在想什麼啊？我徹底陷入混亂中。明明知道美空和他來往，卻沒辦法預先阻止他犯案的自責讓我頓時頭暈目眩，簡直快要昏倒了。

我伸手撐著桌子並低下頭，讓快要變成一片漆黑的視野恢復正常。美星小姐沒有注意到我的異狀，淡淡地對我下達指示。

「請青山先生現在就到店外去報警。」

「要是報警的話，美空小姐的性命就……！」

我的聲音不知不覺地走調了。她很快地回答：

「以勒贖為目的的綁架犯應該事先料到我們會報警了吧？深水早就知道叔叔手邊有現金，才會刻意設定十分鐘這種強人所難的限制時間，為的就是讓警方來不及採取行動。」

「原、原來如此……這麼說來，嫌犯之所以讓我們聽美空的聲音，或許也是要讓我們一瞬間就了解事情有多急迫吧。」

「既然他做出如此無法無天的罪行，應該是想要錢想得不得了。要是人質死了，他就拿不到錢，所以就算他對人質出手，也不會輕易告訴我們『因為你們報警，所以我殺了人質』吧。那麼即使報警了，情況也不會有多大變化。」

我明白她刻意使用「人質」這個詞彙來進行解釋的心情。我大概也不會想在推測最糟的情況時使用特定人名吧。

「我們不知道嫌犯什麼時候還會再打電話來，所以我會留在這裡等待。要是報警的時候有電話進來就麻煩了。請青山先生你暫時離開店內。」

我點了點頭，從口袋裡拿出手機，一邊走向店門口一邊往螢幕一看，發現有一封訊息。我心想「怎麼正好在這時有訊息」，下意識地點開它。

「……咦？」

我停下腳步。

「怎麼了嗎？」

美星咖啡師疑惑地問道。我跑到她身旁，把方才點開的訊息拿給她看。

「這是美空小姐寄來的！」

她立刻睜大眼睛，看著螢幕喃喃自語。

「……這是什麼意思呢？」

訊息沒有寫標題，內文只有一個字。

表示火紅太陽的符號正悠哉地發出耀眼的光芒。

☀

3

「這封訊息好像是幾分鐘前才送出的。」

美星咖啡師看著內文上面的接收時間說道。

「正好是嫌犯打電話給我們的時候耶。究竟是怎麼一回事呢？已經被綁架的美空小姐應該沒辦法自由使用手機才對……難道所謂的綁架只是一場騙局嗎？剛才的聲音其實是找別的人來偽裝美空小姐，本人則是在別的地方悠哉地傳了這封訊息給我之類的。」

電話裡傳來的美空聲音只有一句話，而且還是尖叫聲。我們以為那就是本人，實際上卻無法證明是不是真是如此。

不過美星小姐一臉嚴肅地搖搖頭。

「我不會聽錯自己妹妹的聲音。而且，一般人平常應該不會用這麼簡短的訊息來溝通吧？」

「嗯，我還是第一次收到這種訊息。」

「那就代表美空當時遇到只能讓她在內文打很少的字的情況。而導致這種情況的原因有兩個，一個是她要趁正在講電話的嫌犯不注意的時候傳訊息，另一個則是她的身體無法自由活動。」

「沒錯，就是這一點。我怎麼想都不覺得她被人綁架了以後還能自由使用雙手。」

「我也有同感。說不定正是因為她的雙手都被綁住，嫌犯才沒有特地把她的手機拿走。不過，當她寄出這封訊息的時候，她的身體至少有一個地方是能自由活動的。」

「是哪裡呢？」

「舌頭。智慧型手機的觸控螢幕用舌頭也能操作。」

原來如此——美空開口說話的時候，她的嘴巴絕對是可以自由活動的。

「所以她只打一個字就沒辦法再打了。既然她如此拚命地傳來這封訊息，就代表……」

「是為了求救吧。美空想趁嫌犯沒發現的時候悄悄地把自己的位置告訴青山先生。」

美星咖啡師牢牢地盯著我的雙眼說道。

不用說也知道，如果被嫌犯發現自己想把所在位置告訴別人，那就沒有意義了。先不論嫌犯或許會對人質不利，如果因此而移動位置，那一切都前功盡棄了。

現在美空的智慧型手機說不定已經被嫌犯發現並拿走了。不過，就算真的讓嫌犯看到寄出的訊息，內文只有一個符號的話，應該只會覺得那是無謂的掙扎吧。她的頭腦或許也考慮到這點……

一想到這裡，我突然害怕了起來。

「這封訊息會不會根本就是在沒有完成的情況下寄出的呢？」

但是咖啡師叫我不要想那麼多。

「聽到美空的聲音後，嫌犯又繼續說了好一段時間的電話。就算考慮到用舌頭操作的不方便，我覺得基本上還是有足夠的時間可以傳送訊息。如果在書寫訊息途中就被發現的話，我們根本不可能收到那封訊息，既然她都已經送出了，應該可視為是就算只有一個字也能傳遞的訊息吧。更何況……」

她說到這裡便支支吾吾了起來，我催促她繼續說。「更何況？」

「如果沒辦法從這封訊息推測出她所在的位置，我們就束手無策了。」

我忍不住移開視線。難怪她會叫我「不要想那麼多」，而不是說「完全不是這樣」。

「總而言之，我會試著解讀這封訊息的意思。請青山先生先去報警吧。」

我完全忘了這件事。於是我衝到店外，打電話向警察報案。雖然說得語無倫次，我還是勉強把現在的情況告訴警察，講完電話後就急忙返回店內。

「警察要我們冷靜下來，等待他們的指示。我請他們盡量早點過來，但他們說只有十分鐘實在有些困難。」

美星小姐正以比平常隨便許多的動作磨著咖啡豆。

「我想也是。如果輕舉妄動，被嫌犯察覺警察的存在就麻煩了。」

「怎麼樣？妳想到什麼線索了嗎？」

「不……沒有。」

雖然她看起來很懊惱，但是我覺得這也不能怪她。就算美星咖啡師再怎麼聰明機智，遇到這種緊要關頭，也沒辦法像往常一樣有效率地思考。

我心想，就算不成功也要試試看，便把自己覺得或許能派上用場的想法說了出來。

「會不會是太陽之塔[1]呢？就是萬博紀念公園的……」

萬博紀念公園位於大阪吹田市，如果從京都走高速公路的話，只需要三十分鐘就能抵達。

但是美星小姐立刻否定我的回答。

「我覺得完全不是這樣。能看到太陽之塔的地方很多，無法鎖定其中一處，而且這個暗示也太直接了。萬一被嫌犯發現了，一下子就會被猜出來。」

「這樣啊，名字跟『太陽』有關的其他地方……」

「咖啡店、美容院、旅館，連在京都有許多分店的泉屋連鎖超市[2]的商標也是太陽，根本數也數不完，就算一個個去調查，能找到美空的機率也非常低。我相信她想告訴我們的是更精確的線索。」

話雖如此，只有一個字是要從何找起呢？

我看向時鐘。時間正一分一秒地朝約定的十分鐘逼近。我用力地抓了抓頭髮。

「不行，我什麼也想不出來。而且，為什麼美空小姐會選擇傳訊息給我呢？怎麼想都是美星小姐比較擅長解讀暗號吧？」

不過咖啡師聽到我隨口說出的話後，卻露出恍然大悟的神情。

「她會傳訊息給青山先生，說不定是有什麼特殊意義。你和美空之間有什麼雙方都很了解的事嗎？而且是我不知道的。」

「雙方都很了解的事？有這種東西嗎？」

「無論是什麼都好，請你試著回想看看。例如興趣、嗜好或兩人曾交談過的話題之類的。」

「興趣和對話……啊。」

一看到我的身體僵住，美星小姐立刻追問：「怎麼了嗎？」

「說不定是樂團。」

我自認不是什麼話題都能聊，美空和我的對話大部分都是沒什麼內容的閒聊，我不記得曾特別聊過只有我們兩人才懂的話題。

不過說到音樂的話就另當別論了。因為以前被硬拉著組過樂團，我曾經和美空稍微談起美星咖啡師不熟悉的話題，而且那還是幾天前才發生過的事。

「可能性很高呢。」美星小姐也暫且表示認同。「你看到太陽後想到了什麼嗎？」

「只要組過樂團就會知道，而且和太陽有關的詞彙……舉例來說，在談論樂器的烤漆時，如果是從中心到外側的顏色會愈來愈濃的漸層圖樣，有人會把它稱為『太陽漸層』（Sunburst）。」

「你能從那個單字聯想到哪個特定的場所嗎？」

「不，目前還沒有想到。」

她焦急地盯著我的雙眼。

1 為大阪萬博紀念公園的代表性建物之一。大阪萬博紀念公園是在一九七〇年日本萬國博覽會結束後，以博覽會場地為基礎建立的公園，也是著名的賞櫻景點。

2 以日本近畿地區為中心，分店遍及關東、中國、九州地區的連鎖超市。

「她待在京都的時間不算長，如果她知道自己人在哪裡的話，我認為你也知道那個地方的可能性很高。你還有想到其他地方嗎？例如你們兩人一起去過的店家之類的。」

兩人一起去過？當我的內心因為她的追問而出現動搖時，她可能領悟到我什麼也想不出來，身體稍微往後退，深深嘆了一口氣。

「對不起，但是，如果青山先生也想不出來的話，說不定我們還沒找到正確的思考方向。」

這時，對飼主遇到的危機無動於衷的查爾斯，似乎覺得百般無聊地叫了一聲。牠跳上最近的椅子蜷縮成一團，看到我們後又「喵」地叫了起來。

「這麼說來，」我開口說道：「之前不是發生過類似的事嗎？就是拿鐵拉花那件事。」

之前教導少女畫拿鐵拉花的時候，少女曾以貓圖案的拿鐵拉花來暗指某個特定人物。換句話說，也就是貓並不代表貓的意思。

美星小姐馬上明白我的意思。

「也就是說，我們或許不能把它想成是太陽，對吧？」

「能從太陽聯想到的東西……改用英文發音的話是『SUN』，代表數字3之類的？」

「如果她是想說數字3的話，應該會直接打出文字吧？我覺得她不得不打符號是有理由的。可能是因為形狀或顏色……對了，打文字的話會變成黑白的，如果是表情的話就有顏色……」

「我懂了。」

當我腦中閃過這個想法時，嘴巴已經不小心說了出來。

「真的嗎？」

看到美星小姐對我充滿期待的樣子，我顯得有些狼狽。

「呃，那個，我想的有可能根本是錯的，不過，當我看到這個符號的形狀和顏色，並把圖案周圍的細節無視和單純化，想成是一個紅色的圓點時，腦中浮現了跟音樂有關的單字。」

「那是……」

「是Recording。」

不僅代表了錄音，包括錄影在內，泛指以媒體進行記錄的紅色圓形標誌，無論是誰都會看過吧。

前陣子在塔列蘭聊起樂團的話題時，我說出自己曾經錄製過原創樂曲的事。既然如此，美空會覺得我能了解這個紅色圓點所代表的意思也沒什麼好奇怪的。

「換句話說，是和Recording有關的地方，例如錄音室……」

但是我的話還沒說完，咖啡師就搖了搖頭。

「不對，我認為美空應該是想告訴你『錄音』這兩個字。」

「錄音（ROKUON）？等等，如果她是因為這樣才傳訊息給我的話——」我用力拍了一下手掌。「是Roc'k On咖啡店！」

我到現在還是經常出現在Roc'k On咖啡店。正因為美空知道這件事，才會傳訊息給我。也就是說，美空她現在人就在Roc'k On咖啡店附近。

在那一瞬間，我好像看到美星咖啡師的眼裡閃過類似遲疑的情緒。不過她立即回過神來，對我說：

「我們快走吧，沒時間拖拖拉拉的了。」

我嚇了一大跳，拚命阻止她。

「走……我們要自己過去嗎？應該先聯絡警察，請他們趕過去才對吧？」

「我沒辦法指望連人都還沒到這裡的警察，而且也不知道他們是否會相信我們解讀暗號所得到的訊息，所以我們自己過去肯定比較快。就算只晚了一秒，也可能害美空陷入生命危險。」

「如果嫌犯打電話來該怎麼辦？」

我伸手指向掛鐘，時間已經超過約好的十分鐘了。

美星小姐一邊走向電話一邊毫不遲疑地說：

「我會把電話轉接到我的手機。如果有來電的話就能立刻接聽，說不定還能在反將嫌犯一軍的時候派上用場。」

我想起在談論樂團話題的那天，美空還說了一段與她學妹有關的故事。咖啡師的腦中大概也想到了那樁可能使用轉接功能的事件吧。

她按下電話上的其中一個按鈕。我伸手抓住她的肩膀。

「如果我們這種外行人做了什麼蠢事而刺激到嫌犯的話，可能會讓事情演變成最糟糕的情況喔。」

但是她並未因此退縮。

「請你放開我，我無論如何都要救美空。」

「就算阻止妳也沒用嗎？」

「沒用的。因為事情會變成這樣，我也有責任。」

我鬆開手，然後追著突然開始行動的她衝出塔列蘭，迅速穿過面積跟小公園差不多的庭院。

「你也要跟來嗎？」

雖然她拚了命地往前跑，速度卻快不起來，我試圖追上並超越她。

「如果妳要去Roc'k On咖啡店的話，不帶上我就說不過去了吧？而且要追究責任的話也必須算我一份。」

我原本以為她會叫我留下來應付警察，但是她沒有多說什麼。

我鑽進位於房屋之間的隧道：「妳打算怎麼過去Roc'k On咖啡店？」

美星小姐在我身後回答：「只要走到街道上隨便攔一輛計程車——」

一道刺耳的喇叭聲在我穿過隧道的瞬間響起，我沒有聽到她最後說了什麼。

「快上車！」

只見備妥贖金的藻川先生好像已經什麼都知道的樣子，正坐在大紅色的LEXUS轎車上等著我們。

4

關於Roc'k On咖啡店附近的地理環境，我敢保證自己比嫌犯更清楚。我指引負責駕駛的藻川先生在幾乎位於周遭視線死角的路邊停好車子，然後獨自下車前去探查情況。

「萬一不小心被深水看到了，比起臉孔已經牢牢記在他腦中的兩位，由我去查看應該還算安全吧。請藻川先生隨時做好開車逃走的心理準備，美星小姐則繼續等待可能會打來的電話。」

我在下車時對他們這麼說，美星小姐便有如祈禱般地輕聲說了句「我知道了」。

冰冷的晚風戲弄著我的瀏海。京都的街道靜謐得彷彿正在監視恐懼害怕的我們。警戒著四周動靜的我抬頭仰望位於小巷盡頭的建築物上層，看到在澄澈無雲的星空一角掛著一輪有如圓形觀景窗的明月，竟讓我想起了「前幾天正好是十五號月圓呢」這種與現狀格格不入的事。

已經超過約好的時間十分鐘了。我腦中忍不住閃過轉接設定會不會失敗了的擔憂。我壓抑焦急的情緒，努力佯裝冷靜地繞了Roc'k On咖啡店一圈，卻沒有發現任何可疑的車輛或人影。

難道我們對訊息的解讀是錯的嗎？我愈來愈焦急，明知道這麼做會讓自己看起來很可疑，還是不死心地又找了一遍。Roc'k On咖啡店的位置在今出川通的路旁，穿過馬路後的對面就是國立大學，不是一般人能藏身其中的普通住宅。據我所知，美空只來過這裡一次，如果從她的位置看不見這間店的話，她是沒辦法知道自己人在哪裡的。既然如此，能夠考慮的範圍就沒有那麼廣，我很快就無計可施，只好先返回車上。

「嫌犯打電話來了嗎？」

我一鑽進後座，便對坐在副駕駛座上的美星小姐問道。

她看到我一個人回來，就露出好像很沮喪的神情。「還沒。」

「我們猜錯了，他們好像不在這附近。不過，就算他們真躲在大學的某間教室，我們也找不到就是了。」

但是美星小姐說：

「那應該是不可能的。如果他們待在室內的話，就算是在樓上，一般來說也會把窗簾拉上，避免被附近的人看到才對吧。也就是說，在裡面的人也看不到外面的景象。」

「但是美空小姐應該看得到外面，換句話說……」

「深水應該是在開車載著美空時直接綁架她的吧。因為美空傳來的訊息也提到『我們要開車過去』。」

但是就算明白這點，我還是沒有發現任何一輛可疑的車。

「……對不起。」

我痛苦地抱住自己的頭。知道自己犯下無法挽回的錯誤，讓我感到一股苦澀湧上喉頭。

「因為我的解讀錯誤，不只沒辦法救出美空小姐，還讓她的處境變得更危險。如果我沒有說什麼『我懂了』，直接聽從嫌犯的要求的話，說不定美空小姐現在已經被釋放了──」

「請你不要隨便放棄好嗎？」

我頓時覺得不寒而慄。因為我曾經在美星小姐打從心底發怒的時候聽到她用這種嗓音說話。

「我絕對不會讓這種事情發生。這個謎題說不定只有青山先生才解得開喔。一定還有哪裡隱藏著線索，就在你和美空認識至今所說的對話中。拜託你，請你再回想一次，認真思考看看。」

如果自己不去拯救的話，妹妹就會沒命。從她嚴肅的口氣可以很明顯地感覺出來，她正懷著如此深刻的覺悟在面對這件事。

我的心臟跳得飛快，呼吸也變得急促。但我仍舊拚命地在腦中重現今年夏天所發生的一切。在京都車站相遇、在伏見稻荷短暫分別、在重逢時發生了神奇少年的事件、去銀閣寺的時候聊到它正式的山號是慈照寺——

「我懂了。」

我吞了一下唾沫滋潤乾渴的喉嚨，勉強擠出聲音。

「我找到另一個『錄音』了。」

美星小姐將身體探向車子後座。「另一個錄音……難道說……」

「是金閣寺。也就是鹿苑寺（ROKUONJI）。我之前在銀閣寺曾經跟美空小姐提過這個名字！」

「青山先生告訴她的？」

美星小姐臉上的表情幾乎可以用悔恨來形容。

「怎麼了？確實是我告訴她的，這件事有什麼不對嗎？」

「不，只是我在聽到『錄音』這個字的時候，就直覺想到了金閣寺……但是我不確定美空知不知道正式的山號，也不確定她看見鹿苑寺這三個字時能不能拼出正確的讀音。而且我覺得用Roc'k On咖啡店來解讀比較合理。」

當我說出Roc'k On咖啡店時，她的雙眼之所以會閃過一絲遲疑，似乎是因為想到另一個可能性的關係。

「既然你們兩人曾經談論過金閣寺的話，情況就不同了。況且如果答案真是Roc'k On咖啡店，傳訊息給青山先生已經是很明顯的提示了，要是還把店名寫成暗號的話，可能就太刻意了吧。」

美星小姐這番解釋感覺也有在說服自己的意思。換言之，美空應該會更直接傳一封確定只有我看得懂的訊息過來才對。即使Roc'k On咖啡店就在眼前，要馬上聯想到「錄音」這個單字，或許真的有點太牽強了。

「現在該怎麼辦？要去還是不要去？」

藻川先生有些不耐地敲了兩三下方向盤。

「對不起，叔叔，請你開車——」

這時，美空小姐突然伸手按住黑色褲子的口袋。

「有電話。」

車內的氣氛頓時緊張了起來。我和藻川先生閉口噤聲，由咖啡師接起電話。

「喂？我是。那個，我、我妹妹現在人平安嗎？」

在旁人眼裡看來仍是一副很慌亂的樣子。但是考慮到她先前的態度，這應該是為了不讓對方察覺自己在店外的障眼法吧。

「我已經準備好錢了。車、車子是嗎？店長的……是，他有車、他有車。從咖啡店出來……從御池通……轉進單向通行的窄巷……」

對方給的路線指示似乎非常繁瑣。

「如果我照你說的路線走，你就會讓美空……讓我妹妹回來，對吧——喂？喂？」她把智慧型手機從耳朵旁拿開，嘆著氣說道：「他掛斷了。」

「嫌犯說了什麼？」

「他要我和叔叔開車照他指示的路線行駛。還說沒必要趕時間，所以除了右轉的時候，全都沿著左邊的外側車道開。」

「只有這樣？」

「他只說付贖金的時候會再聯絡我們，所以要帶著手機出發。」

我疑惑地歪了歪頭。我聽說在綁架勒贖的案件中，被嫌犯指名負責交付贖金的人通常會被耍得團團轉，因為要甩開警察的跟蹤。但是，這次的情況卻是讓警察來不及出動，所以時間非常緊湊，那麼嫌犯應該會希望能盡早拿到贖金才對吧？如果說要趕時間的話還能理解，竟然說不趕時間，究竟是怎麼一回事啊？而且，這輛車最後到底要開去哪呢？

美星小姐在我提出疑問前便搶先開口：

「我認為深水最害怕的應該是被警察發現交付贖金的地點。如果他要我們去特定的地點，或許已經出動的警察會先繞到那裡埋伏。相反的，如果只叫我們照著路線走的話，因為不知道會在什麼時候交付贖金，警察要埋伏也很困難。至於有車子在後方跟蹤的情況，他目前好像還沒有採取任何應對措施，但我覺得等到下一通電話就知道他會怎麼做了。」

「也就是說，深水打算在這條路線上或附近的某個地點收取贖金，對吧？在這之中有靠近金閣寺的地點嗎？」

「沒有。」美星小姐的眼睛一直緊盯著前方。「不過，這條路線的最後正好就是沿著我們目前所在的今出川通往西前進。如果一直走下去，最後就會來到西大路上了吧。」

金閣寺的位置正好就在北大路和西大路交會處。如果要說得更正確一點，其實是西大路的街道在最北端的位置以將近九十度往右轉後，街道名就直接改成了北大路。這些主要幹道雖然是在近代才修整完成，但是在京都有個關於京都的詞彙叫洛中[3]，人們總是將北大路視為其北方邊界，而西大路則是西方的邊界。若按照這個定義來看，稍微超出洛中西北方邊界之處就是金閣寺的所在位置。

「所以我們到底要去哪裡？」

藻川先生又用食指敲了敲方向盤。

「去金閣寺吧。反正我們現在除了照著他說的路線走之外，也沒有其他辦法了。」

美星小姐一說完，藻川先生就猛然開動車子。在車窗另一側，我已經看慣的景色和平靜的街道正流向後方，漸行漸遠。

「我們不聽從嫌犯的指示沒問題嗎？」

3「洛中」是用來指稱平安京（日本的前首都，位於京都市中心地區）所涵蓋的區域，由來是因為平安時代時平安京被稱為「洛陽」。洛中所定義的區域範圍會隨著時代而改變，現在多認為「北大路通、東大路通、九條通和西大路通所圍起的區域」就是洛中。

眼前的景象增添了我的不安，忍不住說出可能會擾亂判斷的話。但是美星小姐仍舊凝視著前方，沒有表現出一絲猶豫。

「沒問題的。如果深水人在金閣寺附近的話，是不可能掌握得到我們的行動的。事實上深水也完全沒發現我們已經離開了塔列蘭。」

「他會不會有共犯呢？說不定那個共犯現在就守在塔列蘭的入口附近，正等著這輛車出現呢。」

說著說著，我自己也害怕了起來。共犯負責的工作或許就是一路跟蹤監視這輛車，如果看到警察在後方追趕，就製造偶發事故和警察接觸，讓他們追丟這輛車。若真是如此，共犯必定是在車上監視；因為長時間把車停在狹窄的巷弄裡會引人注意，也有可能在深水要打第二通電話的時候才前往塔列蘭。換言之，他們肯定不用多久就會發現這輛LEXUS早已離開塔列蘭，而且現在還沒有按照他們指示的路線行走。

但是我的這項假設也被美星小姐毫不猶豫地推翻了。

「在我國要成功犯下綁架勒贖案的機率是很低的。因為受害者通常要花費很長時間湊足大筆贖金、警察也會趁著這時準備圍堵嫌犯、在交付贖金的時候嫌犯這邊又一定要有人直接去現場等等，會碰上很多困難。更何況這次深水已經得知有一筆鉅款在叔叔『手邊的保險箱』裡，管他是在塔列蘭店內或是店後方的叔叔家裡，反正就是在這些地方附近，而且自己手上還握有人質。如果他有共犯的話，應該還有其他辦法能拿到錢吧？」

我努力地想聽懂這段複雜的解釋。舉例來說，深水可以把美空關在某個地方，和共犯一起闖進美星咖啡師和藻川先生正在裡面等人的塔列蘭。既然對方手上握有人質，兩人也無法隨便反抗，藻川先生只好聽從嫌犯的威脅說出錢放在哪裡，並在深水的監視下前往自己家拿贖金。等到奪得鉅款後，深水就能大搖大擺地離開塔列蘭……正如美星小姐所言，只要稍微想像一下，就會覺得這個辦法比綁架勒贖更有可行性。

如果他是單獨犯案的話，無論如何都會碰上只能夠監視其中一人的瞬間。要是對方趁著這段時間報警，他就沒戲唱了。而且深水體型太瘦削，看起來也不像是對自己的力氣很有信心，就算對方只是女性跟老人，如果他要單獨牽制兩個人的話，難保不會被趁機偷襲，所以選擇綁架也算是挺合理的。

「如果是這樣的話，就只剩下深水……美空小姐是不是真的在金閣寺附近的問題了。」

「只要到了晚上，京都有名的寺院大概都會陰暗到看不清楚，也不會有什麼人，反而可以說是治安的死角喔。而且要是身陷被綁架的危險狀態，就算曾經聽別人提起過，應該也不至於立刻聯想到正式的山號吧？所以我認為美空所在的位置可以看見掛在寺門上的『鹿苑寺』三個字。既然是能在一片漆黑的情況下看見那三個字的地方，搜尋的範圍就大幅縮小了。」

我覺得她說的話有幾分道理。不過也很難說她的想法不是建立在自己希望的結果之上。說穿了，我們誤解訊息的可能性絕對不低，而關於深水的計畫，如果考慮到其他層面的話，也根本是沒完沒了。

不過，即便如此，現在她所說的話仍讓我感到無比可靠。我已經多次見證過她的聰明才智，我的頭腦、身體和心都深信著她的正確判斷。

我們搭乘的車子一路往西前進。但是在紅綠燈很多的今出川通上實在沒辦法開得太快，因此藻川先生看起來有點不耐煩，還對突然從左邊竄出來的計程車按了幾下喇叭。

「大概還要多久才會到金閣寺？」美星小姐問道。

「照這個速度可能要花上十分鐘囉。」

聽到這個回答後，她冷不防地一改先前的態度，以令人詫異的平穩嗓音說道：

「那麼，接下來的十分鐘，我們唯一能做的就是祈禱美空平安無事了吧。」

雖然坐在副駕駛座上的她仍舊看著前方，我卻從她的口氣聽出她是在和我說話。

「反正無論選擇沉默或說話，十分鐘還是十分鐘。要不要稍微聊聊天，排遣一下煩悶的心情呢？我也有些事情一直想問問青山先生。」

「想問問我？」我完全不知道她想說什麼。

她似乎把我的反問當成是允許她發問了。即使我坐在她背後，還是從手臂和肩膀的動作看出她伸手撫著胸膛，深呼吸一口氣。

前方的車輛突然轉換車道，藻川先生像是抓準時機般地踩下油門。美星小姐則趁勢以感覺像在掩飾著什麼，反而以讓人不忍心的開朗語氣說道：

「你們是什麼時候開始在一起的呢？」

……還以為她要說什麼呢。

這種事一定要挑現在問嗎？

我上半身往前傾，悄悄觀察美星小姐的側臉。她沒有回頭看向後座，這原本是會被視為逃避的態度。

但是她的表情看起來卻相當堅毅。感覺她其實並不想看清真相，可是又知道自己非看不可，所以還是專注地凝視著自己的目的地。

我帶著無奈、困惑又夾雜些許愧疚的心情，模仿她的口氣回答：

「是美空告訴妳的嗎？」

七　在星空下延續生命

✵✵✵

「……了切間美空……」

男人的聲音讓她——美空醒了過來。

映入眼簾的是一片漆黑。不過她偶爾會感覺到有亮光像撫過她臉頰般地閃過，所以她的雙眼應該沒有被遮住。相對的，她的四肢和嘴巴都失去自由活動的能力，像一隻毛毛蟲般倒在車子後座上。

「我再重複一次。我綁架了切間美空。」

她被男人語帶恐嚇的聲音刺激，原本混沌不清的腦袋逐漸活絡了起來。她被男人帶到車上後，便感到猛烈的睡意襲來，當時她還以為是昨晚幾乎沒睡害的，所以絲毫沒有起疑。

現在回想起來，男人所寫的小說裡也出現女性受害者喝下加了安眠藥的咖啡的敘述。不久前喝的咖啡有沒有什麼可疑的地方呢？不過就算試著回憶也完全沒有印象，就算有印象，也無助於解決眼前的危機。

美空在或許有生以來從沒使用過的肌肉上施力，拚命地抬起上半身。可能是察覺到她的動作，男人回過頭來，在黑暗中和她四目相對。

她暗叫不妙，心臟跳得飛快。但是……

「妳等一下。」

男人對著電話說完這句話後，身體就探了過來，把塞住美空嘴巴的物體取下。

接著男人在害怕不已的她耳邊低語。

「是妳姊姊，敢多嘴的話就殺了妳。」

然後就把方才抵在耳邊的手機湊到她嘴邊。

「姊姊，救我！」

這句叫喊已經用盡了她的全力。男人立刻抽回電話，轉身面向車子前方。

「這下子妳明白了吧？我是認真的。」

她必須想辦法求救，必須想辦法告訴他們自己在哪裡。她拚命轉動脖子，周遭卻全被夜晚的黑暗包圍；就算她放聲大叫，可能也沒有半個人聽得見。

這時，焦急的她又感覺到亮光撫過左邊的臉頰，她便定睛看向光源。

她搭的車子左側緊鄰著一片像要把車子覆蓋住的樹籬。縫隙間隱約閃起的亮光好像是來自行經馬路的車輛的車頭燈。她沿著亮光的移動路徑往後看，不遠處好像有個T字路口，燈光在即將轉向左右方時斷斷續續地照亮了位於正面的某個物體。

那裡似乎有個入口。她瞇起眼睛仔細一看，才發現那是一座寺門。這時又有一輛車子經過，照亮掛在旁邊的牌子，她看見了上面所寫的山號。

——「鹿苑寺　通稱　金閣寺」。

「現在立刻準備一千萬，放進輕便的包包裡。」

美空的包包就放在正專心講電話的男人身旁，但是她搆不到。她仔細一瞧，看見男人的另一隻手好像拿著美空的手機，他一定是一邊看著手機上登錄的號碼，一邊用自己的手機打電話給塔列蘭或她姊姊。

想到這裡，美空發現一件僥倖到難以置信的事而嚇了一跳。

男人手裡拿著的是美空的折疊式手機。那支手機主要用來和男友聯絡，不過為了保險起見，手機裡的通訊錄和她主要使用的智慧型手機是共通的。

而那支智慧型手機現在還放在美空穿的短褲後方口袋裡。

男人可能是在包包裡找到行動電話就以為沒問題了，或者是綁住她的手腳後就鬆懈大意，好像沒有檢查過她身上的東西。畢竟女性很少會把手機放在口袋裡，屁股上的口袋也不是能隨便亂摸的地方。雖然她搞不太清楚為什麼先前還坐在車上的自己會把智慧型手機塞進那種地方，不過大概是在走去搭車的途中傳了訊息給姊姊，看到姊姊馬上回覆後，便隨手把智慧型手機塞進口袋，結果不久後就開始昏昏欲睡，所以一直沒拿出來吧。

美空一邊小心地注意不讓男人察覺，一邊用被反綁在背後的手指從口袋裡拿出智慧型手機，按下電源鍵後悄悄地放在自己右邊。接著她裝出一副渾身無力的樣子，背對著駕駛座躺向後座，謹慎地調整位置，讓智慧型手機正好擺在自己眼前。

她以前曾聽說過觸控螢幕可以用舌頭來操作，想看著螢幕操作的話就只能用這個辦法。考慮到如果打電話的話，接通時的聲音會被男人聽見，美空用舌頭在液晶螢幕上遊走，打開收發訊息的畫面。

裡面有一封因為她始終沒出現而擔心地寄來詢問的未讀訊息，她按下回覆鍵時，突然意識到一件事。

——她到底該寫什麼才好？萬一之後被男人發現這支智慧型手機，他一定會檢查已經寄出的訊息。如果上面清楚寫著他們所在的地點，結果會怎樣呢？

不用想也知道，男人一定會把車開走。這樣一來她獲救的機會就幾乎等於零，也很有可能被勃然大怒的男人殺死。即使不考慮上述情況，她也沒辦法用舌頭打太多字。

「乖乖照我的話去做，如果沒有準時把錢送上，我就殺了人質。」

但是現在的情況已經不容許她多猶豫一分一秒了。拜託，一定要看懂啊。她選好收件人，懷抱著一線希望送出只有一個符號的訊息。

「——妳在幹麼？」

這時背後突然有人叫她，美空差點以為自己的心臟要停了。

剛結束電話的男人似乎正轉身查看後座。她的肩膀被他抓住，還來不及反抗，身體就被翻過來仰躺在後座上。

男人用手機的亮光充當照明，看了看她的臉後說道：

「身體哪裡不舒服嗎？」

美空在千鈞一髮之際用下巴把智慧型手機塞進椅背和椅墊之間的縫隙，因為車裡太暗，他似乎沒有發現。

「你在擔心我嗎？還真溫柔啊。」

為了不讓他發現自己鬆了一口氣，美空決定以嘲諷的口氣回答他。雖然她心裡確實感到恐懼，但是突然要她去害怕一個直到不久前還和自己很親近的人，實在沒辦法一下子就調適好心情。而男人的情況好像也跟她差不多：

「我好歹也是個父親。」

他開口解釋時的樣子看起來十分尷尬。

「你剛才跟我說的事原來都是真的啊。」

當時她已經快要睡著了，還是記得自己在車上聽到的事情。男人的身體早已轉回正面，像在說夢話似地開口說道：

「……對年輕的我而言，創作是既如呼吸般親近、也如夢境般遙遠的存在，更是一種像毒品般令人難以自拔的東西。」

創作。在聽到這個字的瞬間，她不禁衡量了一下自己對音樂投入的程度有多深。

「從我懂事的時候開始，創作活動就一直形影不離地陪伴著我。據我媽所言，我好像在年紀很小的時候就自己做出類似繪本半成品的東西。畫圖、唱歌、演戲、寫作。這些活動所帶來的苦惱以及完成時的喜悅讓我深深著迷，我甚至曾覺得沒有創作的人生是毫無意義的。」

當時的我太年少氣盛了——男人厭惡地吐出這句話後，便開始敘述自己的人生經歷。美空在這段經歷中同時找到與喜歡音樂的自己，以及如推理小說的偵探般聰明的姊姊相似的特質，也是讓她以為男人就是自己親生父親的契機。

「我在青少年時期對音樂十分熱中，甚至曾達到職業級水準，可是我的樂團一直發展得不是很好，最後只能被迫解散。經過那件事之後，我決定選擇一個人也能挑戰的領域，所以就寫起小說。過了幾年，我終於確定出道，便和當時交往的女友結婚，不久後就懷了女兒。」

正好和自己年紀相仿的女兒。雖然知道那是和自己沒有任何瓜葛的人，但是聽到這段境遇後，美空還是下意識地把這名男人的身影和沒見過的親生父親重疊。

「當時的日本正處於前所未有的好景氣中，沒有人會對未來感到不安。如果只是要一份足以謀生的工作，根本不用找，路上隨便撿都有。那時我心想，總之就先當個作家努力看看，如果這次還是不行，就乖乖地找份工作養家活口，所以才會結婚的。在必須精打細算的現代，這種想法簡直隨便到了極點。」

男人輕笑一聲後，圍繞在他身旁的氣氛就像關掉電燈開關般地為之驟變。

「……很好笑吧？竟然會叫我承認自己根本沒犯下的罪。」

他或許是在期待美空的回應，但是美空一句話也沒說。

「從出道以來一步步累積至今的作家的實力、在文壇及各個領域獲得的人脈，還有自年幼時就一直在我心頭徘徊不去、以創作維生的憧憬。這些竟然全在瞬間崩毀瓦解了。我陷入絕望之中，就連太太說要跟我離婚的時候，我也無力挽回她。」

在那之後，我連要和女兒見一面都辦不到。男人說出這句話時，感覺相當寂寞。

「當一直專心致志地坐在桌前寫著小說的我回過神來時，日本的好景氣是由幻想堆積而成的事實，已經在不知不覺間變得顯而易見了。失意落魄的我試著尋找新工作，不過可能是在我被捲入抄襲爭議的時候，強調自己清白的樣子被人不斷重複報導的關係，別說是作家的工作了，連一般企業也不願僱用我。最後還是以類似靠關係的方式，請出道作的出版社的相關企業介紹文字工作者的工作給我。那種完全無視事實或我的想法，上面說什麼就寫什麼的工作，感覺就像淪落為大人物所使用的拋棄式筆尖一樣。我寫了一堆絕對沒辦法告訴親友的低俗文章，也寫了讓別人的人生化為烏有的惡劣文章。沒辦法拒絕這些工作的自己真是窩囊透了。」

假設只討論一般情況好了，把創作活動視為人生意義的人，如果被逼著創作出並非自己本意的東西，會給他們帶來多大的痛苦呢？在社團從事音樂活動的美空也有討厭到一聽就想吐的音樂，如果要她演奏那些曲子的話，她光想像就會起雞皮疙瘩。連這種程度的事情都會讓人感到不快了，更別說是已經明白這些事會破壞他人人生或有損自己尊嚴的情況，痛苦的程度根本無法比較。

「可能是被不景氣的環境波及吧，委託我工作的媒體，其事業規模一天比一天縮小，我的工作也不斷減少。之所以會移居京都，也是因為這邊的出版社表示願意定期給我工作，不過這份穩定的收入來源也沒有持續多久。只有時間變得愈來愈寬裕，用來買酒和買菸的錢一下子就變成龐大的開銷。這就是所謂的落魄潦倒的人生。我開始借錢，而且愈借愈多。為了還錢，我撐著瘦弱的身體去做粗活，還接下年輕人都不太想做的打工，再加上像是偶爾想到才來找我的文字工作，過著勉強能餬口的生活，等我察覺到時，已經過了二十年。——就在這時，妳寫的信透過替我出版出道作的出版社寄到了我手上。」

自美空寄出第一封信後已經過了三個月。

「我真的很高興。我沒想到身為作家的自己竟還存在於這個世上。很好笑吧？連明天有沒有飯吃都不知道，還有心情興沖沖地回信給根本不知道是什麼來歷的年輕女孩。但我會這麼做不只是因為一把年紀了還得意忘形的關係。因為我在那封信的字裡行間中感覺到一種像是輕浮的熱情的東西，以一封寫給在二十幾年前只有短暫活躍過一陣子的作家的讀者信來說，這是很不自然的。我認為一定有哪裡不對勁，就開始調查妳的目的。因為我的人生既苦澀又乏味，就像在遼闊的沙漠裡漫無目的地徘徊一樣，所以我很期待妳這個突然出現的外人替我的生活帶來某種變化。不過，當我推測出妳把我誤認成因故離散的父親時，還是覺得相當驚訝。」

「你發現我的目的後，就一直配合我演戲，對吧？」

她早就知道了。美空早就聽聞男人曾去過一次塔列蘭。雖然美空聽姊姊說起這件事時，是在她第一次叫他爸爸的那天之前，卻猜想那是因為父親也隱約察覺到什麼了，把這件事解釋成對自己有利的情況。

不用說也知道，他只是把在那時得知的姊妹的名字，在事後隨口說出來罷了。換句話說，他不是看到事情的發展後才決定加以利用，而是一開始就打算利用這件事，所以在深入調查過美空之後，他會讓自己的態度表現得像個父親，完全是出於策略上的考量。

對此，男人卻只是相當納悶地歪了歪頭。

「我到底怎麼發現妳把我誤認為親生父親的呢？這個想法太不切實際了……或許是因為妳的境遇和我女兒很像，所以不知不覺就把妳們的形象重疊了吧。話說回來，我看到妳貼在信上的照片時，明明妳不是我女兒，我卻覺得好像看過妳的臉，而且當時我還不知道妳有個因故離散的父親。簡單來說，我的心裡也一直無意識地擅自懷抱著期待，覺得女兒一定很想和我見面，真是無聊的期待啊。所以整件事情只不過是我們兩人的期待剛好吻合罷了。」

男人以嘲諷的口氣解釋給自己聽之後，又繼續吐露自己的心聲。

「我想證實自己的假設，便去了妳親人經營的咖啡店。為了避免撞見正在打工的妳，我故意和妳約好見面，讓妳跑去伏見。如果能從妳姊姊口中問出我想知道的事情當然最好，但那個女人實在太難套話了，完全不肯陪我閒聊。反而是那個叫舅公的老人不管問什麼都肯說，連我都想替他捏把冷汗了。因為他說自己手上有很多錢，我才會想到或許能請他割愛一些給我。」

藻川叔叔……美空在後座嘆了一口氣。

「雖然還發生了被妳姊姊看穿真面目的小狀況，但我已經知道妳的本名，也推測出妳用我出道作的女主角名字『美月』自稱的理由了。因為已經擁有十足的把握了，我便約妳出來見面，決定碰碰運氣賭一把。後來發生的事情妳都很清楚了。不過，即使我的假設是錯的，除了失去妳之外，也不會發生令我困擾的事。」

現在回想起來，男人之前告訴美空的事情裡，其實有一些非常含糊不清或是和事實相反的敘述。但是因為她完全沒有與親生父親有關的記憶，母親也從未談論過與她親生父親有關的話題，再加上超過二十年的歲月阻隔，讓她心裡的異樣感模糊淡化了。而且美空原本就是個只要認定一件事，就很難改變想法的人。

男人看了看手機上的時間後「嘖」了一聲。

「我們聊太久了，不只十分鐘，已經過了二十幾分了。不過沒關係，如果他們報了警，現在警察那邊應該還處於手忙腳亂的狀態吧。就算有部隊立刻展開行動，人數不多的話還是能瞞混過去。」

「事情不會像你想得那麼順利！就算今天你成功逃過了，一定也會在不久後的將來被人看穿。」

她試著說服男人，但他只是冷笑了一聲。

「那還用說，我打從一開始就沒想過要矇騙到底。」

「你到底打算怎麼做？」

「……算了，反正我還會讓妳維持這種情況好一陣子。」他好像想表示說出來也沒關係的意思。「我手上有一張今晚從日本出發，要飛往國外的飛機票。那是透過我以前寫那些見不得人的文章時認識的地下管道取得的。護照當然也是偽造的。我要去一個只要有大筆金錢就能在那裡活到老死的國家，永遠不再回來日本了。」

接著男人以非常寂寞的語氣補充道：

「如果被捉到就算了。反正無論是在這裡還是那裡，對我來說都差不多，我的人生已經跟垃圾沒什麼兩樣了。」

男人操作起手機，在一片寂靜的車內，提醒對方接電話的鈴聲傳進美空耳裡。就在聲音即將停止之前，男人好像忽然想起了什麼，對美空說道：

「對了，為什麼妳剛才會發現我不是妳父親呢？」

1

「不是美空告訴我的。」

美星咖啡師態度明確地回答。

「因為我之前就已經從很多地方看出你說的話是在替鬼鬼祟祟的美空掩飾了。所以我一下子就察覺到你們兩人互相聯絡。」

「因為她拜託我在姊姊好像察覺到什麼不對勁的時候，替她巧妙地掩飾過去嘛。」

再繼續隱瞞也無濟於事。曾經想欺騙她而感到內疚的我，決定老實地回答她問的所有問題。而且我現在也沒有多餘的心思扯謊了。

「妳還記得我有一天在路上見到美空之後才前往塔列蘭，結果被妳看穿的事嗎？就是之前那個女高中生在店裡練習拿鐵拉花的時候。」

「你是指你在公車上看到站在Roc'k On咖啡店前的美空……」

「我很好奇她為什麼會站在那裡，就在下一站下了公車，跑去找她說話。結果她在那個時候低頭要求我陪陪她，我就當場答應了。」

「所以從那天起，美空稱呼你的時候就沒有再加上『先生』的稱謂了。」

「是的。雖然美空說加上『小姐』兩字讓她很不自在，要我也直接喊她的名字，但是在美星小姐面前這麼叫的話，肯定會被懷疑的嘛。所以只有在兩人獨處的時候，或是傳簡訊或打電話的時候會省略稱謂。」

我們搭乘的車子行駛在單向雙車道的今出川通上，以前一秒才追過前方的車輛，下一秒就碰上紅燈這種不太規則的速度趕往金閣寺。很不穩定的駕駛狀況如實地表現出握著方向盤的藻川先生的焦躁。

「……當我假設你能夠正確解讀美空傳來的訊息時，我對於兩位關係的推測就變得更有可信度了。」

雖然是她自己先質問我的，不過大概是聽到我承認後感到相當震驚吧，她的口氣很沒把握。

「解讀訊息？這是什麼意思呢？」

「如果剛才那則訊息的太陽符號是想表示『錄音』的話，那確實是要寄給青山先生才有意義的暗號。但是那個暗號並沒有特殊到我無法解讀。」

「這個嘛，因為紅色圓點代表Recording，就算是對音樂不熟悉的人，應該也會知道吧。」

「如果『錄音』正是代表『Roc'k On咖啡店』的話，或許還能解釋她為什麼寄給青山先生，但是我們已經否決這個可能了。最重要的是，我不久前還在跟美空互傳訊息。」

當美星小姐收到美空傳來的訊息，上面寫著自己現在要出發前往塔列蘭時，我確實看到她立刻回信了。

「美空在打那則有太陽符號的訊息時，從通訊錄選擇收件人的那幾秒鐘，絕對會替她帶來生命危險。但是她仍舊選擇寄給青山先生，就可以推測出在我回信的時候，青山先生也正在跟美空互傳訊息。你們兩人一直瞞著我私下聯絡……我連你們什麼時候交換了聯絡方式都不知道。」

「因為她實在太慢了，我才傳了一封訊息給她，問她怎麼還沒到。我剛送出訊息，深水就打電話來了。」

明明沒有這個壞習慣，我卻在不知不覺間焦躁地抖起腳來。

「我早就預料到美星小姐可能會察覺到我們之間的關係。因為之前妳識破我拙劣的謊言時，都會露出很嚴肅的表情，我已經看過好幾次了。不過，妳為什麼一定要挑現在逼問我這件事呢？我們說不定馬上就會抵達美空被囚禁的地點，在這種足以決定我們能不能從嫌犯手中救出她的關鍵時刻，討論我和美空的關係比研究各種救人策略還重要嗎？」

我沒有耍賴不認錯的意思。等到一切事情都結束後，我很樂意讓她罵我罵到氣消。但是現在不該討論這種事的想法卻在我心裡不斷膨脹，而且愈來愈難以壓抑。

所以當美星小姐帶著堅毅的信念肯定我的質疑時，我完全沒料到她會如此回答。

「有。因為如果你和美空是那種關係，我接下來要問的問題你應該也能回答才對。」

「問題？」

「美空今晚究竟想讓我跟誰見面呢？」

我猶豫了一瞬間，不知道該不該回答她。她說得沒錯，我能夠回答這個問題。換言之，那也是「根據我的判斷結果，或許可以防止這起綁架事件發生」這句話背後的含意。

「不用說也知道，當然是深水榮嗣。她好像一直認為那個男人是自己失散已久的親生父親。」

雖然無法斷定不可能發生，不過我還是很難想像深水會把有血緣關係的女兒當成綁架勒贖的對象。也就是說，美空完全被深水捏造出來的親子關係騙了。

我其實也不是沒有懷疑過這件事的真偽，但是我一直樂觀地心想，反正今晚美星小姐和藻川先生見到深水後，真相就會大白了。我根本沒想到會演變成這麼危險的犯罪事件。如果我當初違背美空的要求，找聰明的美星小姐商量一下，或許情況就會截然不同。一想到這裡，我的心裡就充滿深深的自責。

話說回來，我原本以為美星小姐只是想藉由我的回答來驗證自己的想法，結果她聽了答案後似乎受到很大的打擊，一臉驚訝地反問我：

「失散已久的親生父親？」

「嗯，對啊。妳應該能理解她想和親生父親見面的心情，還有想讓姊姊也見見他的心情吧？」

但是她卻狀似悲傷地搖搖頭，然後對我說出一句意想不到的話。

「我們的親生父親已經不在人世了。」

「咦！」

「我好像沒有跟青山先生說過。——我的親生父親已經過世了，就在二十二年前，我只有兩歲的時候。」

我頓時啞口無言。這種事情我根本沒聽說過。如果我知道的話，早就阻止美空了。

「之前談到親生父親的話題時，我的確沒有說得很清楚，原來是這樣啊，不過，美空真的完全不記得了呢，如果我當時說明清楚的話，就不會發生……」

「請、請等一下！妳說過世是真的嗎？既然如此，那張報紙又是……」

「報紙？哦，你是說那個──」

「我可以說句話嗎？」

這個時候，原本一直沉默地開著車的藻川先生插嘴說道。

「怎麼了，叔叔？」

「我的手機從剛才就一直在口袋裡震個不停啦，我在開車沒辦法接，可是實在很讓人在意。」

聽到他說的話，美星小姐無力地垂下頭。

「都這種時候了，你就不能正經一點嗎？反正一定又是哪個女孩子打來的吧？」

「這種時間才不會有女孩子打電話給我呢。」

……是嗎？美星小姐愣了幾秒後，表情立刻變得相當緊張。

「手機借我！」

她坐在副駕駛座上翻找藻川先生的口袋，把手機拿出來之後看了一眼螢幕，轉過頭對我說：

「是通訊錄上沒有的號碼，有可能是嫌犯。」

如果遵照嫌犯指示行動的話，塔列蘭店裡現在沒有半個人，會直接打手機是很正常的。所以嫌犯才特地提醒他們要記得帶手機吧。話雖如此，為什麼會選擇打到正在開車的藻川先生的手機呢？但是在細想這個問題前，美星小姐就接起了電話。

「喂……對，我是美星。現在叔叔正在開車，不方便接電話。」

車內的氣氛頓時變得相當緊張，甚至讓人連大氣都不敢喘一下。

「我們快要開到西大路了。車窗？我知道了。然後……繼續往北走，直接轉進北大路……在堀川通左轉……在賀茂川上游把包包丟進河裡嗎？那個，喂？喂？」

深水一把自己要說的話說完便掛斷電話。美星小姐快速地把內容轉述給坐在駕駛座上的藻川先生。

「照著現在的方向繼續往前走，到了西大路通就右轉。還有，把所有車窗都打開，他說要讓他看得見車子裡面。」

「都已經來到這裡了，為什麼反而要聽從深水的指示啊？」我實在無法保持沉默。「美空現在說不定就在這附近耶。如果現在照嫌犯的話去做，那和一開始就聽從他的指示又有什麼不同呢？」

美星小姐低著頭緊咬下唇。

「深水他已經知道叔叔的車是紅色LEXUS了，我們無法確定他們藏在接下來的哪個地方，所以如果繼續無視深水說的話會很危險。」

「妳要放棄去救美空了嗎？」

隨著所有車窗緩慢地往下滑，外頭的喧囂聲也傳進車內。

「……原來如此，這還真是有趣。」

在打完第三通電話後，他——深水榮嗣看著前方來來往往的車輛，忍不住嘻嘻嘻地竊笑了起來。因為他在打電話之前問了一個問題，而他現在想起了人質告訴他的解釋。

「我之前竟然能假扮那麼久都沒被發現，真是太了不起了。」

前兩通電話他用自己的手機打給那間咖啡店。第三通則是使用從女人那裡奪來的手機，刻意打給據說是女人舅公的手機。那時老人的手機螢幕上應該會顯示已經加進通訊錄的女人的名字。總覺得如果那個多話的老人沒有在開車的話，看到手機螢幕後可能就會慌慌張張地接起電話。換句話說，男人因為想到或許能藉此來確定事情會不會按照自己的預料進行，才會這麼做的。

不過他其實只是想稍微讓對方手忙腳亂一下罷了，他早就知道要是老人沒有帶手機出門，他也只能轉而打電話給女人的姊姊。就結果來說，他打給老人的電話是由姊姊接聽，而且也聽到車子的引擎聲，所以他得到目前好像還沒有出現什麼問題的結論。

在小說世界發生的綁架案，經常可以看到受害人家裡的電話裝設了一些看起來很專業的機器，等嫌犯打電話來後就開始逆向追蹤，掌握發送訊號位置的場景。先不論逆向追蹤的機器到底是不是真實存在，因為以前只能用眼睛盯著類比訊號式的電話交換機來追蹤，所以在逆向追蹤結束前必須盡量和嫌犯保持通話似乎是真的。但是到了現代，通話紀錄都會留下資料，所以在電話接通的瞬間就能完成逆向追蹤。不過如果是用手機，也只能逆向追蹤到基地台的位置而已——這些是深水在計畫綁架的時候查到的知識。

深水已經打了三次電話，若是警方展開調查的話，已經可以鎖定基地台的位置了。第三通電話時他使用了和自己不同電信業者的女人的手機，但是他不知道這麼做會讓追蹤的範圍擴大到兩個基地台，進而擾亂調查方向；還是會因為基地台的收訊範圍互相重複，反而讓警方更容易鎖定位置。無論結果是哪一種，如果一切都按照計畫進行，他應該只要在這裡再待個十分鐘左右就行了。

只要再努力一下子——當深水把身體靠在方向盤上，雙眼專注地凝視位於前方一百公尺遠的道路時，女人彷彿在嘲笑他的想法似地說道：

「你在最後關頭太掉以輕心了。」

「……什麼？」他忍不住轉頭看向後座。

「要是你沒有說那些多餘的話，就不會失手露餡了嘛。雖然我正好馬上睡著了，但是自己並非真正的父親這件事，在你成功綁架我之前應該絕對不能穿幫吧？所以我才說你在最後關頭太掉以輕心了。」

雖然對方說中了他的痛處，但他決定不予理會。他一看就知道女人是因為覺得繼續安分下去情況也不會好轉，才會乾脆冒險挑釁他。

不過當女人說出下一句話時，深水怎麼樣都無法置之不理。

「就是因為這樣，才會連抄襲都被人發現。」

抄襲？

深水愣住了。在密閉的車子裡，只有女人的說話聲像乒乓球一樣跳動著。

「我都讀過了，無論是你引起爭議的那本作品，還是被視為抄襲對象的那本同人誌，我都花大錢買來讀過了。抄得那麼明顯，竟然還敢在大家面前堅稱自己『沒有做』。雖然我是來京都後才買到那本同人誌，覺得你的作品根本是抄襲的時候，也已經告訴你我是你女兒了，不過那時我真的有點後悔自己為什麼要向你坦白。」

「不對，我才沒有抄襲……」

「別再狡辯了。那已經是二十多年前的往事了，你現在再繼續裝傻又有什麼意義呢？設定、角色、題材和對話的措辭都相似到讓人傻眼，甚至想問你為什麼不稍微改一下。你以為只要模仿有名作家的作品就會受歡迎了嗎？反正抄的是同人誌，所以不會被發現嗎？如果你能夠寫得比原作還要好，還可以勉強說是改編，但是你寫的東西只不過是劣化的仿冒品罷了。你好歹是個職業作家吧？要抄也抄得漂亮一點嘛。」

「少囉唆，妳這個沒寫過小說的外行人又懂什麼了？」

「我想說的就是你連我這個大外行都騙不過啦。什麼叫『自己根本沒犯下的罪』啊？明明說自己的人生跟垃圾沒兩樣，只有在這件事上一點也不乾脆呢。實在讓人看不下去。」

「閉嘴……」深水用力打了一下方向盤。但是說話聲仍舊在車內到處彈跳。

「結果你最重視的那個叫創作還是什麼的東西，其實就是被你自己親手摧毀的嘛。應該說，不利用別人的成果就無法做事的人，根本不應該說自己沒有創作就活不下去吧？這是讓我最火大的地方，我雖然演奏得很爛，好歹也是個玩音樂的人。如果你很不甘心，現在就創作出個東西給我看啊？如果你真的辦得到的話，就讓我看看只有你才做得出來的創作——」

「閉嘴！」

他腦中頓時一片空白。

深水把身體整個轉向後座，朝女人的下巴附近伸出雙臂。

「呀啊！住手、住——」

到處彈跳的聲音總算停止了。

深水將身體轉回原本的方向時，以彷彿車內只有他一人的口氣喃喃低語：

「……其實我大可以殺了妳，只是現在沒有時間了。」

嘴巴再次被堵住的女人沒有發出任何聲音。

他看了看手機確認時間。距離方才打電話的時候又過了幾分鐘。深水一邊將視線移回前方的道路上，一邊重撥電話。

這一刻終於到來了。

「喂？」

電話接通時的說話聲充滿了疑惑。這也難怪，因為他不久前才告訴她交付贖金的方法而已。他仔細聆聽，發現對方聲音背後的雜音變大了。看來他們正乖乖地照著自己說的去做，深水在心中暗自竊笑。

「你們好像打開車窗了嘛，已經開到西大路上了嗎？很好，要牢牢抱著裝了錢的包包，別讓它飛出去了。在你們沿著堀川通抵達賀茂川上游前，不管發生什麼事，都絕對不准停車。」

他沒有掛斷電話。從電話另一側傳來規律的聲響，可以推測出老人駕駛的車沒有被紅綠燈擋下，正暢行無阻地逐漸靠近這裡。

就快到了。深水在樹籬旁緊盯著西大路，眼睛連眨都不敢眨一下。

應該不用再等幾秒。他們就快出現了，他們——來了！

紅色的LEXUS在他眼前由右往左呼嘯而過。駕駛座上坐著老人，副駕駛座則是現在還在跟他講電話的人質的姊姊。

「現在就把包包從車窗扔出去！」

深水突如其來的叫聲好像讓電話另一頭的人一時不知所措。

「咦？」

「把放了錢的包包瞄準轉角人行道的樹叢扔！中途不准停車，就這樣繼續開到賀茂川上游！」

深水停止叫喊後，車內頓時籠罩在幾乎要引起耳鳴的寂靜中。

來得及嗎？他覺得等待回覆的數十秒，漫長得足以和他失去一切後度過的二十多年歲月匹敵。

「……我照你說的把包包丟出去了。」

顫抖的聲音融化了凍結的世界。

「錢已經不在我手上了。我們現在正沿著北大路直線前進，馬上要經過堀川通了。」

「就這樣繼續往賀茂川上游開，電話也不准掛掉。」

他一說完這句話，就放下手機，發動車子。

故意選擇很遠的地點作為交付贖金的場所，給予對手想辦法應對的「空檔」，結果卻是讓他們放棄思考如何應付抵達目的地前遇到的各種情況之後，再突然出其不意地叫他們丟下贖金——這就是他所構思的計畫。

告訴對方交付贖金的地點在賀茂川上游後，他會暫時掛斷電話是為了讓他們有向警方報告假的交付地點的時間，可以引開讓深水倍感威脅的警方的注意，換句話說，他到目前為止都在故布疑陣。

因為是在車子轉彎的時候扔出包包，縱使正好被跟在後方的人目擊到這一幕，扔出去的包包也會被車子的陰影擋住而看不見。而且因為他們的電話目前還是接通的，所以他們肯定還沒有向任何人報告已把包包丟出去。雖然深水心中還存有一絲不安，擔心電話可能正被人監聽或竊聽，但是考慮到自己是打給老人的手機，應該沒有機會裝設監聽所需要的機器；從對方之前所說的話也可以判斷出，他們大概很難想像自己會下達什麼命令，讓深水認為情況完全對自己有利。

深水開著車子穿過樹籬旁，駛進鞍馬口通，然後從中央分隔島斷開的地方切入單向通行的小巷。他在第二個轉角右轉後，來到西大路和北大路的交叉口。經過這裡的車輛不算少，於是他看了看周遭，確認是否有需要警戒的車輛或人影，但是只有看到一輛停在路邊的計程車和鴿子或麻雀一樣在京都隨處可見，不足為奇。

與其小心翼翼地靠近，還是速戰速決比較好。深水一把車子駛進北大路，就在阻隔車道和人行道的柵欄尾端，也就是正好擋住斑馬線的地方停下車，然後直接下車。當他走向數公尺外的樹叢時，雖然有個看起來像大學生的女人背著登山背包盯著他看，但是深水完全沒有理會她。

深水原本以為從車窗扔出去的包包會在碰到樹叢前就停下來，結果卻出乎他的意料，包包躺在被樹叢擋下來後的位置。他在包包旁彎下腰，發現包包的拉鍊稍微拉開了一條縫。深水看了看裡面，忍不住笑了出來。

裡面放的是貨真價實的鈔票。那些錢似乎是老人陸陸續續存下來的，不會因為編號連續而洩漏行蹤。如果有這麼多錢的話，就算在哪個國家盡情揮霍也暫時用不完。

很好，接下來只要拿著這些錢離開日本就行了——深水抱著包包站起來，身體往右轉向後方。

他最先感覺到的是「空蕩蕩」這三個字。

眼前的空間、頭頂上的星空，還有拒絕接受現況的腦袋和內心。甚至讓他反過來討厭起唯一被塞得滿滿的包包的重量。

這是一場惡夢嗎……還是說他現在已經從所有的夢裡清醒了呢？

深水雙膝一軟，絕望地跪倒在地。

因為原本應該停在那裡的車——深水直到上一刻都還在駕駛的車，竟然在他移開視線的一、分鐘內忽然消失無蹤了。

2

「已經沒事了喔。」

哪叫沒事啊？我竟然有辦法說出這句話。顫抖的手指連方向盤都抓不太牢，踩著油門的指尖的感覺比在踢落葉的時候還令人不安。

但是我必須好好駕駛才行。我必須把她毫髮無傷地送到安全的地方。

所以我才會像是在安慰自己似地對位於後座的美空說「已經沒事了喔」。

「妳剛才一定很害怕吧？不過妳已經平安了。一切都進行得很順利。是美星小姐的機智救了妳的……美空？喂，美空！」

☀☀☀☀

她做了一場夢。

她追著逐漸遠去的人影，以才剛學會的「爸爸」這個字大聲呼喚他。

她的腳步搖搖晃晃，不知道是因為年紀小，還是因為她在作夢。雖然她渾然忘我地追趕，爸爸的身影還是愈來愈渺小，她想跑得更快，腳卻不小心絆了一下，在泥濘的地上狠狠地跌了一大跤。

她不停地哭泣。

彷彿要把小小的身體撐裂般，用盡所有力氣放聲哭喊。

她在低矮懸崖上拚命探頭往下看。說不定再也見不到了——因為悲傷而流出的淚珠不斷滴落懸崖下，消失在顏色有如咖啡歐蕾的激流之間。

3

「他們說馬上趕過來。」

這是我和警察通完電話，回到病房後對美星小姐說的第一句話。

「我被他們罵得狗血淋頭，說我們竟然沒有等他們的指示就行動。他們收到通報後就去了塔列蘭，結果發現店裡根本沒人，還以為是我們故意惡作劇。除此之外，我開著深水的車逃跑，剛好被正好在現場的學生目擊，結果警察還接到那位學生的報案電話，幸好這件事他們決定不予過問。」

「這樣啊。」

美星小姐感覺很疲倦地簡短回答我後，就露出鬆了一口氣的表情，看向在床上熟睡的美空。

我成功地連車帶人救出美空後，便立刻打電話給美星小姐，驅車前往便利商店的停車場。我們已經事先說好，如果行動成功了，就在那裡會合。但是在她們姊妹上演感人的重逢場面後，美空還是完全沒有甦醒的跡象，我們便當場打電話叫救護車，來到這間醫院。

當美星小姐陪著美空搭上救護車時，不知道為什麼，她非常堅持我也要一起來。我不想在這時跟她進行無謂的爭論，便順從她的要求。現在藻川先生大概正留在便利商店，負責看管我「偷來」的車吧。

醫生馬上替美空進行檢查，沒有發現明顯的外傷，呼吸和心跳也很穩定，最後表示她應該只是睡著了而已。因為怕美空的狀況突然有變化，陪她到醫院的我們就在她休息的病房找了兩張圓椅並排坐下，等待各種檢查的結果。

「話說回來，真沒想到事情會進行得那麼順利。」

我懶散地伸直軟綿綿的四肢後說道。因為飽嘗幾乎快讓心臟炸開的刺激感，再加上身體一直處於緊繃狀態，害我現在反而渾身無力。

「深水的犯案計畫原本就擬定得漏洞百出。該說他在最後太掉以輕心嗎……我能夠看穿深水的想法，也是因為他的失敗和一聽就知道有問題的發言造成的。畢竟只是個三流推理作家想出來的計畫嘛。不過——」

美星小姐對著我露出微笑。

「還是多虧青山先生幫忙，我真的非常感謝你。」

她的眼神我應該已經看習慣了，卻還是覺得很不好意思，忍不住稍微別過臉。

「別這麼說，我只不過是照著美星小姐的指示去做而已……」

雖然我老實地把心裡想的話說出來，但是胸口深處卻傳來陣陣溫熱。因為覺得稍微稱讚一下擠出畢生勇氣的自己也沒關係的想法，正有如上一秒才噴出蒸氣的蒸氣噴嘴般，不停地散發著熱能。

「妳要放棄去救美空了嗎？」

當我語帶責備地這麼說後，美星小姐的回答相當明快。

「不，我現在正要開始說明這件事。」

車窗已經全部降到最底，美星小姐以像是在大喊的聲音說道：

「深水當初只有叫我和叔叔去開車，他大概沒想到都已經打烊一個多小時了，塔列蘭店裡竟然還有其他人吧。我覺得美空也沒有跟他說這件事，而我們正是要利用這一點。」

我立刻伸出手指指著自己。換句話說，她接下來要解釋的計畫，關鍵就掌握在我手上嗎？

「請青山先生在我們即將進入西大路前先下車，改搭計程車。我們會依照深水指定的路線慢慢行駛，請你先超越我們，繞到金閣寺寺門附近。如果能順利發現美空搭的車當然最好，不過現在深水應該在駕駛座上，所以沒辦法出手救人，而且就算找不到，深水的車也一定會出現在他指定的路線附近。在深水開始行動前，請你先在西大路的路旁等待。」

「不過，他不是叫我們把包包丟進河裡嗎？」

「那應該是騙我們的。我認為他會叫我和叔叔兩人開車，還有叫我們打開車窗，全都是為了讓我們在行駛中的車子上把包包從車窗扔出去。」

我覺得她的推論頗有道理。深水明明是單獨犯案，卻找兩個人負責交付贖金，這對嫌犯來說絕對是不利的。如果不是別有目的，他不會命令兩個人開車。

「深水不太可能長時間跟蹤我們的車，所以如果他叫我們丟下包包，地點一定會選在金閣寺附近，我們就是要趁那個時候行動，因為深水為了撿包包，絕對會暫時離開車內。我希望青山先生抓準那個瞬間奪走他的車逃跑。」

根據美星小姐的推測，深水可能會為了能盡快開車離開，而讓引擎維持發動狀態。她說得沒錯，如果路過的行人發現美空被當成人質關在車裡，一切就玩完了。比起特地把引擎熄火再鎖好車子，趕快下車拿了包包就走的可能性的確比較高。

西大路已經近在眼前，我沒有時間遲疑了。如果還有時間的話，反而會讓我沒辦法點頭答應吧。

「我明白了。不過，萬一情況跟我們預料的不一樣，該怎麼辦呢？」

我對美星小姐聰明的頭腦有信心，所以才問她「萬一」。要讓一切事情都按照計畫進行，先想好應付各種狀況的方法是最有用的。

「如果那個時候你已經發現美空他們的車了，請你叫計程車尾隨在他們後面，而且千萬要小心，不能被深水察覺到。若是連他們的車都找不到的話——」

僅僅一瞬間，我在美星小姐無力的微笑背後窺見她內心的畏怯。

「那我們就只能聽從深水的指示，然後默默祈禱美空能被平安釋放。」

後來我們決定，如果成功救出美空，就在附近的便利商店停車場會合，然後我就下車了。就結果來說，所有事情都跟美星小姐預料的一樣。我下車後招了一台計程車，讓他載著我到金閣寺後，隨即就在寺門前的停車場發現一台停在樹籬陰影處的可疑車輛。我斷定絕對是那輛車之後，便請計程車司機把車駛回西大路，然後停靠在比鞍馬口通再往南一點的路旁。

我告訴司機我下車的時候可能會來不及付錢，正要先付給他多一點錢的時候，紅色的LEXUS就從我們旁邊呼嘯而過，我便急急忙忙請司機開車。因為我怎麼看都不覺得包包已經被丟在西大路上了。

當計程車正要轉進西大路和北大路的交叉口時，我竟然好巧不巧地在正前方看到方才那輛可疑車輛，嚇得心臟差點跳出來。那輛車停在位於北大路起點的某個斑馬線上後，深水便打開我眼前的車門下了車。當時他朝這裡瞥了一眼，但是我躲在駕駛座後面，所以沒被他看到。深水繞到車子前方後，就朝著樹叢走去。這時映照在我雙眼裡的便是他車子駕駛座的門毫無防備地敞開的樣子。

我下了計程車，幾乎以門對門的方式一口氣跳上深水的車。我動了動煞車和排擋後，就使勁把油門踩到最底。雖然我緊張到懷疑自己的心臟是不是快爆炸了，不過幸運的是，深水只顧著注意拿在手上的鉅款，完全沒發現我這邊的舉動。

這個計畫實在太冒險了，沒想到竟然能做得到，而且我還真的讓它成功了。

「警察說他們會立刻前往現場。」回想結束後，我補充道。

「是指我為了讓青山先生比較好行動，所以用盡全力把包包丟得很遠的地方，對吧。那麼，我想深水被捕應該只是時間的問題。就算他想逃，除了走路外，頂多也只能搭計程車吧。」

雖然應該不太可能，不過美星小姐的口氣好像根本不在乎那筆錢。

「錢就這樣被拿走了呢。」

「沒關係，只要美空沒事就好。」

或許她真的完全沒把那筆錢放在心上。

美空現在正躺在床上，發出細微的呼吸聲熟睡著。如果不是先前發生了那麼大的事件，她的睡姿甚至能用安穩來形容。但是當我望著她緊閉的眼皮時，卻有種看到了什麼不該看的東西的感覺，彷彿無意間窺見了總是很開朗的她絕對不會表現出來的軟弱的一面，讓我頓時感到如坐針氈。

「……我可以問一件事情嗎？」我小心翼翼地開口問道。

我原本以為美星小姐會疑惑地對我歪頭。但她卻像是已經看穿了一切，溫柔地回應我的話。

「請說。」

「我想知道和妳們兩人的親生父親有關的事。」

我不想辜負美星小姐難得的好意，就直接了當地問了。她伸出一隻手撫著胸膛，像是在配合妹妹似地呼吸了一口氣後，便以正適合用來閱讀童話故事的口氣娓娓道來。

「聽說那是個星星非常漂亮的夜晚。」

我有種在稍嫌狹窄的病房正中央出現了一座天象儀的錯覺。她穩重的嗓音瞬時將我帶到星空下。

「我們家以前住在一個非常普通的住宅區裡，附近有河川，晚上的時候會暗到在地上也看得見星光。某個夏天夜晚，我父親說想去看星星，就帶著只有兩歲的我和美空出門了。」

河川發出潺潺流水聲，三人所穿的涼鞋以不同的節奏踩實腳下的泥土。旁邊的草叢裡還有不知名的蟲子正唧唧地叫著。

「那天的星空會很漂亮是因為颱風過境後天氣變得非常晴朗，使得銀河浮現出來。大雨和狂風都已經停歇，但由於上游降下豪雨的影響，這一帶的河川水位似乎還是比平常高。不過因為四周一片漆黑，父親沒有注意到這件事。」

河水的流動聲變得比往常明顯，正轟隆隆低吼著。但是父親的注意力全放在年幼的女兒雀躍的歡笑聲上，沒有察覺到周遭的異狀。

至於接下來所發生的悲劇，就算她不繼續說，我也猜得出來。

「我無法正確描述究竟發生了什麼事。不過，當三人走在為了防堵河水氾濫而設置的像低矮懸崖般的堤防時，其中一個女兒可能腳滑了一下還是怎樣，不小心掉進河川裡。父親為了救女兒而跳進河水暴漲的河裡，但是在超乎想像的激流面前也完全束手無策。附近的居民聽到被留在堤防上的女兒的哭喊聲後趕了過來，救起掉進河川的女兒，但是當父親隔天早上在下游被人發現時，已經成了一具遺體。——以上全都是我根據新聞報導的資訊統整出來的內容。因為是在我懂事前發生的事，當時的記憶沒有完整地保存下來。」

我定睛凝視著美空的睡臉。一邊喧鬧一邊獨自往前奔跑，最後掉進河裡的女童身影，正好和現在的她完全吻合。

「我曾經聽母親說過，我和美空出生的那天，也是個星星非常漂亮的夜晚。還說父親收到出生通知，在趕往婦產科的路途中抬頭一看，結果對美麗的星空深深著迷，才會替我們兩個取了現在的名字。母親故意敘述得好像取名的人是我繼父，但是我很清楚，這是跟親生父親有關的往事。」

美星小姐像是聽到天花板的呼喚似地抬頭往上看。她的眼裡是不是也有一座天象儀呢？

「我猜當時父親應該想讓年幼的女兒們看看星空吧——看看和自己出生時同樣美麗的星空。」

在女兒誕生這種絕頂幸福的時刻所看到的星空，一定非常美麗吧！而在與那一夜相比毫不遜色的美麗星空下，竟然發生了最難以接受的悲劇，命運究竟對這個家庭造成多麼殘酷的打擊呢？

其實她的說明裡有個讓我有點好奇的地方。不過現在的氣氛讓我實在沒辦法插嘴提問。於是我選擇默默地繼續聆聽。

「兩年後，母親再婚了。雖然父母認為我們兩人已經不記得這件事了，但我還是能稍微想起母親再婚前曾發生過什麼事。在那段記憶裡，出現了一個陪伴著丈夫過世後彷徨無助的母親身邊，態度相當誠懇積極的男性身影。」

她談起親生父親時，口吻像是在閱讀童話故事般，而現在的語調則蘊含著一同走過漫長歲月的家族獨有的溫情。兩者之間的差距或許不該以悲傷來形容，只是讓人覺得非常無奈而已吧。

「母親在丈夫過世後不久就急著再婚，應該是為了顧及女兒失去父親的心情吧。美空她啊，有一次突然莫名其妙地對那個人叫了一聲『爸爸』。我已經說不清那是何時發生的事了，但我記得自己年幼的心裡浮現了『好突然喔』的想法。那件事讓我產生了一種感覺，就是兩個女兒好像不該分別使用不同方式來稱呼那個人。所以我後來也學美空改叫他爸爸了。自從發生那件事之後，我覺得父母就開始表現得像是一對夫妻，而那個人也在我們面前表現出親生父親的態度。」

所以她的雙親才會產生姊妹把繼父當成親生父親的錯覺嗎？原來如此，在女兒成長到某個階段前，暫時讓她們以為自己是和親生父親一起生活，或許也能避免她們會遇到各種困擾。如此一來，我也可以理解她雙親的考量。這絕對不是無法理解的情況，但是……

「為什麼要一直隱瞞呢？」

美星小姐似乎誤解了我的自言自語，說了一個和我的問題無關的答案。

「因為青山先生沒有問我嘛……而且這個話題怎麼談都會讓氣氛變得很沉重。」

「我指的不是這個，」即使美星小姐之前一直隱瞞親生父親過世的事實，我也無意責怪她。「我不是完全無法理解夫妻想隱瞞悲傷過去的心情，但是這樣一來，為了救女兒而死的親生父親不就太可憐了嗎？」

「母親偶爾會帶我們去父親的墓前，說這是親戚的墳墓，讓我們對著牌位合掌致意喔。」

「不是這個問題吧？年紀小的時候或許還可以這麼做，但是女兒們不可能永遠都是小孩啊。如果當初好好說出真相的話，說不定也不會發生這種事了。」

雖然我很明白自己這個外人根本沒資格說三道四，還是難掩內心的憤慨。因為我已經從本人的口中得知美空是以怎樣的心情來面對這次事件，也可以明白地想像出當她知道願望不僅沒有實現，還演變成最糟糕的情況時，她的內心會是多麼煎熬，甚至跟她一樣感到胸口疼痛。

美星小姐微微低下頭，但是臉上的表情仍舊相當平靜。

「我會知道那場意外，是因為在老家發現了某樣東西。」

「某樣東西？」

「是一張老舊的報紙。」

我恍然大悟。是那張刊載了抄襲爭議的報導，被夾在深水著作裡的報紙；也是我之前瞞著美星小姐偷偷藏進口袋裡，事後才還給美空的東西。

「母親在自己房間的壁櫥裡放了一個上了鎖的小盒子。在我只有十幾歲的時候，有一天偶然拿到盒子的鑰匙，就好奇地把它打開來看。現在回想起來，當時的我真是亂來呢。」

看到她靦腆的笑容，我也跟著嘴角上揚。

「母親在盒子裡放了幾張我或美空在學校課堂上寫的信，好像很重視它們。在那些東西裡夾著一張報紙，顯得很格格不入，我就隨手拿起它並攤開來看。當我看到上面的報導寫著男性為了拯救女兒而跳進河裡溺死時，我立刻直覺領悟到這是在說自己的父親。母親會留著這張報紙，應該是想在未來說出真相時讓我們看吧。」

我再次回想之前拿到那張報紙時看到的內容。深水那篇報導的背面刊載著當地的新聞。而在那幾篇簡短的報導中，我確實看到美星小姐所說的與溺水意外相關的內容。

「原來如此——美空把背面誤認成『正面』了啊。」

根據本人所言，美空好像也和姊姊一樣，還模糊地記得自己和現在的父親沒有血緣關係。她在老家看到這張報紙時，因為沒來由地感到好奇，就調查了一下占了報紙最大篇幅的報導，也就是作家梶井文江的抄襲爭議事件。結果她發現對方曾擔任過樂手的經歷和喜歡音樂的自己一樣，而職業是推理作家這點也和頭腦聰明的姊姊很像，所以才會開始懷疑該作家是不是自己的親生父親。除此之外，他替出道作的女主角取了讓人聯想到切問姊妹的名字，好像也是導致她會錯意的原因之一。

如果她對親生父親一無所知的話，當然也不會知道父親的為人或雙親認識的經過。能夠正確分辨「正面」的機率是二分之一，若是考慮到報導篇幅的大小，說不定根本比二分之一還低。

「青山先生果然也看過那張報紙了呢。」可能我曾在車上不小心說溜嘴，美星小姐的態度不是很驚訝。「我收集數篇報導這起意外的文章後，得到了包括過世父親的名字在內的幾項資訊。而且所有報導都一定會寫上『為了拯救掉進河裡的兩歲女兒』。」

我記得那張報紙的日期是二十二年前。換句話說，那個女兒現在是二十四歲。嗯？這麼一來就跟美星小姐的年齡一致了。所以方才我認為掉進河裡的是美空，其實是我猜錯了……

但是美星小姐接下來卻說出了出乎我意料之外的話。

「報導裡並未提及掉進河川的是哪個女兒。我想母親大概也沒有勇氣說出真相吧。因為掉下去的人應該會很自責才對。而沒有掉下去的人，說不定也會責怪掉下去的人。母親應該始終無法下定決心讓女兒承受這麼重的責任，才會故意對親生父親的事隻字不提吧。我很感謝母親的體貼，所以也一直沒有向母親追問真相。」

「可、可、可以請妳等一下嗎？」

我終於找到機會可以確認從剛才就一直很好奇的事了。

「二十二年前妳不是兩歲嗎？那掉進河裡的女兒應該是美星小姐吧？因為那個女兒現在是二十四歲。」

在動畫或是其他地方經常可以看到邪惡大頭目分三段大笑的場景。如果寫成文字的話就是「嘻嘻嘻」、「哈哈哈」、「哇哈哈哈」這樣。

美星小姐的表情正是按照上述的情況，將內心的驚訝分成三段來表示。她先是愣了一下，露出嚴肅表情，接著呆滯地張開嘴巴，最後整張臉都寫滿了震驚。

「青、青山先生，你在開玩笑嗎？你該不會真的不知道這件事吧？」

「什麼事啊？」

「我和美空是雙胞胎喔。」

……………

………………

……………………唔呃！

「唔呃！唔呃唔呃唔呃！」我的喉嚨不斷發出奇怪的聲音。

「因、因為妳們兩人無論是外表或其他地方都完全不像嘛！」

「我們是異卵雙胞胎啊……而且還是有人說我們很像喔，例如歌聲。」

「我又沒聽過妳唱歌！」

真是太難以置信了！因為美星小姐比我大一歲，所以我一直以為她妹妹美空最多跟我同年而已。再加上她總是毫不顧慮地用對待平輩的口氣說話，雖然不是很習慣，我也跟著用同樣的口氣對待她。

搞什麼，結果連美空也比我年長嘛。所以就算我毫不客氣地對她使用敬語，也不會有任何問題。只是她應該不喜歡我這樣吧。

「咦？不過美空之前說過她是學生耶。」

「嗯，她現在在念研究所。」

所以才會擔心她的學業啊，那確實不能放著不管。話說回來，雖然現在想這個已經太晚了，不過就算目前在放暑假，這麼久沒去學校露面真的沒問題嗎？

我頓時覺得一陣無力。仔細想想，她的確說過社團的學妹小她三屆。如果美空現在是大學四年級，她那個才剛入學沒多久的學妹根本不可能和在社團認識的人交往超過一年，更別說是和對方分手了。而且之前我說美空「年輕」的時候，美星小姐也露出了詫異的表情。一旦知道真相後，反而覺得非常不可思議，為什麼到目前為止都沒有看出來呢？

「話說回來，為什麼妳偏偏沒把這件事告訴我啊？」

「因為青山先生沒有問我嘛……而且你和美空第一次見面的時候，又說了狐狸是雙胞胎還什麼的，我一直以為那是從我們兩人身上得到的提示。」

美星小姐露出為難的表情後，又不服氣地噘著嘴反駁：

「還有，這種事情美空難道沒有跟你說嗎？你們是情侶耶。」

…………

唔呃！

「情、情侶？妳說誰跟誰是情侶？」

「還能有誰，你剛才不是在車子裡承認了嗎？說自己不久前就和美空在一起了。」

「和美空『在一起』？那應該解釋成和美空『一起行動』吧？」

我慌慌張張地糾正後，美星小姐的臉上便出現了兩段式的驚訝表情。

「和美空一起行動……啊，原來是這麼一回事！」

關於「在一起」這個字的多樣性，我記得在我和美星咖啡師剛認識的時候曾聊過這個話題。只是我完全沒想到這個字竟然會把我們耍得團團轉。

「關於這次的事情，美空確實拜託我幫忙。我說過了吧？她要我在美星小姐好像察覺到什麼不對勁的時候，替她巧妙地掩飾。她好像無論如何都想在不依靠美星小姐的情況下找出親生父親。她說自己平常總是讓姊姊照顧，這次想好好報答姊姊。」

所以我才會不惜編出美星小姐一眼就能看穿的謊言，也要幫美空持續隱瞞目的。深水來塔列蘭的時候，因為我沒看過他的長相，所以美星小姐揭穿他真面目時，我也大吃一驚，但是我猜他可能是無法按捺想見自己的女兒，也就是美星小姐一面的心情，才會來到店裡，於是編出「以前曾看到他在Roc'k On咖啡店和美空聊天」的謊言，替他瞞混過去。

至於藻川先生說的「總覺得好像在哪看過那張臉」，也被我解釋成因為過了二十幾年，所以他早就忘了自己親人的前夫的模樣，但是聽了美星小姐的話後，便想起當時的那場風波，覺得不太愉快，才會說出那句話。不過，如果他們之間真的毫無瓜葛的話，或許我當時隨口胡謅的「應該是曾經在電視上看過吧」還比較接近真相。

「不過，真沒想到妳會以為我們是情侶。我只是單純協助她而已啦，雖然我覺得自己的立場有點像個叛徒就是了。」我誇張地苦笑著說道。美星小姐的圓臉則早就紅得有如一顆熟透的番茄。

「原來……是這樣啊。我還想說你們從第一次見面後就突然變得很親密……」

「因為我以為她年紀比我小嘛。」

「而且感覺你們經常和對方聯絡。」

「因為她拜託我幫忙，而我要她一有任何進展就向我報告。」

「……是因為發生太多事了啦。」

美星小姐很難得地表現出把自己犯的錯怪到別人身上的態度。

「小晶的信是在幫助姊妹的戀情。巴奈同學的拿鐵拉花則讓我開始考慮要不要放棄自己心裡的感情。我從美空在休假日的時候偷偷摸摸地不知道在做什麼，以及擁有兩支手機等地方察覺到某個男性的存在，但是我認為美空以巡山參拜為由跑去見面的對象不一定是那個人。這些事情就像暗示一樣，讓我相信你們兩人是情侶。我是被這些事害的。」

只要提到和戀愛有關的話題，美星小姐原本很聰明的頭腦就可能朝完全不合邏輯的方向暴衝。總覺得她這種沒辦法靠自己的感情和親身經驗判斷是非的情況，就像磁鐵害精密機器無法發揮原本的功能一樣。雖然我似乎還聽到她趁亂說了非常大膽的話，不過我決定讓那些話繼續藏在混亂之中。

「難怪我覺得妳最近的態度變得比以前更冷淡了，原來是因為這樣。」

我如釋重負地吁了口氣。美星小姐聳了聳肩笑道：

「看來我們都對彼此誤會大了呢。」

「妳希望那不是誤會嗎？」

我一鼓起勇氣調侃她，她的臉就又變回番茄了。「這——」

就在這個時候……

「姊姊。」

我聽到有如被風吹走的羽毛般虛弱的說話聲，便轉頭看向病床。

美空微微睜開了眼睛。

她轉動眼珠環顧四周後，便一臉畏懼地看著自己的姊姊。

「這裡是……」

「早安，歡迎妳回來。」

美星小姐溫柔地微笑著說，美空露出泫然欲泣的表情。

「姊姊，對不起，我……」

「沒事了，妳很努力了喔。」

美星小姐輕輕地用手指撫摸妹妹的臉頰。

我並不知道美空自夢境醒來後看到怎樣的世界。因為在她們兩人說出下一句話前，我就走出了病房。雖然我在伸手關上後方的拉門時，彷彿聽到位於門另一側的說話聲，但是在未經確認的情況下，我也無法多說什麼。

我想我不應該去打擾她的後續夢境。

夢境的結局，還是只讓她們兩人去看就好。

4

老實說，我還有一個疑問。

那就是美空會不會早就清醒了，只是躺在床上假裝熟睡，還把我們之間的對話從頭到尾都聽完了。因為一直處於熟睡狀態，連自己獲救了都不知道的她，應該連事情的來龍去脈都搞不清楚才對，竟然會一睜開眼睛就開口說「對不起」，實在非常奇怪。

我到現在還是無法向美空詢問這件事。

她究竟明白了什麼，我到現在還是無從得知。

終章　夢見咖啡歐蕾的女孩

「感謝大家在這段期間的多方照顧，再見。」

美空深深地低頭致意後，便穿過京都車站的中央口驗票閘門離開了。

「……她離開了呢。」

我一這麼說道，美星小姐便撩起被風吹亂的瀏海。

「是啊，她離開了。」

藻川先生沒有前來送行。因為我們開口邀他的時候，他說：

「不了，我對離去的女人沒有興趣。」

而且還不耐煩地揮著手驅趕我們。

我很清楚，老爺爺的個性其實不太坦率，就是因為這樣，才讓人無法真的討厭他。

「希望她能早日恢復平靜的生活。雖然我們也不太好受，但是美空又比我們更慘。」

綁架事件的後續只能以手忙腳亂來形容。我們連番受到警察的質詢轟炸，一下子被罵，一下子又被誇獎。媒體也一時對我們窮追不捨，但是因為事件發生不久被害人便平安回來等理由，最後似乎沒有報導得如我們所想的聳動。

在那之後，美星小姐她們好像和趕到京都的雙親特地抽出時間，全家人坐下來好好談過。之所以說「好像」，是因為我沒有細問詳情。我想他們談的內容應該挺沉重的，我對這種話題沒興趣，而且那也不是我應該插嘴過問的事。

就在我們忙著處理上述事情的時候，九月也逐漸邁向尾聲。我們現在正各自試圖撫平那些忙亂不安的日子所留下的餘燼。

「沒什麼好擔心的，她是個很堅強的人。」

美星小姐說話時的口吻就像在誇獎自己一樣。

今天的京都車站也有許多人來來往往。造訪這裡的人、離開這裡的人。前來迎接的人、目送對方離去的人。還會再回來的人——以及不會再回來的人。

「感覺有點不捨呢。」

我忍不住吐露了內心的感想，站在我身旁的美星小姐便抬頭看向我，臉上浮現捉弄似的微笑。

「你當初應該跟她約會一次看看的。」

「我、我不是這個意思啦！」

我慌慌張張地揮舞雙手。她伸出併攏的手指掩著嘴唇，彷彿覺得很好玩似地嘻嘻竊笑著。

其實我曾和美空約會過一次。

「我自己一個人去的話總覺得很不安，但是這種事我死也不能跟姊姊說……所以，拜託你了，青山！」

看到她眨著眼雙手合十地拜託我的樣子，我實在沒辦法拒絕她。

那是個感覺蔚藍的天空比平常更高，氣候十分怡人的下午。我配合美空的速度，漫步走在路上，故意以若無其事的口氣說道：

「妳們兩個是雙胞胎，對吧？」

「嗯，是啊。所以我才會察覺到他不是真的爸爸。因為他說姊姊的年紀比較大。」

她晃了晃綁成兩束的頭髮。

「就算年紀沒有比較大，也還是『姊姊』呢。」

美空好像隱約明白我想說什麼，她輕笑了一下，視線落在交互移動的腳尖上。

「雖然姊姊有些地方單純到讓人捏把冷汗，但是她從以前就很聰明又懂事。相較之下，我則是個調皮的孩子，經常被媽媽嘮叨，叫我要多跟姊姊學學。」

原來如此。先不論這是與生俱來的性格還是受到後天環境影響，反正最後都導致雙胞胎裡的姊姊愈來愈有姊姊的樣子，而妹妹也真的像個妹妹。

「有一件事情，我非得向你道歉不可。」

我不知道她突然開口是想跟我說什麼，便轉頭看向身旁的她。

「我當初跟你說想報答平常總是照顧我的姊姊，所以請你幫我隱瞞這次的事，對吧？——

其實我是騙你的。」

「騙我？」

「其實我只是想獨占自己的親生父親罷了。因為我在姊姊面前一直都很自卑。家人總是只稱讚姊姊，認為她是個完美的好孩子，讓我很不甘心。所以我想沉浸在擁有姊姊不知道的重要祕密的優越感中。」

我終於明白美空為什麼偶爾會反常地頂撞姊姊了。沒有兄弟姊妹的我只能靠想像來拼湊她的心情，不過我覺得自己很能體會這種像在鬧彆扭的情感，看到身為「好孩子」的姊姊被人誇獎的樣子，反而會讓妹妹愈來愈不想成為和姊姊一樣的人。如果對方和自己還是雙胞胎——原本應該和自己並駕齊驅的人，那就更不用說了。

美空緩慢地搖搖頭。

「我很差勁，對吧？就是因為擁有那麼醜陋的心，才會落得這種下場。」

「不過，最後妳還是想讓他們見面，不是嗎？」

雖然我這麼安慰她，但是直到我們抵達目的地前，她都沒有回答我。

警察局的建築物看起來相當寂寥，讓人有種這裡不會有夏天的感覺。

美空好像已經事先打過電話，明白大致上的流程了。我在她的指導下填好申請表，片刻後，我們就被帶到一間令人喘不過氣來的狹小房間裡。將我們和對面的人隔開的壓克力隔板上打了許多小孔，我曾經在電視連續劇上看過。在房間後方的門旁邊負責監視的警官站了起來，跟在他身後走進來的男人像受傷的野獸般，慢吞吞地在正前方的椅子坐下。

「妳嚇了我一跳，我沒想到被害人竟然會來看我。」

深水榮嗣對美空露出了疲倦的笑容。

在那之後，收到我們通知的警官趕抵現場，輕而易舉地逮捕了車子被搶走的深水。據說他手上拿著一千萬的鉅款，卻沒有離開撿到錢的地方一步，一直呆滯地癱坐在地上。不過，因為他構思的是以在當天晚上逃離國外為前提、不留任何後路的犯罪計畫，所以連假護照等必需品都跟車子一起被搶走的話，他大概也束手無策了吧。既然原本犯案的時候就不打算隱瞞身分，現在當然全都老實招供了。

美空把後背挺得比平常還直，對他說：

「我有一件事情無論如何都想問清楚。」

深水以眼神示意她繼續說。

「你說過『反正無論是在這裡還是那裡，對我來說都差不多』，對吧？我知道你說的『這裡』應該是指自己平常的生活，但是『那裡』是指哪裡呢？你想說的是監獄嗎？又或者是……」

美空說到這裡就停了。但是就連不知道前因後果的我也能輕易地推測出接下來的話。

深水沒有回答，但是他臉上心不在焉的表情卻彷彿是說「無論那邊是哪邊都差不多」。

美空深深嘆了一口氣，肩膀隨之起伏，提起了像是轉換失敗似的話題。

「你覺得監獄裡的生活會很忙碌嗎？」

「誰知道？應該很無聊吧。我想大概沒什麼有趣的事能讓人打發時間。」

深水伸手抓起頭來，這時美空突然說了一句令人目瞪口呆的話。

「那你就把時間用來寫小說吧。」

深水抓著頭的手停了下來。「什麼？」

「你不是一直都很想從事創作嗎？就趁現在重新出發吧。都過了二十幾年了，說不定技巧稍微變好一點喔。」

持續數十秒的沉默後，深水的冷笑聲打破了僵局。

「都這把年紀了，還玩什麼創作啊。我已經受夠了。而且那種東西根本沒人想看。」

「沒這回事。」

「少安慰我了，就算寫了也沒用。」

「不對。」

美空的聲音就像一把磨得相當鋒利的刀子，穿過壓克力的牆板，刺進了深水的內心。

「我不是在安慰你。你的小說……現在的你所寫的小說，一定會有人想拿起來閱讀。」

或許正是因為鋒利到一碰就會痛，日語的「認真」才會寫成「真劍」吧。

「至少現在就有一個人是你的小說讀者。」

一開始，深水彷彿嚇呆了似地緊盯著她。隨著時間一秒又一秒地過去，我的眼睛清楚地捕捉到他臉上的表情變化。

那就像是在黑白的世界裡眺望著不斷落下的彩色雨點般。在所有的黑白徹底被其他顏色蓋過的瞬間到來之前，深水始終沉默地任憑她注視著自己。

負責監視的警官看了看時鐘後開口宣告。會面時間結束——

「對了，其實美空好像已經有男朋友了喔。」

我把在離開警察局後的路上聽到的事情說出來後，美星小姐恍然大悟地敲了敲手。

「我也是最近才知道的。據說他們從以前就很熟，卻因為男生一直不肯更進一步，讓她很失望，所以曾經拒絕過他的交往要求，但是後來她改變心意，兩人就開始交往了。如果我建議青山先生跟她約會的話，應該會被罵吧。」

所以美空才會在使用智慧型手機之餘又帶著一支手機。那支手機專門用來和男朋友講電話，因為這樣可以節省通話費。「我不只任性地要求他讓我整個寶貴的暑假幾乎都在京都，還因為要和他聯絡而帶了兩支手機，結果反而成為獲救的契機，真是欠了他一個超大的人情。」當美空笑著這麼說時，臉上的表情簡直跟清純少女沒兩樣。

「雖然我一直覺得妳們這對雙胞胎不是很像，不過聽了這些事情後，又開始認為妳們果然是雙胞胎了。」

「為什麼呢？」美星小姐疑惑地歪歪頭。

「因為妳們在別人開口詢問之前，完全不會主動透露自己的事情嘛。」

我原本只是想開玩笑，但是美星小姐並沒有笑。

「是啊，這次我還是沒能向美空坦白。」

「坦白？坦白什麼？」

她有如承認自己惡作劇的孩子般低下頭說道：

「掉進河裡的人是我。」

「咦？」

「直到現在，我還是會偶爾夢見自己掉進河裡。」

我瞬間被拉回之前在病房裡看到的情景。在美麗的星空下，河水發出轟隆隆的聲音，快速地流過我眼前。

「那是個我被捲入因颱風而暴漲的河川濁流中，隨著河水不斷搖晃的夢。看到那個水的顏色和味道後，我竟然猜想它會不會就是咖啡歐蕾，很奇怪吧？兩歲的小孩根本不知道什麼是咖啡歐蕾，而且當時四周一片漆黑，也不可能看到河水是什麼顏色。」

那只不過是夢，當然和事實有所出入，也無法確定那是實際發生過的事。雖然心裡這麼想，我卻一句話也說不出口。

「有個男人抓著我的手想救我，不過最後還是無力地鬆開，被河水沖走了。我總會在這時醒過來，心裡非常悲傷……所以一看到那張報紙，我直覺地認為上面的報導一定和我做了好幾次的夢有關。」

所以美星小姐才能夠判斷出哪一面是報紙真正的「正面」嗎？也正因為她記得那個夢，才會到目前為止都沒有向妹妹吐露任何真相嗎？因為她一直被父親是自己害死的殘酷罪惡感折磨著。其實她根本不需要承受這種罪惡感，也不需要對年幼時的意外感到自責。

一陣風輕輕地拂過我們之間。

「據說在土耳其有一句諺語：『即使是一杯咖啡，也會難忘四十年。』」

因為覺得這句話出現得太突兀，我不禁看向美星小姐。

「諺語裡的四十年是用來譬喻『很長的時間』。換句話說，這句諺語想要表達的，便是『即使是有如沖煮一杯咖啡般微不足道的親切，也會讓接受的人永遠忘不了』。如果把它換成是寧願犧牲自己生命的親切或深厚的情感的話，就更不用說了──」

美星小姐將雙臂徹底伸展開來，然後像是要收集什麼似地把手放在胸前。

「即便以為自己已經不記得，這副身體也絕對不會忘記。」

她嬌小的身體裡究竟刻下了什麼樣的記憶呢？我這副身體裡是否也沉睡著某些重要的記憶呢？

回憶起那些往事的日子何時會到來呢？

「我知道讓美空也明白這件事會比較好，但是我說不出口。前陣子我們一家人坐下來好好談談的時候，母親也沒有說清楚掉進河裡的是哪個女兒。我不確定美空沒有追問這件事是因為顧慮到我，還是因為害怕聽到自己導致父親過世的真相，不過──」

她朝著妹妹離去的驗票閘門的另一側瞥了一眼。

「我一直對妹妹懷有內疚感。就算我向她坦白了真相，這種感覺也絕對不會消失吧。」

妹妹說她一直對姊姊懷有自卑感。而姊姊也是直到現在都對妹妹心懷內疚。所謂的姊妹或是雙胞胎，或許也有其為難之處。

「但是妳總有一天還是會告訴她嗎？」

聽到我的問題後，美星小姐態度明確地對我說了聲「是」。

「我希望能夠盡早告訴她。因為我無法保證自己重視的人會不會一直留在身邊。」

她大概是想起了父親的事吧。她的話溫柔地融解了我一直蜷縮在內心深處的情感。

沒錯。若有事情想告訴對方，就必須趁能夠開口的時候快點說出來。

「那個，美星小姐……」

如果是現在的話，我應該能毫不猶豫地說出來。但是……

「怎麼了嗎？」

只要一聽到她澄澈的嗓音、一看到她正對著我的雙眼，我的情感就會再次僵化凍結，縮回內心深處，真是太奇怪了。

不自然的沉默在我們之間蔓延。她沒有催促我，靜靜地等待著下一句話。最後我下定了決心，開口說道：

「我們走吧。」

如果有辦法在能開口的時候開口，大家也不會這麼煩惱了。

我想我應該讓她失望了。方才她很明顯地在期待著什麼，而我肯定背叛了她的期望。就算她這次真的再也不理我，我也無話可說。

但是——雖然她應該沒有誤解我的意思，卻輕輕地露出微笑，開口說道：

「嗯，我們走吧，無論是哪裡都行。所以——」

為什麼呢？那時她明明露出了微笑，明明微笑著，在我眼裡看來卻像是正在哭泣般。

「所以，也請你哪裡都別去。」

彷彿是宣告今年的夏天已經逝去似的，一陣涼風拂過了我的臉頰。

日本暢銷小說 70

咖啡館推理事件簿 2
——夢見咖啡歐蕾的女孩

作者｜岡崎琢磨
譯者｜林玟伶
封面設計｜莊謹銘
主編｜徐凡
責任編輯｜謝濱安（初版）、吳貞儀（二版）
特約編輯｜宋敏菁

編輯總監｜劉麗真
出版｜麥田出版
115台北市南港區昆陽街16號4樓
電話：(02) 2500-0888
傳真：(02) 2500-1951
發行｜英屬蓋曼群島商家庭傳媒股份有限公司
城邦分公司
地址：115台北市南港區昆陽街16號8樓
網址：www.cite.com.tw
客服專線：(02) 2500-7718｜2500-7719
24小時傳真專線：(02) 2500-1990｜2500-1991
服務時間：週一至週五09:30-12:00｜13:30-17:00
劃撥帳號：19863813　戶名：書虫股份有限公司
讀者服務信箱：service@readingclub.com.tw
香港發行所｜城邦（香港）出版集團有限公司
地址：香港九龍土瓜灣土瓜灣道86號
順聯工業大廈6樓A室
電話：+852-2508-6231
傳真：+852-2578-9337
馬新發行所｜城邦（馬新）出版集團【Cite (M) Sdn Bhd】
地址：41, Jalan Radin Anum, Bandar Baru Sri Petaling, 57000 Kuala Lumpur, Malaysia.
電話：+603-9056-3833
傳真：+603-9057-6622
讀者服務信箱：service@cite.my
麥田部落格｜http://ryefield.pixnet.net

印刷｜中原造像股份有限公司
初版一刷｜2014年02月
二版一刷｜2024年03月
定價｜320元

國家圖書館出版品預行編目資料

咖啡館推理事件簿2：夢見咖啡歐蕾的女孩／岡崎琢磨著；林玟伶譯. -- 二版. -- 臺北市：麥田出版：家庭傳媒城邦分公司發行, 2024.03
面；　公分. --（日本暢銷小說；70）
ISBN 978-626-310-608-6（平裝）
EISBN 978-626-310-606-2（EPUB）
861.57　　112021041

城邦讀書花園
www.cite.com.tw

ISBN 978-626-310-608-6
Printed in Taiwan.